À propos de ce baiser

Traduction française: © 2022 Harper Bliss

Correction: Jude Silberfeld

Publié par Ladylit Publishing – First Page V.O.F., Belgique

ISBN-13 9789464339246

D/2022/15201/07

Titre original: About That Kiss

© 2021 Harper Bliss

ISBN-13 original: 9789464339031

www.harperbliss.com

Harper Bliss

À propos de ce baiser

CHAPTER 1
Faye

« R appelle-moi pourquoi je fais ça, chéri ? »
Brandon envoie valser sa chevelure luxuriante par-dessus son épaule et me regarde droit dans les yeux. « Tu le fais pour moi, Faye. »

Franchement, que cet homme n'ait pas encore percé est incompréhensible. Sa façon de donner la réplique est digne des plus grandes stars.

« C'est vrai. Tout ça, c'est pour toi. » Je force un sourire, qui disparait lorsque la voiture pile.

« Ah, les embouteillages de Los Angeles », ironise Brandon.

Mon portable vibre dans ma poche. Ça doit être Leslie. Elle a promis de me téléphoner quand je serais en route pour la lecture du scénario. Je me demande qui, d'Ida Burton et moi, ses deux clientes vedettes, elle a jointe en premier.

« Salut, Faye ! Tu vas tout déchirer, j'en suis convaincue.

— Merci, Leslie.

— Je viens juste de raccrocher avec Ida. » Ça répond à ma question. « Elle est impatiente de commencer.

— Vraiment ? » Même si ce n'était pas le cas, elle ne l'aurait jamais dit à notre agent commun. Elle est probablement aussi stressée que moi. Les trois Oscars de la meilleure actrice posés sur ma cheminée n'apaisent en rien mon agitation alors qu'approche l'heure de la toute première lecture collective, surtout pour un film comme celui-ci. Que ma co-star, Ida Burton, possède quatre statuettes gravées à son nom n'aide pas non plus.

« Bien sûr ! Ce projet emballe tout le monde. Le Tout-Hollywood est en ébullition.

— Quel enthousiasme, Leslie ! Qu'est-ce tu as pris au petit-déj ?

— Mes trois expressos habituels, répond-elle d'un ton égal.

— D'accord. » J'ai déjà eu du mal à digérer le muesli maison que Brandon me prépare chaque matin. « C'est bon à savoir.

— N'hésite pas à m'appeler, insiste Leslie. Je suis toujours là pour toi. »

Il n'y a pas grand-chose d'autre à ajouter et nous mettons fin à la conversation. Je jette un coup d'œil à Brandon pour me rassurer. Il n'est pas seulement mon assistant mais également l'une des personnes les plus amusantes que je connaisse, ce qui, à Hollywood, n'est pas peu dire. Il a le chic pour me remonter le moral quand j'en ai besoin, mais il sait aussi, instinctivement, quand il est préférable de se taire.

Il se penche vers moi, pose sa main sur mon genou. « Les rôles queers sont très à la mode en ce moment. Et le scénario est à mourir de rire. Pour une fois qu'il ne s'agit pas d'un film sinistre où les lesbiennes endurent une vie glauque sans jamais s'envoyer en l'air ! » Il me sourit. « Hollywood a enfin compris que les lesbiennes aussi peuvent avoir de l'humour, piaffe-t-il.

— Ce n'est pas le fait de jouer une lesbienne qui me met dans tous mes états. C'est de jouer une lesbienne face à Ida Burton. » Dans la première moitié du film, mon personnage, Mindy, est on ne peut plus hétéro.

« Ida Burton n'a pas tourné de film à succès depuis plus de dix ans. C'est plutôt elle qui devrait s'inquiéter de jouer face à toi. » Il hausse les épaules. « C'est limite si on peut encore la qualifier de star. » Il porte une main à sa bouche, comme choqué de son propre sacrilège.

« On sait tous les deux qu'Ida Burton sera toujours une star, même si ses films rapportent peu.

— On ne sait jamais, dit Brandon. Cette ville peut être cruelle. »

La voiture s'arrête. Nous sommes arrivés à l'hôtel où va se tenir la lecture du scénario de *A New Day*. Le chauffeur nous ouvre la porte. J'inspire profondément avant de descendre. Une jeune femme envoyée par l'équipe de production m'attend. Je la suis à l'intérieur, Brandon sur mes talons.

Charlie est la première personne que je reconnais. La responsable de toute cette affaire, c'est elle. Non seulement a-t-elle coécrit le scénario, mais j'étais témoin de son épouse à leur mariage l'an dernier, et j'aurais eu l'air d'une belle hypocrite si j'avais refusé le rôle sous prétexte que c'est un film lesbien.

Charlie est tellement excitée que lorsqu'elle me serre dans ses bras, je sens tous ses muscles vibrer.

« Tu es resplendissante, Faye », dit-elle.

Avant que je puisse la remercier, l'énergie dans la pièce change. Cela ne peut signifier qu'une chose : la grande Ida Burton est arrivée. Je me retourne et me retrouve face à son célèbre sourire éblouissant. Même moi, qui ne suis pas exactement une actrice de seconde zone, j'en suis passagèrement étourdie. Quel est le secret de cette femme, de son sourire ?

Je dois avouer que, dans un moment de faiblesse, j'ai un jour tenté de l'imiter devant le miroir, mais un sourire aussi radieux, aussi confiant, ne s'apprend pas, même avec tout l'entrainement du monde. Ida Burton est née avec et il lui a ouvert les portes d'une carrière extraordinaire. Comme s'il ne suffisait pas, la merveilleuse Ida Burton peut également se vanter de magnifiques boucles cuivrées, d'yeux bruns dignes de Bambi et d'une voix à faire fondre le plus ancien des glaciers. Elle ferait de l'ombre à n'importe qui.

Elle expédie quelques bonjours avant de fondre droit sur moi.

« Faye. *Helloooo !* » À l'entendre, on pourrait croire que me voir est le moment le plus important de son année.

« Ida. » Nous échangeons deux baisers furtifs sur la joue. « J'avais tellement hâte. » Ce n'est pas un mensonge. J'avais vraiment hâte. Peut-être pas de jouer les seconds rôles pour Ida, mais de travailler sur ce film dont tout le monde parle.

«Moi aussi.» Ce sourire, encore. Et comment sa peau peut-elle être si parfaitement lisse? Nous avons à peu près le même âge, mais à côté d'Ida, j'ai l'impression de faire au moins dix ans de plus.

«Mesdames.» Tamara, la réalisatrice, nous a rejointes. «Je suis ravie de vous revoir. Je trépigne d'impatience, vous n'avez pas idée.» Elle indique deux chaises côte à côte. «Voici vos places. Nous débutons dans un quart d'heure. Les rafraichissements sont là-bas.» De la tête, elle désigne le buffet. «Si vous avez des questions, n'hésitez pas.» Elle recule d'un pas. «Mais pour l'instant, je vous laisse prendre vos marques.»

Derrière moi, Brandon chuchote avec Mark, l'assistant d'Ida, dont je sais tout puisqu'ils étaient ensemble à une époque. Brandon adore me tenir au courant de ses histoires de cœur. Peut-être pense-t-il que ça compense le manque de romance dans ma propre vie.

Depuis vingt ans, lors des nombreuses lectures auxquelles j'ai pris part, j'ai toujours été la star la plus importante, et c'est à moi qu'il incombait de mettre mes collègues à l'aise. Je ne suis pas sûre que cette tâche me revienne aujourd'hui.

«Je suis un peu tendue.» L'aveu d'Ida me surprend. «Ce sera peut-être un film formidable, mais... eh bien, j'ai déjà vu des films virer à la catastrophe, malgré un scénario très prometteur.»

Son haut beige souligne la couleur flamboyante de ses cheveux. Bien qu'elle soit vêtue de manière assez décontractée — un pantalon et le haut susmentionné —, elle semble rayonner. Une star née.

«Ça m'a l'air d'être le genre de projet que le studio va vouloir surveiller de près.

— Nous ne pouvons pas faire plus que ce qui nous est demandé, dit Ida.

— Interpréter des lesbiennes.» La plaisanterie est maladroite.

Ida se tourne légèrement. «Voilà.» Elle me fixe du regard. «J'étais vraiment ravie d'apprendre que tu serais de la partie. Même si ça ne devrait pas, c'est toujours un risque de jouer un rôle de ce type. Surtout pour quelqu'un comme toi.»

«Pas que pour moi.» Je ris un peu nerveusement. «Pour toi aussi, sans aucun doute.

— Pour nous deux alors, confirme-t-elle avec un petit sourire en coin. Nous devrions dîner ensemble. Discuter de nos personnages et de leurs arcs émotionnels.

— Euh, oui. Bien sûr.

— Mon assistant se mettra en contact avec le tien.» Elle regarde les deux hommes en question. «J'imagine que tu sais ce qu'ils ont été l'un pour l'autre?»

Je hoche la tête. «Jusqu'au moindre détail.» Mon sourire, bien que large et généreux, me semble pâle comparé au sien.

«Oh, mon dieu. Est-ce qu'il te raconte également tout? Mark aussi. Aux dernières nouvelles, il est prêt à se caser. Si ça se trouve, lui et le nouvel homme de sa vie vont fonder une famille et il n'aura plus le temps d'être mon assistant.»

Où va se nicher l'inquiétude, me dis-je, bien que je comprenne son attachement à son collaborateur. Je travaille avec Brandon depuis près de dix ans, autant dire une éternité. Je serais désespérée s'il venait à me quitter, même si je serais la première à l'encourager à aspirer à mieux qu'à réaliser mon moindre désir.

«Sa vie...

— Je suis complètement... commence-t-elle en même temps.

— Toi d'abord.» Malgré tout le glamour qui l'entoure, Ida fait preuve d'un pragmatisme rafraichissant.

«J'ai vraiment apprécié ta performance dans *Night Break*», dit-elle. «Un nouvel Oscar se profile à l'horizon.»

J'écarte sa remarque d'un geste de la main parce que c'est ce qu'on est censé faire, même si depuis la sortie de ce film, la possibilité d'un Oscar revient constamment. J'échangerais volontiers une statuette de plus contre un Oscar en chair et en os. Il n'y a aucune affection à attendre d'une statuette, et elle ne répond pas quand je lui parle.

«C'était comment, de travailler avec Silke Meisner?

— Incroyable.» En langage hollywoodien, ça veut dire éreintant même si, au final, ça valait à peu près la peine. Ida a déjà très certainement vécu ça, et si quelqu'un dans cette pièce peut comprendre, c'est bien elle.

Elle hoche la tête d'un air pensif. « Il faudra que tu me racontes quand tu viendras dîner.

— D'accord. »

Elle se penche. « Les choses vont devenir assez intimes entre nous sur le plateau. » Le ton de sa voix est un peu étrange.

« Quelques bisous, c'est tout. » Je prends un air nonchalant. À l'exception d'un rapide baiser sur les lèvres il y a des décennies, je n'ai aucune expérience en la matière, bien que j'imagine qu'embrasser une actrice ne doit pas être si différent d'embrasser un acteur. Il n'empêche, la première femme que je vais réellement embrasser, même si c'est pour faire semblant, n'est autre qu'Ida Burton.

Elle laisse échapper un petit rire. « Donc ça ne te dérange pas, c'est bon à savoir.

— Je ne ferais pas ce film si ça me dérangeait. » Et ce serait terriblement homophobe de ma part, comme me l'a fait comprendre mon amie Ava en termes très clairs.

« Mesdames », la réalisatrice revient vers nous. « Si c'est bon pour vous, on peut commencer. »

CHAPTER 2

Ida

Est-ce que ça se voit, qu'à l'intérieur, je suis à l'agonie ? Que je regrette d'avoir accepté ce rôle ? Que ma motivation secrète me rattrape déjà ?

Faye Fleming est assise à côté de moi dans toute sa splendeur de fille toute simple, bien qu'elle ne soit plus, à proprement parler, une fille. Au fil des années, pourtant, elle a réussi à conserver cette image de la fille/femme typiquement américaine, à la bonne mine caractéristique, drôle mais sérieuse quand il le faut. De toutes les personnes réunies ici, c'est sans doute d'elle que je deviendrai la plus proche. Combien de temps lui faudra-t-il pour découvrir mon secret ?

« Ida, » demande Tamara, « pourrais-tu nous donner ton avis sur ton personnage ? Ou veux-tu te lancer directement dans la lecture ? »

Ah, mon personnage. Lesbienne et fière de l'être. Si seulement je pouvais proclamer sans fard ce que je pense de Veronica.

« Bien sûr. » Je me suis préparée pour cet instant. Je sais exactement que dire pour n'éveiller aucun soupçon. « Veronica, telle que je la vois, est une femme brillante, mais seule, en définitive, en manque d'amour. » Par moments, à la lecture du script, j'avais eu le sentiment que les scénaristes jouissaient d'une vue directe sur mon cœur solitaire. « Le quatrième mariage de son frère provoque en elle une rage débridée, comme si tout l'amour de sa famille, et même du monde, lui était réservé, pour la simple raison qu'il est hétéro. » Je marque une pause. « Sa colère et sa jalousie l'aveuglent tellement qu'elle ne remarque même pas que la personne dont elle pourrait tomber amoureuse se trouve juste sous son nez. Il faut qu'elle passe au-delà de ça, ainsi que toutes sortes d'obstacles, bien sûr. Avec quelques plaisanteries et autres bons mots en cours de route. » Je ricane. Mon résumé est réducteur et ne rend pas justice au scénario qui, en plus d'être une comédie romantique lesbienne, propose une critique très drôle et aiguë de l'institution du mariage.

« Charlie ? Liz ? » dit Tamara. « Est-ce que ça vous semble correct ?

— Parfait », répond une femme blonde aux grands yeux ronds. Sa voisine, dont je me souviens que sa liaison avec Ava Castaneda a fait la une des journaux il y a cinq ans, approuve et m'adresse un sourire crispé. C'est moi qui devrais lui sourire timidement. Malgré toute ma fortune, elle possède quelque chose que je n'ai jamais pu m'offrir.

« Formidable », se réjouit Tamara. « Nous y reviendrons plus tard, s'il le faut. Faye, à ton tour ?

— Mon personnage ne comprend rien. » Un éclat de rire lui répond, et ce ne sera sans doute pas le dernier. Je me demande vraiment pourquoi Faye interprète le personnage le plus coincé de ce film. C'est probablement ça qu'on appelle jouer un rôle.

La lecture du premier acte est assez facile. Faye et moi nous donnons la réplique avec une aisance que j'ai rarement connue aussi rapidement, comme si nous avions joué ensemble d'innombrables fois auparavant.

Pendant la pause qui précède le deuxième acte, Tamara s'approche de moi.

« L'alchimie entre Faye et toi est déjà phénoménale, » dit-elle, «

et nous n'en sommes même pas encore aux scènes les plus intéressantes. »

Le deuxième acte inclut un passage que je redoute. Mon personnage, Veronica, doit regarder celui de Faye dans les yeux et y lire quelque chose de si fondamental que le cours des événements en est bouleversé. Ce n'est pas le genre de sentiment que j'aurais du mal à exprimer en temps normal, et personne n'attend de moi une émotion aussi complexe à l'occasion d'une simple lecture de scénario, mais quand même. C'est trop personnel. Même si je devrais pouvoir me débrouiller aujourd'hui, j'appréhende déjà les répétitions. C'est exactement à ça que servent les répétitions, me dis-je pour me rassurer. À trouver la réponse à cette question.

« Merci. » Je profite de l'instant pour examiner Tamara. Elle est l'une des réalisatrices les plus sexy avec qui il m'ait été donné de travailler, c'est évident, ne serait-ce que parce que la plupart de ses prédécesseurs étaient des hommes. Mais ce n'est pas parce que la barre est placée très bas que Tamara n'est pas, en toute objectivité, très attirante. En outre, à l'instar de mon personnage, elle est totalement *out*. De nos jours, à Hollywood, cela peut aider à se retrouver derrière une caméra. Les temps ont bien changé.

Quelqu'un l'appelle et alors qu'elle s'éloigne, je me dis que je devrais demander à Mark si Tamara est plus heureuse en amour que mon personnage... ou que moi.

Lorsque je m'assieds à nouveau auprès de Faye, avec ses longs cheveux noirs et son teint pâle, ses yeux aussi bleus que le ciel de midi, j'essaie de me recentrer et de me souvenir des raisons pour lesquelles j'ai accepté ce projet.

Elles sont nombreuses et je les énumère dans ma tête. Ce film est présenté comme *le* blockbuster de l'été à venir et cela fait longtemps que je n'ai pas joué dans une superproduction de ce genre. Mon nom et celui de Faye Fleming, côte à côte en haut de l'affiche, c'est loin d'être anodin. Peut-être que jouer un personnage qui s'assume me donnera enfin la force de sortir du placard. Peut-être que je n'aurai même pas à le faire. Peut-être le buzz autour du film créera-t-il une sorte d'élan magique qui me propulsera naturellement vers l'extérieur de telle sorte que cela semble avoir toujours été évident.

Autant croire au père Noël.

Je ne laisse pas mes yeux s'attarder dans ceux de Faye — un simple coup d'œil devra faire l'affaire. Aujourd'hui, ce ne sont pas les regards, les gestes ni les émotions qui comptent. Ce qui compte, c'est que les mots sonnent juste lorsque nous les prononçons.

Je savais déjà que Faye avait du talent, mais au-delà de ça, sa présence à mes côtés me réconforte. Elle semble sûre d'elle et décontractée et bien que je n'aie aucun moyen de savoir si elle joue la comédie ou non, cela n'a pas d'importance, en fin de compte. Elle donne l'impression que travailler avec elle sera facile. Qu'elle n'est pas une diva. Ça doit être le côté « jeune fille rangée ». Peut-être que ce n'est pas simplement sa personnalité publique, qu'elle est aussi comme ça dans la vie réelle. Et si Faye Fleming devait sortir du placard? C'est trop pour mon cerveau, qui ne parvient pas à imaginer la scène.

« Ça fait des étincelles! », s'exclame Tamara à la fin de la lecture. « J'ai tellement hâte que le tournage débute. »

« C'était comment? » veut savoir Derek, mon meilleur ami et ex-mari, quand je l'appelle sur le chemin du retour.

« Bien. » Je m'enfonce dans le siège en cuir de la voiture. « Même si j'avais oublié à quel point les lectures de scénario sont exténuantes.

— Tu passes par les émotions du film tout entier en une seule journée », dit-il. « Il fallait s'en douter. »

J'avais demandé à Derek de lire le script avant d'accepter le rôle.

« Et Faye Fleming, elle était comment?

— Charmante, comme on s'en doutait aussi. » Pour l'instant, je n'ai rien à dire de négatif sur ma partenaire. Jusqu'au bout, elle s'est montrée sympathique et agréable, malgré la fatigue des dernières heures. «Je l'inviterai bientôt à dîner, afin que nous puissions faire mieux connaissance avant de commencer les répétitions.

— Avant de l'embrasser, tu veux dire», glisse mon ex-mari.

Derek est l'une des rares personnes sur cette planète à être au courant de mon secret. De la même façon que j'étais autrefois la seule personne à être au courant du sien.

«Très drôle.

— Je te taquine, même si tu pourrais avoir de pires perspectives.» Il n'est pas du style à laisser passer quoi que ce soit.

«La réalisatrice est assez sexy, pour tout te dire.» Il n'y a personne d'autre à qui je puisse parler de ces choses-là.

«Je t'écoute.» Bien que Derek et moi n'ayons jamais été amoureux l'un de l'autre, l'affection qui nous unit est sincère, et je sais qu'il me souhaite par-dessus tout de trouver l'amour comme lui l'a trouvé avec son compagnon, Ben.

«Je n'ai pas encore cherché à en savoir plus et... disons... tu sais...

— Je sais que ce film pourrait changer ta vie. Rappelle-moi le nom de la réalisatrice? Je vais me renseigner pour toi.

— Tamara Williams, mais ce n'est pas la peine. Je suis parfaitement capable de la googler moi-même.

— Mais c'est plus amusant quand c'est moi qui le fais.» Une courte pause, et Derek reprend la parole. «Ah, apparemment, elle est mariée. Désolé, ma chérie.

— Tant pis, c'est peut-être mieux ainsi.

— Je ne suis pas du même avis, mais à chacun son rythme...»

Nous raccrochons et, tandis que ma voiture remonte Mulholland Drive, je me remémore la déclaration que j'ai faite après le coming-out de Derek.

Je souhaite à Derek tout le bonheur et tout l'amour du monde. Il est et restera mon meilleur ami. Je sais que la voie qu'il a choisie le rendra très heureux.

À l'époque, on m'a beaucoup reproché d'avoir utilisé l'expression «la voie qu'il a choisie», comme si je laissais entendre que son homosexualité était un choix. Si seulement c'était le cas... Je n'aurais alors pas eu à me cacher aux tréfonds d'un étouffant placard pendant la majeure partie de ma vie.

Ce que je voulais dire, c'est qu'il avait choisi de mettre fin à notre mariage et de ne plus faire semblant d'être hétéro. De ne plus se soucier des répercussions sur sa carrière. Le nombre de fois où j'ai dû expliquer ça! Oui, mes mots étaient maladroits, et non, je n'avais rien insinué de tout ce que les médias sociaux, dans une vague d'indignation, ont voulu me faire dire.

J'aurais peut-être dû saisir l'occasion de m'assumer publiquement moi aussi, mais je ne l'ai pas fait. Parce que, contrairement à Derek, je me soucie de l'effet que cela aurait sur ma carrière — du moins, c'était le cas auparavant. Voir Derek s'épanouir, devenir l'homme fier et sûr de lui qu'il est depuis que Ben est à ses côtés m'a fait prendre conscience que j'avais peut-être commis une erreur. Comment pourrait-il en être autrement puisque c'est moi qui me retrouve célibataire dans la cage dorée d'Hollywood Hills qui me sert de demeure?

Lorsque le chauffeur m'aura laissée devant chez moi, personne ne m'y attendra. Mark est rentré chez lui. En mon absence, ma maison aura été récurée, ma pelouse aura été tondue et ma piscine aura été nettoyée, et pour quoi?

C'est pour ça que j'ai choisi de faire ce film. C'est pour ça que j'ai choisi d'interpréter une femme fière de qui elle est, dans l'espoir que, pour une fois, la vie s'inspire de l'art.

Hollywood en a vu bien d'autres.

CHAPTER 3

Faye

La tradition veut que, lorsqu'elle est en ville, ma meilleure amie Ava m'invite à dîner après toute lecture collective. Non seulement est-elle dans les parages, mais sa femme est l'une des scénaristes du film, et il est probable qu'Ava se soit surpassée ce soir. Comme nous sommes voisines, une minute de marche le long de la plage et je suis chez elle.

« Tu es seule ? » Je lui fais la bise en arrivant sur la terrasse qui surplombe l'océan.

« Charlie est avec Liz. Elle m'a prévenue de ne pas l'attendre avant minuit. Apparemment, des soucis de scénario ont été mis en lumière lors de la lecture qui ne peuvent être résolus que ce soir. »

Une main sur la poitrine, je prends un air faussement horrifié. « J'espère que ma performance n'était pas trop médiocre. »

Ava me verse une flûte de Cristal et me la tend. « Tu sais que ce n'est pas toi.

— Un seul verre ce soir. Être à l'affiche aux côtés d'Ida Burton... » Je secoue la tête. « Je ne sais pas.

— Raconte-moi. » Nous nous asseyons, et j'admire pendant quelques instants le soleil couchant qui se reflète à la surface de l'océan. Quel que soit le niveau de stress de la journée, rentrer à

Malibu et profiter de la proximité de l'eau m'apaise à chaque fois. M'asseoir à côté d'Ava, une flûte de champagne à la main, aide aussi.

« Elle était absolument charmante, mais... » Je soupire parce que je sais que ce que je vais dire est le cliché hollywoodien parfait. « Elle était tellement belle. Comme si elle avait été entièrement coiffée et maquillée. Ce n'était qu'une lecture, bon sang. »

Ava glousse. « Tu as eu l'impression d'être éclipsée ? »

Je hoche la tête. Rares sont les personnes à qui je ferais cet aveu, et je suis secrètement soulagée de l'absence de Charlie, même si Ava lui racontera probablement tout plus tard. L'une des plus grandes qualités d'Ava Castaneda, c'est qu'elle n'est jamais tombée dans le panneau d'Hollywood. Elle a toujours fait exactement ce qui lui plaisait sans se soucier des éventuelles conséquences sur son image et son travail. La vie lui a donné raison puisque, bien que sa maison soit moins imposante que la mienne, elle reste une maison sur la plage de Malibu et la vue est parfaitement identique.

« Je pensais à tort que j'étais au sommet de l'échelle, étant donné qu'Ida n'avait pas eu de gros succès depuis des lustres, mais... quand elle entre dans une pièce, tout s'arrête. L'ambiance change complètement. C'est comme si un champ de force magnétique l'entourait. J'ai regardé certains de ses anciens longs-métrages pour me préparer et même dans les pires, dans les navets les plus minables, elle éblouit. C'est elle qui porte le film. C'est fou.

— Et pourtant, contrairement à toi, elle n'enchaîne pas les superproductions.

— Elle n'a pas travaillé autant que moi.

— Donc, tu devrais être récompensée pour ton dur labeur et être en tête d'affiche pour celui-ci. » Ava se penche vers moi. « Je dirai à Charlie de te traiter avec plus de déférence », plaisante-t-elle.

« Oh non, s'il te plait. C'est très bien comme ça. Un crêpage de chignon à la mode hollywoodienne ne m'intéresse pas du tout. Mais tu sais que je stresse plus pour ce film que d'habitude.

— Je sais, Faye, mais tu ne devrais vraiment pas. Regarde ce qu'*Underground* a fait pour Elisa Fox. Jouer une lesbienne n'est plus synonyme de fin de carrière pour une actrice, au contraire. Elisa est la comédienne la mieux payée au monde grâce à ce rôle.

— N'empêche. C'est différent.

— On en a parlé un million de fois. » C'est Ava qui m'a convaincue qu'il était temps que quelqu'un « de mon calibre » fasse ce film. Le fait que son épouse l'ait coécrit n'y est sans doute pas étranger non plus.

« Je sais. Je dois m'habituer à l'idée, maintenant que ce projet se concrétise. À présent qu'on a lu le script tout entier à voix haute, c'est très, très concret. Reste à passer ce moment de transition floue et un peu angoissant jusqu'au début du tournage.

— Vois les choses sous un autre angle. Jouer ce rôle est un vrai privilège. Même Ida Burton est prête à sortir de sa semi-retraite pour ce film. Tu ne te rends pas compte de la chance que tu as. » Elle pianote sur la table du bout des doigts, puis continue : « J'ai demandé à Charlie si je pouvais auditionner pour le rôle de Veronica. » Ava laisse échapper une bouffée d'air entre ses dents.

« Ah bon ? »

Ses doigts tambourinent de façon plus appuyée.

« Que s'est-il passé ? » Je n'étais pas au courant. Depuis que je la connais, Ava n'a cessé d'hésiter à poursuivre une carrière d'actrice.

« Ce qu'il s'est passé, c'est que j'ai failli demander le divorce. »

Je me redresse et lui adresse un regard incrédule. « Pourquoi ?

— Tu connais Charlie. Elle peut être insupportable parfois. »

Charlie est l'une des personnes les plus gentilles que j'ai rencontrées dans cette ville. « Qu'est-ce qu'elle a dit ?

— Charlie est convaincue d'avoir un sixième sens qui lui permet d'évaluer la capacité de jeu des acteurs, et à l'en croire, en l'occurrence, cette capacité me fait défaut.

— Oh mon dieu. » Charlie est courageuse, je dois le reconnaitre, mais peut-être aussi un tantinet fermée à ce que sa femme veut entendre. « Elle t'a vraiment dit ça ? »

Ava acquiesce. « C'était avant même que le nom d'Ida soit évoqué. » Elle hausse les épaules, mais ça l'a blessée, c'est évident.

« Tu voulais réellement auditionner ? » Maintenant que j'ai

entendu Ida dans le rôle, impossible d'imaginer qui que ce soit d'autre en Veronica. Les effets du charisme d'Ida Burton. « Pourquoi tu ne m'en as pas parlé ?

— Parce que… » Elle soupire à nouveau. « Après l'avoir dit à ma conjointe — la femme que j'ai épousée et qui est censée m'aimer et croire en moi plus que quiconque — et que ma conjointe bien-aimée m'a conseillé d'arrêter de rêver, comment pourrais-je me rendre encore plus ridicule en en parlant à quelqu'un d'autre, qui plus est à Faye Fleming ?

— Ça ne te perturbe pas trop ?

— Je sais bien que je n'aurais pas dû essayer de m'immiscer dans le film de Charlie. » La douleur est encore très présente dans sa voix. « Liz et elle l'ont écrit avec des stars comme toi et Ida à l'esprit. Mais quand même. Un peu plus de soutien conjugal aurait été bienvenu.

— Charlie t'adore, pourtant.

— Encore heureux. » Le ton d'Ava a retrouvé une intonation plus joyeuse.

« Donc vous n'allez pas divorcer de sitôt ? » J'ai toujours besoin de m'en assurer.

« Tu crois vraiment que je vais demander le divorce maintenant ? » se gausse Ava. « Alors que ce film est destiné à un succès plus grand encore que *Underground* ?

— À condition qu'Ida et moi ne gâchions pas tout. » Mes épaules se dénouent. Ava en a probablement rajouté, mais, n'étant pas une experte en relations amoureuses, je suis soulagée. « Je peux te mettre en contact avec les meilleurs coachs d'acteurs de la ville, si tu veux.

— Ce que je devrais faire, c'est devenir une excellente comédienne dans son dos, ne serait-ce que pour prouver que Charlie a tort. » Ava termine son champagne. « Mais que se passera-t-il s'il s'avère qu'elle avait raison ?

— Tu ne viens pas de renouveler ton contrat avec *Knives Out* pour trois saisons ? » Je brandis ma flûte presque vide.

« Tout à fait. » Ava nous ressert, sans tenir compte de ma promesse, à mon arrivée, de m'en tenir à un verre. « Parlons d'autre chose que du travail, à présent. » Elle me fixe du regard. « Il y avait des hommes célibataires, à cette lecture ? Qui joue le rôle du frère de Veronica, déjà ?

— Robert Glazer », je dis.

Ava prend un air songeur. « Il est beau gosse. Il est libre ?

—Je n'en ai aucune idée. » Je souris. « Je n'ai pas l'intention de m'embarquer dans une amourette de tournage, de toute façon. Ni dans aucune amourette, en fait... » Je m'interromps. Il y a autre chose que j'ai envie de dire à Ava. Quelque chose que je n'ai encore dit à personne. « Il va peut-être y avoir du changement dans ma vie.

— Quel genre de changement ? »

Je lui jette un coup d'œil en coin. Elle regarde à l'horizon. Je l'imite. Tout est plus facile à divulguer quand on observe l'océan.

« Une adoption. »

Elle se tourne vivement vers moi, les yeux écarquillés. « Pour de vrai ?

—Une adoption humaine. D'un enfant. Pas un chat ou un chien.

— Allons bon. » Elle plisse les yeux. « Je m'attendais pas à ça, Faye, mais oui, pourquoi pas ?

— Parce que devenir mère célibataire est terrifiant. Parce qu'il y a un tas d'inconnues dans cette équation. Parce que je n'ai aucune idée de si je serai une bonne mère.

— Tu as entrepris des démarches ? »

Je fais non de la tête. « Je sais qu'il ne faut pas que j'attende trop, la cinquantaine approche rapidement.

— Tu n'es pas obligée d'adopter un nouveau-né, sauf si c'est ce que tu veux », souligne Ava.

« C'est difficile de trouver toutes les réponses toute seule.

— Tu n'es pas seule. Tu sais que je suis toujours là pour toi. » Ava me fait face à présent. « Je suis contente que tu m'en aies parlé.

—Je vais d'abord faire ce film, je prendrai ma décision après. Ensuite, soit je le fais, soit je ne le fais pas. » Je détourne brièvement le regard. « Après toutes les vaines tentatives de conception avec Brian, y compris après notre séparation, l'idée de devenir mère ne m'a jamais quittée. C'est comme une petite flamme qui brûle en moi. Ça fait plus de dix ans qu'elle frémit. Je me demande pourquoi j'ai eu si peur pendant si longtemps.

—C'est une décision importante et la vie n'est pas un long fleuve tranquille, comme tu le sais. Le temps passe. Et avant qu'on s'en rende compte, on a cinquante ans.

—Je suis sûre d'en avoir envie. Ce n'est pas de mon désir d'être mère que je doute, c'est de ma capacité à être une bonne mère.

—Si tous les futurs parents pensaient comme toi, nous ne serions pas là.

—Oui, mais tu comprends ce que je veux dire. J'ai de l'argent et des privilèges et, Dieu sait, énormément d'amour à donner, mais il n'y a aucune certitude.

—Chérie. » Ava pose une main sur mon bras. « Regarde-moi. »

Mes yeux quittent l'océan pour le visage d'Ava, dont émane une sérénité merveilleuse.

« Il n'y a aucun doute dans mon esprit que tu seras la meilleure mère du monde. Je le pense vraiment. Tu es attentionnée, intelligente et drôle. Tu es Faye Fleming, ça n'est pas rien. L'enfant que tu adopteras sera la petite princesse ou le petit prince le plus chanceux de la planète. »

Un rire surpris m'échappe. « Vu comme ça...

—C'est la vérité, que veux-tu. » Ava dit ça si simplement que je n'ai d'autre choix que de la croire.

CHAPTER 4
Ida

« Q u'est-ce qui t'a décidée à faire le grand saut, si l'on peut dire, et accepter ce film ? » Je pose la question à Faye Fleming, tout en dissimulant habilement ma propre motivation.

« Mon amie Ava m'a presque ordonné de le faire », répond-elle, comme si ça tombait sous le sens. Bien sûr, je sais qui est Ava Castaneda et je sais aussi que son épouse a coécrit *A New Day*. Internet a failli exploser quand Ava Castaneda a fait son coming-out il y a cinq ans. « Elle m'a dit qu'il était temps, tu sais ? » Faye grignote une olive et se lèche le doigt. Dans la lueur de la lampe qui se trouve derrière elle, ses cheveux forment un halo doux et lumineux.

« Je ne suis pas sûre de savoir, en fait.

— Il est temps que des actrices comme toi et moi jouent dans un film comme celui-ci, précise Faye.

— Ava a probablement raison.

— Tu dois le penser aussi, sinon pourquoi aurais-tu accepté ? » Faye est très directe. Je me demande si cela risque de créer des frictions entre nous par la suite.

Je ne peux pas lui dire que j'ai mes propres raisons, bien que je sois consciente que, si je veux vraiment que ce film change ma vie, il va falloir que je me décide à en dévoiler des aspects que j'ai toujours gardés secrets. Mais ce n'est pas à Faye que je m'ouvrirai en premier. Nous avons beau partager un agent et fréquenter les mêmes cercles depuis longtemps, je la connais à peine. C'est d'ailleurs pour remédier à ça qu'elle est là.

« Oh, oui, bien sûr, j'en suis convaincue aussi. La représentation au cinéma et à la télévision est essentielle. » Je recrache la phrase de Derek. « *Underground,* par exemple. Il n'y a que des lesbiennes. » Je suis une fan absolue d'*Underground*. J'espérais secrètement qu'Elisa Fox, qui joue l'espionne en chef Aretha dans la série, serait ma partenaire dans ce film, mais je ne peux sincèrement pas prétendre avoir perdu au change quand Faye Fleming a été choisie.

« J'apprécie *Underground,* comme tout le monde, mais on ne peut pas vraiment dire que ça ait provoqué une avalanche de coming-out à Hollywood ».

Mon estomac se noue. « Peut-être pas, mais les choses ont bougé, malgré tout. L'atmosphère est plus ouverte d'esprit, au moins.

—Je peux te poser une question... personnelle ? » Elle esquisse un sourire complice.

Mon cœur bat à tout rompre. « Bien sûr. » Elle ne va quand même pas me poser *la* question, si ?

« Avec ton ex, tu dois en savoir... plus que la plupart des gens. » Elle se penche par-dessus la table comme si nous n'étions pas seules dans ma maison. « Je connais deux acteurs et une actrice de premier plan qui sont dans le placard. »

J'ai l'impression que mon cœur va bondir hors de ma poitrine tellement il bat fort. Est-ce de moi qu'elle parle ?

« La double vie qu'ils mènent est terriblement compliquée. » Elle secoue la tête. « Ce que je veux dire, c'est que l'énergie qu'il doit falloir déployer pour maintenir en permanence cette façade, ne jamais être soi-même dès lors qu'on quitte le cocon protecteur de sa maison... » Elle prend une autre olive. Elle semble détendue. Son ton est songeur plutôt qu'interrogateur. Un ton de confidence, pas de confrontation. « C'est inimaginable. »

J'essaie d'inspirer profondément pour calmer mes nerfs, discrètement. «C'est le cas. C'est, euh, un peu fou. C'est ça.» *Bon sang, Ida. Ressaisis-toi.*

«Tu en connais?» Son regard capte le mien pendant un instant. «Derek et toi êtes toujours amis, n'est-ce pas?

—En effet. Très bons amis.» Si Derek était témoin de cette conversation, il serait mort de rire. *C'est exactement pour ça que je suis sorti de ce foutu placard*, dirait-il. *Ça et le fait que les placards sont des cercueils verticaux.* J'imagine aisément la voix de mon ex-mari dans ma tête. «Et oui, je crois savoir de qui tu parles.»

Faye plisse les yeux. «Est-ce qu'on cite des noms?

—Euh, non. Je ne pense pas que ce soit une bonne idée.» Ma réponse a fusé.

«Pourquoi? Si on est toutes les deux au courant?»

Parce que j'aimerais avoir droit aux mêmes égards, me dis-je intérieurement. «Mets-toi à leur place. Ça te plairait qu'on parle de toi comme ça?

—Comme quoi?» Faye hausse les épaules. «Ils sont homos. C'est tout.

—Je comprends ce que tu veux dire, mais prends ce film par exemple. Je suis sûre que tu as eu droit au discours de Leslie, comme moi. Parce qu'être homo à Hollywood, ce n'est pas simplement être homo et voilà. Même si ça me fait mal de le dire et même si c'est absurde à notre époque, surtout dans le show-business, qui est essentiellement dirigé par des gays.»

«C'est vrai, mais c'est pour ça qu'on fait ce film. Pour apporter notre contribution d'alliées hétéros et aider à faire évoluer cette situation ridicule.»

Je déglutis avec difficulté. Je sais parfaitement que la contribution la plus percutante que je pourrais apporter serait de faire mon coming-out, au lieu de me poser lâchement en alliée hétéro. Mais comme l'a dit Derek au téléphone l'autre jour: chacun son rythme.

Faye semble avoir oublié qu'elle voulait des noms, ce qui est une bonne chose, car j'aurais beau essayer de lire dans ses pensées, je n'ai aucun moyen de savoir si l'actrice à laquelle elle faisait référence, c'était moi. Il s'agit probablement de Lily Matthews, dont l'orientation sexuelle est l'un des secrets les plus mal gardés d'Hollywood, une des raisons pour lesquelles j'ai toujours conservé mes distances au maximum.

« Mais puisqu'on en parle, » continue Faye. « Je peux te poser des questions sur Derek et toi ? »

Mon cœur reprend sa danse effrénée. « Il n'y a vraiment pas grand-chose à dire », dis-je d'une voix sourde. En général, cette réponse suffit, mais ce n'est pas le cas avec Faye. Ma célébrité ne l'impressionne pas. Elle n'est pas dupe pour deux sous.

« Tu savais, quand tu l'as épousé, qu'il était gay ? »

Si je n'étais pas si terrifiée, son franc-parler ferait mon admiration. « Non, bien sûr que non. » C'est un mensonge.

« Et lui, il savait qu'il était homo ?

—Derek est toujours l'un de mes meilleurs amis. Ça me met mal à l'aise de discuter de sa vie privée.

—De toute façon, ta vie privée à toi m'intéresse beaucoup plus », rit Faye. « Je me demande ce qui est pire. Être mariée à un gay et ne pas le savoir, comme toi, ou enchaîner les peines de cœur, comme moi. »

Mes nerfs sont à vifs, mais toute une vie passée à éviter de parler de moi m'a appris à très bien écouter les autres, une qualité rare dans cette profession. Je devine une ouverture pour orienter la conversation de ma vie amoureuse vers celle de Faye, qui, à en croire la presse à scandale, n'a rien d'extraordinaire.

« Tu es célibataire, je suppose ? » J'essaie de garder un ton léger mais affable.

« Depuis un bon moment maintenant », soupire-t-elle. « Honnêtement, si l'on m'avait dit qu'il serait si difficile de trouver un homme bien quand on est... dans notre position, je ne suis pas sûre que j'aurais signé. Ça parait particulièrement prétentieux, je sais, mais la célébrité a un prix. Un prix énorme. »

J'acquiesce parce que c'est vrai. Ce prix, je le paie tous les jours. « Je suis désolée que les choses ne se soient pas passées comme tu l'aurais souhaité sur ce plan.

—Au moins, toi, tu as été mariée, c'est déjà ça. » Elle me lance un sourire diabolique. « Même s'il s'est révélé être homo. » Elle se penche. « Vous avez... consommé le mariage ? » Elle secoue la tête et lève la main. « Désolée, ça ne me regarde pas. »

Même si j'aime beaucoup Derek, l'idée de coucher avec lui m'a toujours fait rire plus qu'autre chose. L'idée ne nous a jamais sérieusement traversé l'esprit. J'opine par habitude, même s'il s'agit d'un mensonge éhonté. C'est le marché que nous avons passé, Derek et moi, lorsque nous nous sommes mariés. À quoi bon nous compliquer la vie avec toute cette mascarade si nous n'en tirons pas tous les bénéfices possibles ?

« Ah, les hommes, on ne peut pas vivre avec et on ne peut pas vivre sans », plaisante Faye.

« Ton personnage dans *A New Day* serait probablement d'accord avec toi.

— Sauf que le script a été écrit par deux des meilleurs scénaristes d'Hollywood et qu'elles évitent ce genre de clichés. » Faye s'installe plus confortablement dans son fauteuil.

« Au bout du compte, c'est le fait que ce soit une comédie qui m'a décidée. Il y a tellement de films comiques ces temps-ci qui se contentent d'essayer d'être drôles et qui tombent à plat. Celui-ci est réellement humoristique, et en plus il raconte quelque chose.

—Sans oublier que nous allons nous embrasser ! », s'exclame Faye dans un rire enchanté.

« Aussi, oui. » L'expérience m'a appris comme il est gênant, voire carrément pénible d'embrasser quelqu'un devant une caméra. Mais je n'ai jamais eu à embrasser une femme sur un tournage auparavant.

« Ça te stresse ?

—Un peu. » La question semble sincère, je réponds sur le même ton.

« Tu, hum... tu as déjà embrassé une femme ? » Ses yeux brillent.

Et merde. Je devrais dire non, évidemment, même si, oui, bien sûr que j'ai déjà embrassé une femme et même si tout ce dont je rêve, c'est d'en embrasser d'autres pour le restant de mes jours. Mais dans la vie que je me suis construite, c'est impossible sans faire signer un accord de confidentialité à celle sur laquelle j'ai des vues. Ce qui n'est pas franchement propice à la romance.

« Ida ? » Faye me tire de mes pensées. « Je suis désolée si c'était trop direct. Je ne voulais pas te mettre mal à l'aise. J'essayais seulement de briser la glace avant les répétitions.

— Non, non, s'il te plaît, c'est moi qui suis désolée. » Je me mordille la lèvre inférieure. Pour me rappeler qu'on n'a qu'une vie et que je n'ai plus besoin de mentir pour maintenir la mienne. « J'ai... » Ce n'est pas quelque chose que je peux admettre en regardant Faye dans les yeux. « J'ai déjà embrassé une femme.

— Sur un plateau ou...

— Pour de vrai. » Je hoche la tête lentement. Une partie de moi voudrait en dire plus, mais mes boyaux se contractent douloureusement et ma bouche se dessèche. J'avale une rapide gorgée d'eau. « C'était rien, le genre de truc qu'on fait quand on est jeune et stupide. » Ma gorge se serre au moment où je prononce ces derniers mots, comme si elle en avait tellement assez de mes contreverités qu'elle ne voulait plus coopérer.

« Pareil pour moi. »

Est-ce que Faye me regarde différemment ? Je ne sais pas. Je la vois probablement différemment maintenant que j'ai effleuré la surface de qui je suis réellement, tout en gardant mes distances. Pas facile de m'exposer après des décennies à me cacher. Je n'ai jamais cherché la lumière, malgré les projecteurs de la profession que j'ai choisie.

« Je m'en souviens à peine, pour être franche », poursuit Faye. « C'était il y a un bail. J'ai honte de l'avouer, mais je ne me souviens même pas de son nom. »

Si seulement je ne me souvenais pas de la dernière femme que j'ai embrassée. Elle s'appelait Martha. Même si je l'ai embrassée — un long et terrible baiser d'adieu — pour la dernière fois il y a de nombreuses années, je m'en souviens comme si c'était hier. La douceur de ses lèvres. La tristesse dans ses yeux... et dans mon cœur. Et pourquoi? Pour que je me retrouve ici, assise à côté de Faye Fleming, et que je lui mente ainsi?

25

CHAPTER 5

Faye

Nous en sommes au troisième jour des répétitions lorsque Tamara annonce qu'elle veut se concentrer sur la scène du baiser, pas sur le baiser lui-même, mais sur ce qui vient avant et après.

Elle nous prend à part, Ida et moi, pour étudier la séquence avec nous.

« Mindy semble larguée, même si elle a remarqué que certains commentaires de Veronica l'ont interpellée. Elle n'est pas idiote, » explique Tamara. « Pour info, Faye, je ne pense pas non plus que tu sois idiote, » précise-t-elle malicieusement. « Je sais que tu le sais, mais je tiens à ce que les choses soient claires. »

Jusqu'à présent, travailler avec Tamara est un vrai bonheur. Elle est exigeante sans jamais être odieuse. Elle a cette capacité qu'ont les meilleurs réalisateurs que je connais, de faire en sorte, apparemment sans effort, que tout se passe bien, de faire ressortir le meilleur de chacun, acteurs et techniciens confondus. Depuis le début des répétitions, elle n'a cessé de prouver sa parfaite maîtrise de son art et son aptitude à obtenir des comédiens qu'ils représentent avec précision sa vision du film.

Cette scène est cruciale car c'est le moment où le film bascule dans un registre plus romantique. C'est un nouveau départ, et l'alchimie entre Ida et moi à l'écran s'intensifie de façon notable.

« Je vois tout à fait », dis-je. Il est souvent plus difficile d'expliquer clairement ce que mon personnage va faire que de le faire réellement. « Fais-moi confiance. » C'est l'une des raisons pour lesquelles nous prenons le temps de répéter en détail. Ça ne sert pas seulement à faire la mise en place et à tester les lumières — les doublures sont là pour ça. Le but est d'exprimer les émotions adéquates et d'installer une connexion entre les personnages.

« J'ai hâte », dit Tamara, puis elle se tourne vers Ida. « Ça fait quelques jours que Veronica a l'impression de devenir complètement dingue. »

J'observe Ida pendant que Tamara explicite certains moments clés de la scène pour elle. Depuis son arrivée ce matin, Ida paraît un peu absente. Son sourire n'est pas aussi éclatant ni son rire aussi généreux que d'habitude.

Ida acquiesce, mais elle semble distraite.

« Il te faut un peu de temps ? » demande Tamara.

« Non, non. C'est bon », insiste Ida. « Allons-y. » Même sa voix tremblote un peu. Ou peut-être a-t-elle trouvé un moyen de se rendre encore plus vulnérable pour interpréter cette scène. C'est peut-être son style de jeu, bien que ce soit la première fois que je le remarque. À moins qu'elle n'ait attendu que nous répétions la première scène émotionnelle pour y faire appel. Oui, ce doit être ça. Ida est une pro, voilà tout. Et qu'est-ce que ça fait de moi ? Simplement quelqu'un qui emploie une autre méthode pour transmettre les émotions, me dis-je pour me rassurer.

« Ok », lance Tamara en nous escortant vers nos places. « Action, s'il vous plaît. »

Je récite mon texte en vérifiant çà et là le scénario. L'objectif, pour l'instant, n'est pas de prononcer les mots exactement comme ils apparaissent sur la page. L'idée, pour moi, est davantage de bien saisir les sentiments qui se cachent derrière les paroles et l'interaction avec ma partenaire.

« Sois gentille avec ton frère », dit Mindy, par ma voix. « Il en est peut-être à sa quatrième femme, mais il n'a qu'une sœur. » Je jette un coup d'œil à la Veronica d'Ida. Son comportement est celui d'Ida plutôt que celui de Veronica. Veronica est censée se rapprocher de Mindy, mais Ida ne bouge pas. Elle ne réagit pas du tout à ce que je viens de dire.

« Ida ? » interroge Tamara. « Tu veux faire une pause ? Ou est-ce que tu as besoin qu'on discute un peu plus de la scène ?

— Uhm. Non. Enfin, peut-être. » Nous ne travaillons ensemble que depuis quelques jours, mais je vois bien que quelque chose dérange Ida. Elle essaie de faire comme si tout allait bien, alors qu'à l'évidence, ça n'est pas le cas. Je n'ai aucune idée de ce qui lui arrive, mais il me semble étrange qu'une actrice du calibre d'Ida Burton débarque en répétition sans être préparée. Ce qui met à mal ma théorie selon laquelle elle s'est rendue vulnérable pour cette scène essentielle. « Je suis désolée », dit Ida. « Ce n'est pas du tout professionnel de ma part. Essayons à nouveau.

— Hé, il n'y a pas de souci », je chuchote. « Ce n'est pas la scène que je préfère non plus. »

Sa bouche se plisse en une moue tendue. Elle inspire profondément.

Je trouve le regard de Tamara, qui me fait un signe de tête. Je répète ma réplique et ne quitte pas Ida des yeux, dans l'expectative. En vain, à nouveau. Elle est comme figée. Comme si quelque chose en elle l'empêchait d'interagir avec moi dans cette scène.

« Oh, merde. » Ida laisse tomber ses mains le long de son corps. « Tout ça est tellement embarrassant. Mark ! » Elle se tourne vers son assistant. « Il me faut une minute.

— Cinq minutes de pause », lance Tamara à la cantonade.

Ida s'éloigne rapidement avec Mark. Il ne me reste qu'à aller voir Brandon, qui me tend une bouteille d'eau.

« Que se passe-t-il ? » demande-t-il.

« Aucune idée.

— Moi, ça me paraît assez évident. » Il arbore un sourire taquin.

« Oh, vraiment ?

— Elle ne veut pas t'embrasser, Faye. » Il s'approche et inspecte ma bouche. «Hum, y aurait-il quelque chose sur tes lèvres? Montre-moi tes dents. Elles sont propres?»

Ses bêtises me font lever les yeux au ciel, même si je sais qu'il tente de détendre l'atmosphère. «On ne s'embrasse pas vraiment aujourd'hui, on ne fait que répéter la scène.

—C'est presque pareil.

—Tu crois que je devrais aller lui parler?»

Brandon fait non de la tête, sa longue chevelure se balançant derrière lui. «Non, il vaut mieux la laisser tranquille. Donne-lui le temps de se ressaisir. On parle d'Ida Burton, pour l'amour du ciel. Je suis sûr qu'à son retour, elle sera à fond.» Il ne cille pas. «Prête à te dévorer.»

Charlie s'approche de nous. «C'est le texte, tu crois? Les dialogues ne s'enchainent pas aussi facilement que je le pensais.

—Je ne crois pas que ce soit ça.

—Au retour d'Ida, on se refait une lecture rapide, d'accord? Pour qu'elle retrouve ses marques.

—Bonne idée.

—On verra comment ça se passe, et on fera en fonction.» Charlie fronce les sourcils. «Je suis tout à fait consciente que c'est plus facile à écrire qu'à jouer.

—Je parie que tu t'es fait plaisir avec ce script.» J'en profite pour m'amuser un peu. «À propos, Ava m'a dit qu'elle voulait auditionner pour le rôle de Veronica, mais que tu lui as dit de ne pas se donner la peine.»

Charlie écarquille les yeux. «Oh, mon Dieu, Faye», gémit-elle. «J'ai cru à tort qu'Ava apprécierait ma franchise.» Elle soupire. «Au contraire, ça a provoqué notre plus grave dispute depuis que nous nous sommes mariées.

—Elle s'en remettra.

—Imagine si c'était Ava qui te donnait la réplique à la place d'Ida.» Elle incline la tête.

«Ava n'aurait peut-être pas tant de mal à se mettre en condition pour m'embrasser», dis-je sur le ton de la plaisanterie.

«Je suis sûre que ça n'a rien à voir avec toi, Faye. Comment ce serait possible?»

Tamara vient vers nous, Ida et Mark sur ses talons.

«On essaiera la scène du baiser à nouveau demain. Pour aujourd'hui, on va se concentrer sur le mariage», annonce-t-elle.

Je cherche à croiser les yeux d'Ida — il faudra bien qu'elle me regarde à un moment ou à un autre — mais elle les garde fixés sur le sol.

«Désolée», lâche-t-elle tout bas en relevant enfin la tête. Si Charlie a raison et que ça n'a rien à voir avec moi, alors ça ne peut venir que d'elle.

CHAPTER 6

Ida

« **M**erde, merde, merde. » C'est tout ce que je parviens à répéter tandis que je fais les cent pas dans le salon de Derek. « J'ai déconné royalement aujourd'hui.

— Tu es Ida Burton. Personne ne t'en voudra, ma chérie. » Ses efforts pour m'apaiser restent vains, je ne lui laisse pas le temps de me réconforter.

« C'est exactement pour ça que je me suis plantée. Parce que je suis Ida Burton. » J'essaie de me reprendre en regardant par la fenêtre. Le ciel est bleu acier, pas un nuage à l'horizon. « Je dois appeler Leslie. Il faut que je me sorte de ce film.

— Ida, s'il te plaît, calme-toi.

— Tu ne comprends pas, Derek. Je me suis complètement ridiculisée. Je me suis figée comme une étudiante de première année d'art dramatique tétanisée par le trac. Je ne peux pas y retourner.

— Même les pros ont des jours sans.

— On sait tous les deux que ce n'est pas ce qu'il s'est passé. » Je m'effondre enfin dans le canapé, mes jambes aussi molles que mon esprit parce que mon plan a échoué au premier obstacle. « On sait tous les deux pourquoi je me suis pétrifiée.

— Parce que tu devais embrasser Faye Fleming. » Les glaçons

s'entrechoquent dans son verre de scotch. « Honnêtement, je ne vois pas le problème. »

Je lui lance un regard noir. Si même Derek me refuse sa compassion, je n'ai plus qu'à m'éclipser poliment. Je tire mon portable de ma poche et clique sur le numéro de Leslie dans mes favoris. Derek se précipite vers moi, une main tendue.

« Allons, Ida, n'appelle pas ton agent. Tu n'es pas une débutante que sa folie des grandeurs aveugle. »

La tonalité se fait entendre et, de façon générale, Leslie laisse rarement sonner très longtemps quand je téléphone, à moins qu'elle ne soit déjà en ligne avec Faye Fleming. Peut-être celle-ci a-t-elle appelé pour se plaindre de mon manque de professionnalisme et exiger des explications.

Au moment où j'envisage de céder à Derek, Leslie répond.

« Ida, ma chérie, raconte-moi comment se passent les répétitions. » Le truc avec Leslie, c'est qu'elle sait très bien jouer les idiotes, mieux que certains acteurs que je connais. Ça fait partie de son boulot d'agent.

« Il faut que tu me sortes de là. Je ne peux pas faire ce film.

— Quoi ? Mais non. Ida, tu es parfaite pour ce rôle.

— Je suis archinulle pour le rôle. J'ai fait une erreur en l'acceptant. Je me fiche de ce que ça coûte. Tire-moi de là.

— Où es-tu ? » Le ton vaporeux de Leslie a laissé la place à l'urgence.

« Chez Derek.

— J'arrive. Je serai là dans une demi-heure. Profite de ce temps pour bien réfléchir. Le tournage commence dans deux semaines. Rompre ton contrat maintenant n'est pas vraiment dans le champ des possibles. »

« Tout est possible à Hollywood. J'ai connu des changements de réalisateurs *en cours de* tournage. J'ai vu certains de mes partenaires se retirer quelques jours avant la production. Ces choses-là arrivent tout le temps.

— Sauf si je peux l'éviter. » Leslie n'a pas l'air de plaisanter. « Attends-moi. » Sur ce, elle raccroche.

«Ne compte pas sur Leslie pour te faciliter la vie», commente Derek. «Et elle a raison.» Il s'assied à côté de moi. «Allez, parle-moi.

— C'est pour ça que je suis venue te voir. Parce que je n'ai pas à m'expliquer.

— On en a discuté pendant des heures. Je sais que ce n'est pas facile quand on a caché qui on est vraiment pendant si longtemps, mais crois-moi, Ida, la vie de l'autre côté est bien meilleure, plus lumineuse, plus épanouissante. C'est pour ça que tu fais ça.

— Ça ne veut pas dire que je doive le faire devant la caméra.

— Exact, mais c'est ce que tu as décidé. Et ce n'est pas la seule raison pour laquelle tu as accepté ce film. Il pourrait relancer ta carrière. Ne lâche pas maintenant, tu vas le regretter. J'en suis persuadé.»

Je grommèle d'une voix geignarde. «C'est facile à dire pour toi.

— Je t'en prie, évite les coups bas, proteste-t-il. Tu sais très bien que ça n'a pas été si facile que ça pour moi, et c'est précisément pour cela que tu procèdes différemment.

— C'est juste que je ne m'étais jamais retrouvée... paralysée de cette façon. Comme un lapin dans les phares d'une voiture. J'avais l'impression que tous les regards étaient sur moi, y compris ceux de personnes qui n'étaient pas présents, comme ma mère et mon frère. Comme si tout le monde m'observait attentivement pour voir ce que ce baiser signifiait réellement.» Je me frappe la cuisse de la paume. «Mais le plus dingue, c'est que Tamara ne nous avait même pas demandé de répéter le vrai baiser. Seulement les répliques qui le précèdent.

— Tu as peur.» Derek met son bras autour de mon épaule. «Et c'est parfaitement normal, parce que tout cela est terrifiant.

— Pas tant que ça, quand on relativise.»

Derek secoue la tête d'un air catégorique. «Faire son coming-out à Hollywood n'est pas une mince affaire. Ça devrait l'être, mais ça ne l'est pas.»

Mon téléphone sonne. Je m'attends à ce que ce soit Leslie qui m'annonce qu'elle est coincée dans les embouteillages, mais le nom de Faye Fleming s'affiche sur mon écran. Je le montre à Derek.

« Décroche, bon sang », m'exhorte-t-il.

J'obtempère à contrecœur. « Bonsoir, Faye. Désolée encore pour aujourd'hui. Je ne sais vraiment pas ce qui m'a pris. » Un mensonge. « Sache que ça n'a rien à voir avec toi.

— Oh, bien sûr que je le sais et ne t'inquiète pas pour ça. Ces choses-là arrivent aux meilleurs et à en croire le nombre d'Oscars que tu as remportés, c'est toi, la meilleure d'entre nous.

— Pour ce qu'ils m'ont servi aujourd'hui, quand ça comptait...

— Mais justement. Aujourd'hui ça ne comptait pas vraiment. On n'a pas commencé à filmer.

— Je sais, mais quand même. » Je ne me sens pas encore tout à fait pardonnée.

« Quoi qu'il en soit, j'ai une proposition à te faire », enchaîne Faye. Est-ce l'océan que j'entends derrière elle ?

« Je t'écoute... » Mes mains deviennent un peu moites.

« Et si tu venais chez moi dans la soirée pour qu'on revoie les scènes les plus difficiles ? Juste toi et moi, sans personne pour nous regarder. Ne serait-ce que pour répéter les répliques. Discuter de ce qui se passe dans la tête de nos personnages. »

Je me tourne vers Derek comme si j'espérais ses conseils. Il est assis devant moi et hoche la tête comme un fou. A-t-il écouté la conversation ?

« Accepte », il chuchote. « Dis oui, Ida.

— D'accord. » Je fais une pause. « Je peux te demander quelque chose ?

— Vas-y.

— C'est Leslie qui t'envoie ? » Ça ne m'étonnerait pas du tout de notre agent.

« Leslie ? Non. Pourquoi ? » Faye n'a aucune raison de me mentir.

« Pour rien.

— Je t'attends, alors. » La voix enjouée de Faye est à son image.

Ce doit être facile de vivre à Hollywood lorsque l'on n'a rien à cacher. « Je suis chez moi, viens quand tu veux.

— Merci, Faye. » Je raccroche. « Apparemment, je vais aller répéter le baiser chez Faye.

— Ça m'ennuie de te le dire, chérie, mais je pense que tu en as besoin », répond Derek.

Nous éclatons de rire. C'est à ce moment-là que je me souviens que mon agent est en route pour me ramener à la raison, alors qu'il a suffi d'un coup de fil de Faye. J'appelle Leslie pour l'avertir que la crise a été évitée. Pour l'instant. Car qui peut prévoir ma réaction en arrivant chez Faye ?

La maison de Faye donne sur la plage de Malibu, et on entend le rugissement du Pacifique depuis sa terrasse. C'est à la fois reposant et excitant. À moins que ce ne soit ce que, moi, je ressens à l'intérieur. Je dois reconnaître que voir Faye m'apaise, mais je suis également terriblement nerveuse à l'idée de ce qui va se passer ce soir.

« Tu as mangé ? » demande-t-elle. « J'ai tout ce qu'il faut.

— Ça va. » Même si j'avais faim, ma gorge nouée ne me laisserait rien avaler.

« Un verre de vin, peut-être ? » Elle porte une robe légère à travers laquelle je devine les contours de ses sous-vêtements.

« Ce n'est pas raisonnable. » Je montre mon visage. « Il faut plus que la magie de la nature pour garder cette peau.

— Un petit, pour nous détendre, peut-être. » Faye aurait-elle aussi besoin de se détendre ?

Je refuse de la tête. « J'ai besoin d'être dans les mêmes conditions que lors du tournage, je crois, et je n'ai pas l'intention de me présenter éméchée sur le plateau.

— D'accord. » Elle indique les chaises et la table. « Assieds-toi, je t'en prie. Je vais nous chercher de l'eau. »

Elle a dû renvoyer chez eux tous ceux qui travaillent pour elle. Elle ne plaisantait pas quand elle a dit que personne ne regarderait.

Je pousse un soupir de soulagement parce que dans cette ville, on ne sait jamais. Il y a toujours un assistant, un agent ou un membre de l'entourage qui rôde quelque part.

« Nous sommes seules ? » Je veux m'en assurer.

« Il n'y a que nous, comme promis.

— Merci beaucoup de m'avoir invitée. » Mon ton est solennel et sérieux, à l'opposé de l'atmosphère du film que nous essayons de faire.

« On va dire que ça fait partie de mon boulot. » Elle touche ma bouteille d'eau minérale de la sienne.

« Je travaille à Hollywood depuis suffisamment longtemps pour savoir que tous les acteurs ne pensent pas comme ça. » Je suis frappée de constater à quel point Faye est charmante.

« Je travaille sans doute depuis aussi longtemps que toi. » Faye me sourit. « Nos parcours ont dû être assez similaires. »

Ça m'étonnerait, me dis-je, à moins que Faye Fleming ne campe elle aussi dans un placard cossu mais étouffant depuis qu'elle est arrivée à Los Angeles. J'acquiesce néanmoins.

Nous bavardons encore un peu mais ma nervosité me retient à la surface de la conversation. Je ne pourrai me détendre qu'après les répétitions.

« On s'y met ? » demande Faye d'une voix douce et conciliante.

« Allons-y. » J'extirpe les pages de ce maudit scénario avec lesquelles j'ai eu tant de mal. Dans la voiture en venant, j'ai réussi à réciter mon texte sans hésitation, mais après les événements de la journée, j'ai l'impression de ne pas pouvoir me faire confiance, ce qui n'est pas une sensation confortable.

« On le lit d'abord assises, pour commencer ? » Faye ferait peut-être une bonne réalisatrice. Plus d'une actrice lassée d'être devant la caméra a choisi cette voie, mais Faye apprécie probablement trop l'attention. Il le faut pour continuer ce boulot aussi longtemps que nous, malgré les répercussions sur notre vie privée.

Nous travaillons sans problème les répliques de la scène dans laquelle je me suis pétrifiée aujourd'hui. Puis nous nous levons, mettons nos scripts de côté — parce que nous connaissons désormais le texte par cœur, à force de le réciter — et nous nous lançons à nouveau dans la scène. Pour de vrai, cette fois.

« Sois gentille avec ton frère », dit Faye/Mindy. « Il en est peut-être à sa quatrième femme, mais il n'a qu'une sœur. »

Je m'approche de Faye, la regarde dans les yeux, et proclame, complètement dans le personnage : « Vois-tu, Mindy... Ce n'est pas de ça qu'il s'agit. »

Elle me rend mon regard. « De quoi s'agit-il alors ? »

Je détourne les yeux. « Il s'agit de lui... » Veronica plonge à nouveau le regard dans celui de Mindy. « Non, il ne s'agit pas de lui. » Je déglutis. « Il s'agit de toi.

— De quoi parles-tu ? » Faye/Mindy me fixe. Ses yeux brillent. Elle est totalement dans son personnage.

« De ça. » Je me penche encore. « De ce que je ressens pour toi. » Ma voix se fait murmure. Mon visage est si proche de celui de Faye que je sens son souffle. Si Tamara était là, c'est ici qu'elle mettrait fin à la répétition. Mais elle n'est pas là. Il n'y a que Faye et moi, personne d'autre. Je suis donc les indications du scénario. Sans la toucher, je presse mes lèvres très légèrement contre celles de Faye. Elle doit être encore dans son personnage car elle joue le jeu. Comme le prévoit le script, elle laisse le baiser se prolonger avant de se reculer.

Et c'est là qu'elle s'écarte du scénario.

Faye

Je porte un doigt à mes lèvres. Ida vient de m'embrasser. Enfin non, ce n'était pas Ida. C'était Veronica. Même si c'est ce qui est écrit dans le scénario, je ne m'y attendais pas et c'est moi qui ne me souviens plus de la réplique suivante.

« Je suis désolée. » Je recule d'un pas. Si nous parvenons à reproduire cette intensité sur le plateau, Tamara va adorer. « C'est ma faute. Je n'avais pas réalisé qu'on allait jusqu'au bout, » dis-je, horrifiée de m'entendre glousser bêtement.

« Mince, Faye. Je... je me suis vraiment laissée embarquer. *Youpi !* » Ida semble également décontenancée, même si c'est elle qui m'a embrassée — ou du moins son personnage. « Peut-être que j'incarnais trop mon personnage ?

— Non, je te promets, tout va bien. C'est exactement ce que nous tentions d'accomplir. C'est juste que, après ce qu'il s'est passé aujourd'hui, je ne pensais pas qu'on y arriverait si vite.

— Peut-être que nous ne devrions pas inclure le baiser aux répétitions de demain, suggère Ida.

— Pourquoi l'as-tu inclus, à l'instant ? » Il y a une tension soudaine dans l'air. Je ne peux pas m'empêcher de plaisanter pour alléger l'atmosphère. « Tu n'as pas pu me résister ?

— À Mindy, tu veux dire, riposte Ida.

—Évidemment. » Tout comme j'ai remarqué un changement subtil dans le comportement d'Ida aux répétitions tout à l'heure, je devine un nouveau glissement à présent. Je n'arrive pas à l'identifier avec précision, mais quelque chose a évolué en elle. « On devrait probablement recommencer, sans le baiser mais avec les répliques que j'ai oubliées.

—Euh, hum, je suis désolée si c'était déplacé. Ce n'était pas mon intention. »

Je pars d'un grand rire. « Ce n'est pas comme si embrasser tes lèvres à vingt millions de dollars était une punition.

—Vingt millions, hein ? » Elle pince les lèvres en question. « Ça, c'était le bon vieux temps. »

J'avais prévu de demander à Leslie combien Ida était payée pour ce film, mais elle ne m'aurait pas répondu, de toute façon. « Et de nos jours, c'est combien ? » Je tente ma chance.

Ah, le voilà, le fameux sourire d'Ida Burton. Elle semble complètement elle-même à nouveau. « Je te le dis si tu me le dis.

—Ça marche. » Je la regarde droit dans les yeux. L'atmosphère entre nous a encore changé. « Douze. »

Ida siffle entre ses dents. « Dix. » Elle fait la moue comme si elle avait été flouée et que dix millions de dollars ne représentaient pas un montant indécent. Mais c'est deux millions de moins que ce qu'on me paie. « Tu gagnes. » Elle se dirige vers la table et saisit sa bouteille d'eau.

« Ce n'est pas une compétition.

—On pourrait penser que pour dix millions, je serais capable de déclamer mon texte en répétition. » Avec un soupir, elle s'avance vers la balustrade de la terrasse et s'y adosse. La lueur orangée du soleil couchant se mêle à ses cheveux, donnant l'impression qu'un incendie vient de se déclarer à l'horizon. « Pour être tout à fait honnête avec toi, ce soir, avant que tu ne m'invites, j'ai appelé Leslie, hystérique, pour lui demander de m'extirper de ce film. »

Son aveu me laisse pantoise. Je m'approche. « Pourquoi ? À cause de ce qui s'est passé ce matin ? »

Elle hoche lentement la tête. «J'avais l'impression que ma performance ne valait pas un clou.

— Heureusement que Leslie ne t'a pas écoutée.» Mon épaule touche la sienne. «Je n'ai jamais douté de toi.

— J'imagine que puisqu'elle vaut douze millions, je ferais mieux de faire confiance à l'opinion que tu as de moi.» Elle me gratifie une nouvelle fois de ce sourire lumineux.

«En tout cas, c'est rassurant de savoir que même la grande Ida Burton doute d'elle-même parfois.» Je me tourne vers elle. «C'était le baiser?

— Oui.» Le bout de sa langue caresse furtivement sa lèvre inférieure. «Et le fait que ce soit un film homo. Les enjeux sont différents.

— Il n'a pas intérêt à faire un flop, avec ce qu'ils nous paient.» Cette sensation que j'avais d'être dans l'ombre d'Ida est moins forte maintenant que je sais que je suis mieux payée. C'est mesquin mais tellement hollywoodien. «Je suis ravie que tu n'aies pas quitté le navire. Je ne voudrais embrasser les superbes lèvres de personne d'autre.»

Ida fronce les sourcils et rit nerveusement.

«Excuse-moi. Le sous-entendu était involontaire.

— On devrait peut-être s'y remettre.» Elle redresse les épaules. «Sans le baiser. Je vais essayer de m'en souvenir.»

Je ne lui dis pas que le baiser ne m'a pas dérangée plus que ça. Nous sommes toutes deux des actrices professionnelles payées des sommes exorbitantes. Bien que, sur un plateau de cinéma, un baiser découle généralement d'une chorégraphie soigneusement orchestrée, et que ce n'était guère le cas de celui-ci. Mais *A New Day* est une comédie romantique avec, en tout et pour tout, deux scènes de baisers et une séquence minimaliste de nos personnages au lit, qui ne nécessite même pas la présence d'une coordinatrice d'intimité sur le tournage. Je n'en ai pas demandé et si Ida l'avait fait, je serais déjà au courant.

«Au moins, on sait que le courant passe entre Mindy et Veronica, dis-je en reprenant ma place.

— Elles sont meilleures amies depuis toujours, me rappelle Ida.

— Peut-être, mais elles ne se sont jamais embrassées auparavant. » Je lance un clin d'œil à Ida et il me semble qu'une légère rougeur se répand sur ses joues, mais je n'en suis pas absolument certaine.

Nous répétons la scène plusieurs fois, gardant nos lèvres à une distance respectable.

« On va épater Tamara aux répétitions de demain », me réjouis-je. Nous nous sommes rassises face à l'océan.

« Merci encore. » Ida continue de regarder droit devant elle. « En même temps, c'est à l'évidence toi, la star de ce film, donc tout repose sur toi. »

Du coin de l'œil, j'aperçois son sourire.

« Si ça peut aider, je serais ravie de te donner un million. Histoire qu'on soit sur un pied d'égalité. » J'ai prévu de verser un bon pourcentage de mon salaire à une association caritative LGBTQI+.

« Cette conversation est tout bonnement indécente ! s'esclaffe Ida.

— Je reconnais volontiers être privilégiée, et oui, nous sommes archi surpayées pour ce que nous faisons, mais que sommes-nous censées faire ? Refuser l'argent qu'on nous propose ?

— Et ce n'est pas comme si nous n'en payions pas le prix, souligne Ida d'un ton songeur.

— Comment ça ?

— Nos vies personnelles. » Sa voix craque un peu. « Combien connais-tu de couples heureux et qui tiennent sur la durée, à Hollywood ?

— Quelques-uns, je suppose. En général, un seul d'entre eux est sous les feux de la rampe. C'est comme si une relation pouvait rarement supporter deux étoiles.

— Tu es restée longtemps avec Brian Walsh. » Elle me regarde à présent. « Je ne te demande pas de m'en parler. C'est juste qu'une image de vous deux a surgi de nulle part dans ma tête.

—C'est, euh, pas une histoire pour une belle nuit comme celle-ci.

—À ce point ? » Sa voix s'est faite toute douce.

« Excuse-moi, Ida, mais je n'ai vraiment pas envie d'en parler maintenant.

—Oh, non, bien sûr. Ce n'est pas du tout ce que je voulais dire. » Elle expire soigneusement. « Je devrais y aller, mais ce coucher de soleil est à tomber par terre.

—Reste. Il n'y a que moi. Je n'ai pas d'autres projets pour la soirée.

—J'essaierai de ne pas t'embrasser à nouveau. » Sa plaisanterie me prend de court. Lorsque son sourire éclatant s'y ajoute, je me surprends à regretter que le baiser ne soit pas au programme des répétitions de demain.

CHAPTER 8

Ida

Quinze jours plus tard, alors que le tournage débute, ce baiser que j'ai déposé sur les lèvres de Faye à l'impromptu, ce baiser qui n'en était même pas un vrai, a pris, dans mon esprit, des proportions gigantesques. Je l'ai examiné sous tous les angles, j'ai analysé toutes les raisons qui ont pu me donner l'audace de coller mes lèvres contre les siennes sans y être invitée. Certes, je pourrais arguer que j'incarnais le personnage. Je sais néanmoins, en mon for intérieur, qu'il n'y avait pas que ça.

Les deux semaines qui viennent de s'écouler, pour la majeure partie en compagnie de Faye, n'ont pas aidé à effacer cet instant singulier de mes pensées. Et la perspective de tous ces interminables moments à patienter, ensemble, sur le plateau, m'emplit d'une joie à l'opposé de ce que j'ai ressenti quand je me suis paralysée pendant les répétitions.

Chaque soir, lorsque l'assistante-réalisatrice distribue la feuille de service du lendemain, je retiens mon souffle en la lisant, pour vérifier si la scène du baiser est déjà au programme. J'ai l'impression que Tamara préfère attendre que le tournage soit plus avancé pour passer aux prises plus intimes.

Il me reste une scène avec Faye aujourd'hui. Comme d'habitude, nous nous retrouvons assises côte à côte au maquillage, attendant d'être appelées. Mon regard se pose sur son reflet dans le miroir. Elle a les paupières fermées pendant que Janet se concentre sur le contour de ses yeux. Probablement pour masquer ses pattes d'oie.

Par le passé, mes partenaires masculins n'avaient besoin que de quelques minutes au maquillage. Hollywood a plus d'indulgence pour les rides de caractère des acteurs. Il y a quelque chose de réconfortant à voir Faye se soumettre aux mêmes rituels. Nous sommes traitées exactement de la même façon, il n'y a pas deux poids et deux mesures. Avec elle à mes côtés, l'énergie sur le plateau est différente que s'il s'agissait d'un acteur. À moins que tout cela ne soit que dans ma tête.

Peut-être suis-je simplement ravie de pouvoir, pour une fois, me sentir un peu plus proche de qui je suis, même si je fais toujours semblant, même si ce que je cache reste fondamental. Le fait de travailler sur ce film, cependant, dont tant de membres de l'équipe sont fiers d'être queers, m'asticote de la meilleure façon imaginable. Cela me montre ce qui est possible. À ma toute petite échelle, j'ai droit à un échantillon de l'effet que ce film pourrait avoir à sa sortie, et savoir que j'y participe est incroyable. Heureusement que je n'ai pas lâché pendant les répétitions! Parce que j'ai besoin d'être entourée de ces personnes. J'ai besoin que ce film me donne la force d'aller jusqu'au bout. De révéler au monde entier qui je suis réellement. De faire ce que j'ai toujours considéré comme insignifiant, une note de bas de page, quelque chose de honteux, alors que c'est le contraire de tout ça.

« Allo, allo. Ida, ici la Terre! » La voix de Janet me tire de la rêverie dans laquelle mon fantasme de coming-out m'avait embarquée. « Je retouche simplement tes cheveux et ce sera bon. »

Dans le reflet du miroir, Faye m'adresse un clin d'œil. Je lui retourne son geste avec un sourire fugace. Il est des visages que l'on ne peut s'empêcher de regarder, dans lesquels on ne peut s'empêcher de se perdre un peu. Des visages faits pour l'écran. C'est le cas de celui de Faye Fleming. Il est d'une candeur irrésistible, qui donne envie de l'admirer encore et toujours. Plus je la regarde, plus mon sourire s'élargit.

« Voici les scènes pour demain. » J'étais tellement concentrée sur Faye que je n'ai pas vu Mark approcher. Il secoue une petite liasse de feuilles devant son visage, comme pour s'éventer. « Et, waouh, elles sont *caliente*.

— Montre-moi » Je tends la main.

« Où sont les miennes ? demande Faye.

— Tu connais Brandon. Il a toujours un train de retard sur le meilleur de la profession. » Il bat des cils.

Je fais abstraction de leurs plaisanteries. Est-ce que c'est *la* scène ? Je parcours les pages. Mon cœur se met à cogner à tout rompre. J'ai répété ces répliques un million de fois dans ma tête, à force.

Brandon nous rejoint et donne le script à Faye. Elle le feuillette.

« On dirait que l'heure du baiser est venue », remarque Faye, dont le regard trouve le mien dans le miroir. Derrière moi, Janet retouche mes cheveux, les fait bouffer au maximum.

« Il est l'heure, s'il vous plaît, mesdames. » Joey, l'assistante-réalisatrice, passe la tête par la porte.

Les scènes du lendemain m'occupent déjà tellement l'esprit que j'ai oublié ce que nous sommes censées filmer aujourd'hui. Ah oui, la séquence où Veronica et Mindy arrivent ensemble au mariage, juste avant que la confusion et les sous-entendus ne prennent le dessus.

« C'est bon pour moi », annonce Janet.

Alors que nous nous dirigeons vers le plateau, je chuchote à l'oreille de Mark. « Assure-toi que Faye reste dans les parages après l'enregistrement. J'ai besoin de lui parler de quelque chose.

— Je m'en occupe, boss. » Mark confirme d'un geste.

La scène d'arrivée au mariage est emballée en trois prises. Dès que Tamara déclare la journée terminée, je m'élance derrière Faye, qui est partie se faire démaquiller. Je la suis, mais je garde mon sang-froid. Bien que rien n'empêche une actrice d'inviter l'autre chez elle pour répéter les répliques du lendemain, je ne veux pas demander en public. Des dizaines d'années dans le placard, ça laisse des traces. Ma patience est immense, ma paranoïa toujours au maximum.

Mon visage paraît plus long à démaquiller et Faye est déjà en train de se lever. J'essaie de trouver son regard dans le miroir, mais elle semble soudain pressée.

« Janet, tu peux nous accorder un instant, s'il te plaît ?

— J'en aurai fini avec toi dans dix secondes », me répond-elle.

Je ne suis pas sûre d'avoir dix secondes, mais Faye va probablement passer par sa caravane avant de partir. Et Mark a aussi pour mission de la faire patienter.

Les dix secondes de Janet me semblent durer dix minutes. Je la remercie à la hâte et me précipite vers la caravane de Faye. La porte est ouverte, et j'aperçois Joey.

« Ah, Ida ! » me salue-t-elle. « Si tu as des questions ou si tu veux discuter de quoi que ce soit pour la scène de demain, appelle-moi quand tu veux. Même à trois heures du matin. Tamara veut que vous soyez toutes les deux très à l'aise. On aura plus de temps pour d'autres répétitions, si nécessaire, afin de créer l'atmosphère adéquate.

— Ça devrait aller, promet Faye.

— Tout s'est bien passé en répétition et c'est génial, mais cette fois-ci, il nous faut un vrai baiser devant la caméra, insiste Joey.

— Tu n'en ferais pas tout un plat si c'était un homme et une femme qui s'embrassaient. » Faye semble amusée.

Joey lève les mains. « Eh, tout ce que je dis, c'est que si vous avez besoin de conseils sur l'art d'embrasser des femmes, je suis à votre disposition. D'accord ? »

Je pouffe nerveusement. Ce tournage fourmille de lesbiennes, toutes avec un soi-disant gaydar, et pourtant aucune d'entre elles n'a tiqué sur moi ? Il faut croire que je n'ai pas volé mes quatre Oscars.

« Tu vas nous montrer comment on fait ? » À l'évidence, Faye se régale. « Qui vas-tu embrasser ?

— Qui voulez-vous que j'embrasse ? » Joey lève les sourcils. « Juste pour info, je vous embrasserais toutes les deux n'importe où, n'importe quand.

— On devrait s'en sortir, Joey. » Faye lève les yeux au ciel.

« Ce n'est pas comme embrasser un mec. » Joey commence à se diriger vers la porte.

Je m'écarte pour qu'elle puisse passer. Je détourne mon visage de peur qu'elle me voie rougir. Ah ça oui, c'est différent.

« Je veux que vous soyez bien préparées, ajoute Joey.

— Si je ne te savais pas complètement professionnelle, je te soupçonnerais de prendre un malin plaisir à cette conversation, la taquine Faye.

— Mon rêve se réalise, Faye, c'est tout. » Elle salue de la main. « Je suis sérieuse. Vous pouvez m'appeler. »

Depuis l'embrasure de la porte de la caravane où je m'attarde, j'échange avec Faye un sourire amusé. « Je peux entrer ? »

Faye m'invite d'un geste. Je referme derrière moi.

« Tu as le trac pour demain ? devine Faye.

— Oui. » J'inspire en espérant que ça me donnera plus de courage. « À ce propos, euh, tu penses qu'on doit... se préparer davantage ?

— S'entraîner pour le baiser ? » Faye entreprend de déboutonner son chemisier.

Je ne sais pas où poser mes yeux. « Oui. » J'ai réussi à répondre en détournant complètement le regard.

Elle laisse le vêtement glisser de ses épaules et le drape sur un cintre. Bonté divine. C'est mal parti. Je ne peux pas lui demander de venir chez moi pour qu'on s'embrasse alors qu'elle est à moitié nue.

« Je t'attends dehors. » Je fais mine de m'approcher de la porte.

« Voyons, Ida ! On va s'embrasser demain, tu peux me voir en soutien-gorge. Ne t'inquiète pas, je ne l'enlèverai pas. » J'entends un bruissement. « Voilà. Tu peux à nouveau te rincer l'œil. » Elle a enfilé un T-shirt. J'espère qu'elle n'a pas l'intention de passer au pantalon à présent.

« Hum. » J'ai l'impression de revivre ma première audition. Ce sentiment d'inaptitude. Trébuchant sur chaque mot. Convaincue que ma carrière d'actrice ne décollerait jamais, mais m'accrochant à la moindre note d'espoir parce que c'était ce que je désirais par-dessus tout. « Alors, tu es partante pour cette nuit ? » Aussitôt, j'ai les joues en feu. « Je suis désolée. » Je leste mon rire de toute l'auto-dérision dont je suis capable pour effacer mon lapsus.

« Cette nuit, carrément ? » Faye part dans un immense éclat de rire. L'idée même peut sembler totalement hilarante, je le reconnais. Pourquoi n'en rirait-elle pas ? « Dis donc, on avance vite, d'un seul coup.

— Ce soir. » Je corrige. « La journée a été longue.

— Bien sûr. Pourquoi pas ?

— Merci. » Je m'enfuie avant que l'humiliation ne m'achève.

« Hé, Ida ! » crie Faye dans mon dos. « Chez toi ou chez moi ? »

Quelques têtes se tournent. « Chez moi ! »

Sur le chemin de ma caravane, je fais semblant d'être la personne la plus hétérosexuelle du monde, et d'avoir rendez-vous avec l'homme le plus viril d'Hollywood. Brian Walsh me vient à l'esprit. Cette stratégie m'a plutôt bien réussi par le passé et il ne me reste plus qu'une dizaine de pas à franchir jusqu'à ce que je ferme la porte derrière moi et respire.

CHAPTER 9

Faye

Lorsque j'arrive chez elle, Ida est si élégante, son maquillage si subtil et parfait, qu'on pourrait imaginer qu'elle vient de passer entre les mains expertes de Janet. La perfection de son pantalon évasé et l'absence totale de plis sur son chemisier en soie me laissent penser qu'elle a sa propre costumière cachée quelque part. Vu la façon dont les gens dépensent leur argent dans cette ville, tout est possible.

Avec mon jean et ma chemise en coton, je me sens un peu débraillée en comparaison, mais je croyais être là pour une répétition impromptue des scènes de demain, rien de plus.

« Tu as des projets après ? » Je pose la question tandis qu'elle me fait entrer.

« Non, pourquoi ?

— Tu as l'air prête pour une soirée chic, avec ton look à dix millions de dollars.

— Dix précisément ? » Ses lèvres dessinent son fameux sourire. « C'est ce que je voulais.

— Ce n'est pas moi qui te paie, pas la peine de te donner du mal pour moi. » Bien sûr, ce n'est peut-être pas pour moi qu'elle a fait tant d'efforts. C'était prétentieux de ma part de le penser. « Tu avais probablement un rendez-vous galant avant que j'arrive. »

Ida fait non de la tête. « J'aurais bien aimé, mais le seul événement qui illumine ma soirée est ta visite. »

Elle m'emmène vers un salon avec des canapés crème, un grand tapis de la même teinte et une table basse en verre. La dernière fois que je suis venue, j'ai à peine remarqué la façon dont les lieux étaient décorés. J'étais encore trop impressionnée pour prêter attention à quoi que ce soit d'autre qu'à Ida. Nous sommes au-delà de ça, à présent. Nous ne sommes que deux collègues, même si la raison de cette réunion de travail est un baiser sur la bouche.

Le temps qu'elle aille chercher deux petites bouteilles d'eau, je promène mon regard autour de moi. Au-dessus de la fausse cheminée trône une grande photo de mariage d'elle et Derek, ce qui me paraît étrange. En fait, tout ici paraît un peu étrange. Comme si la demeure n'était pas réellement habitée. Comme si c'était un décor de film plutôt que l'endroit où quelqu'un vit. Peut-être Ida a-t-elle une autre maison, ou plusieurs, où elle préfère passer son temps.

« Derek et toi devez vraiment vous être séparés en bons termes. » J'indique la photo de mariage.

« Oui. » Ida s'arrête là, manifestement peu disposée à élaborer, et je n'insiste pas. L'autre jour, alors que j'attendais dans ma caravane, j'ai cherché sur Google des articles sur le divorce d'Ida et de Derek, mais si ce n'est la révélation de l'homosexualité de Derek, il n'y avait pas grand-chose à trouver. Ça aussi, c'est étrange.

Quand Brian et moi nous sommes séparés, le moindre détail dont la presse a eu vent s'est retrouvé étalé à la une pendant des mois, à l'exception de la véritable raison de notre rupture. Ida n'est pas la seule à avoir une excellente attachée de presse.

« Tu veux qu'on attaque la scène directement ? » J'essaie de détendre l'atmosphère.

« Je suis désolée d'avoir été si cassante à propos de la photo. J'ai mes raisons de la garder au mur. C'est juste... Disons... Je t'apprécie vraiment, Faye. J'aime beaucoup travailler avec toi. Jusqu'ici, ça a été un réel plaisir, mais tu connais aussi bien que moi les effets de décennies dans ce métier. Ce n'est pas simple pour moi d'aborder certains sujets.

—Oh, tout à fait. Je comprends.» Évidemment que je comprends.

«On peut peut-être discuter un peu avant de commencer à... s'embrasser?» Elle s'essuie les paumes sur son pantalon chic. «Si j'ai l'air aussi nerveuse, c'est parce que je n'ai pas joué de scène de baiser depuis bien longtemps. Je n'ai jamais vraiment aimé ça, la caméra en gros plan fixée sur le visage, un tas de gens qui se pressent autour, alors qu'on tente de donner l'illusion d'une certaine intimité malgré un cadre qui est l'exact opposé.

—Ha! Tu m'étonnes.» Je ricane. «Pour mon dernier film, j'ai embrassé Danny White et Mario Velez et je ne peux pas dire que c'était horrible, mais... c'est toujours un peu trop intrusif. À la limite, je préfère une scène d'amour minutieusement chorégraphiée à une scène de baiser. L'ambiance est différente.

—C'était quel film?» Ida s'agite anxieusement sur son siège.

«*Twice Bitten, Once Shy*. Il sort dans quelques mois. Dès que nous avons fini de tourner *A New Day*, je commence la promo.» Je hausse les épaules. «Mais moi non plus, je ne veux pas que ça prenne des proportions démesurées. Essayons de ne pas trop nous casser la tête. Ce serait contre-productif.»

Ida acquiesce. «C'est vrai que ça a tendance à devenir embarrassant après quelques prises.

—Raison de plus pour viser la prise unique.

—Et donc de nous entraîner sérieusement ce soir.

—Nous l'avons déjà réussi parfaitement auparavant. Peut-être que cette scène est précisément la raison pour laquelle nous faisons ce que nous faisons. Peut-être que de cette scène dépend la suite de nos carrières.

—Voilà qui ne met pas du tout la pression!

—Tu as raison. Je suis désolée.» Je la regarde. «Je ne pense pas que nous ayons, ni l'une ni l'autre, quoi que ce soit à prouver.

—Tu crois?» Les coins de sa bouche s'abaissent. «Ce n'est pas l'impression que j'ai. Après le divorce, j'ai fait un break, pas entièrement volontaire. Je n'en avais pas envie, mais j'avais le sentiment que c'était nécessaire. Il n'a pas été si difficile que ça par la suite de décrocher des rôles intéressants, mais aucun des films dans lesquels j'ai tourné n'a eu d'impact significatif au box-office. Et je ne peux m'empêcher, parfois, de penser que j'ai perdu un peu de ma magie. Le truc qui faisait de chaque film d'Ida Burton un événement. Automatiquement. Ça ne veut pas dire qu'ils étaient tous bons! Quand je pense à certains d'entre eux, j'ai envie de me cacher sous terre. » Elle lève les yeux au ciel. «Ils dégoulinent de misogynie crasse et de mauvais jeux de mots sexistes. » Elle fait semblant de frémir. «C'est affreux de les voir aujourd'hui. C'est pour ça que celui-ci a une telle importance pour moi. Et, évidemment, tous les regards vont être tournés vers ce baiser. D'où mon sentiment d'avoir beaucoup à prouver. »

Je pivote légèrement pour poser mon genou sur le canapé. « N'empêche, Ida, au bout du compte, ce n'est qu'un film. Le pire qui puisse arriver, c'est qu'il fasse un flop. Auquel cas, on ira voir si l'herbe est plus verte ailleurs. »

Elle secoue la tête avec véhémence. «Le pire qui puisse arriver, c'est qu'il soit démoli par les critiques. Que l'on nous reproche, à toi et à moi, une absence d'alchimie, dans la mesure où c'est censé être l'un des ingrédients principaux de ce film. » Elle s'interrompt. « C'est peut-être différent pour toi. Les dix années qui viennent de s'écouler ont été absolument incroyables. Tu as raflé toutes les récompenses possibles et imaginables, tes étagères croulent sous les petites statuettes dorées. Tu as beaucoup moins à prouver. Tu pourrais presque tourner ce film pour passer le temps entre deux.

— Ce n'est vraiment pas le cas. Je prends ce film très au sérieux.

— Et pourtant, tu n'aurais aucun mal à le considérer comme un pari sans conséquence. Je ne pense pas en être capable.

— Mais voyons, Ida. Je n'ai jamais considéré aucun film de cette façon. Même pas à mes débuts.

— Ce n'est pas ce que je voulais insinuer. Désolée. J'ai été maladroite. » Elle semble hésiter. «Mon manque d'assurance se réveille, c'est tout. Par moments, j'ai du mal à ne pas avoir l'impression que je suis sur le déclin. Comme si ma carrière était derrière moi. »

Je me glisse un peu plus près d'elle sur le canapé. Je n'arrive pas à croire que ce soit à moi de dire à Ida Burton qu'elle ne perdra jamais son éclat. Qu'il lui suffit de pénétrer sur un plateau de cinéma pour l'illuminer. Qu'elle attirera toujours la foule, quoi qu'elle fasse. Et qu'elle est fabuleuse et sexy, et l'une des plus grandes stars qu'Hollywood ait jamais engendrées. D'ailleurs, je ne pense pas que je serai celle qui le lui dira.

Je pose une main sur son bras et serre doucement. « Tout ça parce que tu dois embrasser une femme à l'écran ? » Une plaisanterie me semble préférable dans ces circonstances.

Elle lâche un petit rire étouffé. « Oh, Faye, tu n'as pas idée ! »

C'est vrai. Elle a raison. Bien que j'imagine aisément les doutes qui traversent l'esprit de tout comédien avant de tourner une scène intime. « Mets toutes ces émotions dans ce baiser et tu vas époustoufler tout le monde.

— En voilà une bonne idée. » Son ton est plus léger à nouveau. « On pourrait croire que nous sommes des actrices professionnelles qui savent ce qu'elles font.

— On s'y met, alors ?

— Allons-y. » Elle baisse les yeux brièvement sur ma main, toujours posée sur son bras. « Tu as déjà les mains baladeuses. »

Je serre encore une fois avant de lui lâcher le bras et de me lever. « J'espère que tu connais tes répliques par cœur.

— C'est un baiser, rétorque Ida. J'ai rarement besoin de script pour ça. »

CHAPTER 10

Ida

Faye entend-elle comme mon cœur bat? Il cogne si furieusement contre ma cage thoracique que je crains que ses cabrioles débridées ne soient visibles à l'œil nu. Mais Faye attend sans broncher que je me lance dans le dialogue. Le dialogue qui mène à notre baiser. Cette fois-ci, au moins, elle sait ce qui va arriver.

Nous récitons notre texte, et je me penche vers elle. Suis-je encore en train de jouer? Et si ce n'est pas le cas, est-ce une sorte de transgression? Un passage de ligne blanche éhonté? Peu m'importe, alors que son délicat parfum fleuri envahit mes narines et que ses lèvres s'entrouvrent pour m'accueillir. Nos corps ne sont pas censés se toucher pendant que nous nous embrassons, seules nos bouches se frôlent, puis nos personnages s'écartent, l'une beaucoup plus gênée que l'autre.

Que je joue la comédie ou non, les lèvres de Faye sont incroyablement douces contre les miennes, et sa proximité fait frissonner tout mon épiderme. Jusqu'à ce que le moment soit venu de nous séparer — bien trop tôt à mon goût. Mais puisque nous sommes ici pour nous entraîner à ce baiser, il va falloir recommencer. Je dis mon texte et me baisse à nouveau, mais ses lèvres ne sont plus là où je les attendais.

Je me recule et tente de lire l'expression sur son visage. Il est possible que j'aie été un peu trop intense. Ma maison n'est pas un plateau de tournage, l'énergie est différente. Il n'y a que nous deux dans la lumière tamisée. « Tout va bien ? » Il me semble préférable d'être la première à poser la question.

« Oui. » Faye fait un pas en arrière. « J'ai l'impression qu'on le tient.

— Oh. » Son enthousiasme n'est pas aussi démesuré que le mien, et ça peut se comprendre. « Oui. Bien sûr.

— Ce n'est pas non plus le baiser le plus élaboré. » Sa voix ne serait-elle pas un peu rauque ? Non, ce doit être mon imagination. « Il n'y a vraiment rien de bien sorcier. »

Je hoche la tête, la lèvre inférieure entre mes dents. Je ne sais pas comment découvrir sans risque si c'est effectivement la raison pour laquelle nous nous arrêtons avant même d'avoir commencé. Le contexte ne m'aide pas dans la mesure où la situation est très inhabituelle. J'ai dû faire une erreur, cela dit, mais laquelle ? Ce n'est pas comme si je pouvais m'ouvrir à elle et lui poser la question.

« Encore une fois, peut-être », dit Faye en tapotant un ongle verni contre son menton, comme si cela demandait réflexion, comme si nous nous apprêtions à interpréter une scène ultra-complexe en mode Actors Studio.

« Tout ce que tu veux. »

Elle soulève un sourcil parfaitement dessiné. « Vraiment ?

— Hmm...

— Je vais être tentée de te prendre au mot, Ida. » Elle en rajoute un peu sur le charme. « Viens là. » Elle double ces mots d'un geste du doigt et je manque défaillir. À l'évidence, l'enjeu est beaucoup plus important pour moi que pour elle, parce que je suis une lesbienne frustrée, dans le placard, qui se retrouve à embrasser une femme sublime. Mais est-ce tout ? Il est possible que ma peur m'ait empêchée d'envisager que cela ne soit pas le cas. Peut-être ai-je refusé d'admettre que je suis attirée par Faye Fleming tant je suis habituée à me priver de petits plaisirs de ce genre. C'est pour cette raison que je sais que, même si cette attirance est réelle — et les indices se multiplient —, elle passera. Je le sais mieux que quiconque, car c'est l'histoire de ma vie. Plutôt qu'actrice, c'est pourfendeuse de tentations qu'on devrait lire sur mon CV.

Alors que je m'avance vers Faye, je suis un peu gênée de réaliser que je désire peut-être plus de sa part qu'un chaste baiser de cinéma, comme si j'avais quinze ans et non presque cinquante.

Les répliques nous viennent automatiquement à présent, comme si nous les avions intégrées, ce qui devrait faire très plaisir à Tamara demain, et cette fois, quand mes lèvres se posent sur les siennes, il m'est presque impossible de m'arracher à elle. Le baiser dure quelques instants de plus qu'il ne devrait et lorsque nous nous séparons enfin, je ne peux qu'espérer que mes joues ne brillent pas du même feu que ma chevelure.

« Tu as tout donné cette fois, Ida. » Faye me regarde d'un air suspicieux. À moins que ce ne soit moi qui sois suspicieuse. Je ne sais plus. La tête me tourne un peu. Je vacille légèrement.

Je tente un ton badin. « J'ai mis tout mon talent à 10 millions de dollars dans le rôle.

— Tu mérites chaque centime », répond Faye en aspirant ses lèvres, comme si elle voulait en effacer la sensation des miennes.

Quand j'ai accepté ce film, en dépit de mes arrière-pensées, j'étais loin de me douter qu'il serait aussi troublant pour moi. Je ne savais pas quel délice ce serait de côtoyer Faye... et de l'embrasser.

« Je crois que nous sommes prêtes pour demain », dis-je.

Faye confirme. « On doit être sur le tournage à la première heure. Je devrais y aller ».

J'hésite à plaisanter bêtement sur un dernier baiser avant d'aller dormir, mais je me contente de hocher la tête. À ce stade, je n'ai qu'une envie, qu'elle parte pour que je puisse reprendre mes esprits. Ou téléphoner à Derek. Ou regarder l'un des films de Faye. Ou...

« Ida ?

— Oui ? » Je la raccompagne.

« Ça va ? Toi et moi ? demande-t-elle.

— Absolument.

— À demain matin. » Elle se penche et dépose sur ma joue un

baiser tout léger, qui me laisse dans une confusion telle que je reste à fixer l'allée déserte pendant plusieurs bonnes minutes après son départ.

***

La deuxième équipe répète notre scène du baiser. Nos doublures ne s'embrassent pas vraiment, mais leurs lèvres sont très proches. Dans un sens, je suis moins stressée qu'hier soir. Nous ne sommes pas seules, ça change tout. Certes, j'ai apprécié nos répétitions, dont je suis convaincue qu'elles rendront le tournage plus fluide. J'ai passé la moitié de la nuit à me retourner dans mon lit en essayant de gérer mes émotions. Le film est loin d'être terminé, j'ai encore beaucoup de temps à passer avec Faye. Une autre scène de baiser, plus complexe, nous attend. J'ai beau avoir appris, à force, à ignorer l'attirance que je peux ressentir pour des femmes inaccessibles, ça promet d'être plus difficile avec Faye, en raison de la proximité et du fait qu'elle est tout simplement fantastique. De sa gentillesse déconcertante. De son immense talent. De cette façon qu'elle a de me mettre à l'aise tout en me déstabilisant.

« Leur alchimie est bonne », commente Faye en observant nos doublures. « Elles placent la barre très haut. »

Joey vient vers nous, l'air étonnamment solennel. Les scènes de baiser sont prises très au sérieux sur le plateau et, même si elle en plaisantait hier, notre assistante-réalisatrice n'échappe pas à la règle.

« On pourra commencer dans cinq minutes, mesdames », annonce Joey. « Si vous êtes prêtes.

— Plutôt deux fois qu'une », promet Faye. « Je te défie de parvenir à nous tenir éloignées l'une de l'autre. » Elle se tourne vers moi avec un clin d'œil appuyé. Si l'équipe ne rigole pas, c'est à nous qu'il incombe de faire retomber la tension. Mais je ne trouve rien à répondre à Faye. Je suis trop occupée à essayer de faire abstraction de ce que je ressens quand elle me regarde ainsi.

Lorsque nous sommes en place, Faye se tape le front de la

paume de la main. « Je savais que j'aurais dû y aller mollo sur la vinaigrette à l'ail au déjeuner. Désolée. »

Sa tentative d'apporter un peu de légèreté à la situation tandis que nous attendons le fameux « Action ! » me fait rire. Rire avec elle est plutôt facile. L'essentiel de ma nervosité s'est dissipé. Je ne suis pas tétanisée, incapable d'aligner deux mots comme lors de la répétition, et j'ai hâte de le prouver à l'équipe. Je veux que les producteurs sachent que l'argent qu'ils me paient est mérité. Que je suis à même d'arriver sur le plateau le jour J et d'embrasser une autre femme sur les lèvres, comme si je l'avais fait toute ma vie.

« Et... action ! », crie Tamara.

« Il s'agit de ce que je ressens pour toi. » En murmurant la réplique, j'ai l'impression d'être la meilleure actrice qui ait jamais vécu, parce que c'est vrai. Je n'ai pas besoin de jouer. Je n'ai pas besoin d'aller chercher au plus profond de moi-même pour donner aux mots que je prononce l'apparence d'une sincérité absolue. Je plonge mon regard dans celui de Faye et y devine une lueur éloquente. C'est une excellente actrice et, très souvent, c'est par les yeux que ça passe. La caméra rase presque mon visage pour l'avoir en gros plan, mais c'est comme si elle n'existait plus. Comme s'il ne s'agissait que d'un insecte qui bourdonne alors que Faye et moi nous apprêtons à nous embrasser. Assez simple à ignorer au milieu de tout qui se passe autour de nous. Quand je ferme les yeux et que je clos ce qui reste de distance entre nos lèvres, ce n'est pas dans la peau de Veronica. C'est dans la mienne. Et c'est moi – mon moi le plus réel, le plus authentique – qui sens que tout s'efface autour de nous, que l'équipe disparaît, que les caméras s'estompent, et qu'il n'y a plus que Faye et moi au moment où mes lèvres se mêlent aux siennes.

Et merde. J'ai recommencé. Je me recule rapidement et fais comme si j'avais suivi le scénario à la lettre, comme si ce baiser était censé durer plusieurs secondes et non un court instant.

« Coupez ! », lance Tamara. « Waouh. Extraordinaire. »

Lorsque j'ai enfin le courage de croiser le regard de Faye, j'y lis une certaine appréhension.

« Ton timing n'était pas top, remarque-t-elle.

— Tu trouves ? » dis-je de mon air le plus innocent, perfectionné par des années d'entraînement.

Elle hoche la tête et se tourne vers Tamara, espérant vraisemblablement qu'elle corrobore.

Tamara nous rejoint : « Première prise absolument géniale. Il va quand même falloir la refaire. » Elle s'adresse à moi. « Ida, dis-moi, si tu pouvais te retenir légèrement ? Juste un brin. Tu vois ce que je veux dire ?

— Oui. » Je sais exactement ce qu'elle veut dire. Ce que je ne semble plus savoir, en revanche, c'est comment maîtriser mes lèvres. Elles paraissent avoir leur propre volonté. Elles sont devenues accros à celles de Faye, et qui peut le leur reprocher ? « Désolée. » J'essaie de me cacher derrière une plaisanterie, mais rien ne me vient. Tout ce que j'ai en tête, c'est d'embrasser Faye à nouveau. Que j'aimerais que le baiser ne se termine jamais. Que je voudrais l'attirer contre moi et laisser mes lèvres... *Ça suffit, Ida.* « J'ai compris. »

À la demande de Tamara, l'équipe commence à se remettre en place. Pendant ce temps, Faye et moi rejoignons les fauteuils qui nous ont été attribués.

« Je te demande pardon, Faye. Je sais que l'objectif était de n'avoir qu'une seule prise à tourner.

— Je pense que nous savons toutes les deux que c'était illusoire. C'était quand la dernière fois que tu as tourné une scène en une seule prise ? »

Excellente question. Je ne suis pas sûre que ça me soit jamais arrivé. Janet vient vérifier nos coiffures et notre maquillage.

« Tu devrais peut-être compter jusqu'à un », suggère Faye après le départ de Janet. Elle hausse les sourcils au maximum. « Tu crois que tu en es capable ? Dès que nos lèvres se touchent, tu fais "un" dans ta tête, puis tu te retires. »

Je me réjouis qu'elle trouve ça drôle. Vraiment. Elle est cool, ce qui n'aide pas à diminuer mon désir de l'embrasser plus longtemps que ça.

« Ça doit être tes lèvres. Janet a dû appliquer une sorte de colle à la place du rouge à lèvres, je ne vois que ça.

— Mais bien sûr. » J'entends un sourire dans la voix de Faye. « Ça doit être ça. » Du bout du doigt, elle effleure sa lèvre. « Grossière erreur de la maquilleuse. On devrait la faire virer. Ça m'ennuierait vraiment qu'une femme aussi sympathique perde son emploi, mais s'il le faut... » Faye fixe son regard sur moi, ses divines lèvres pincées.

Pendant que nous badinons, je réfléchis à une stratégie pour la prochaine prise. Au lieu de me concentrer sur les lèvres de Faye et sur le délice que c'est de les embrasser, de me tenir si près d'elle, de sentir ce torrent d'énergie dans mes veines qui me donne l'impression d'être vivante comme jamais, je vais me remémorer l'un des pires moments de ma carrière. Le jour où le simulacre méticuleux auquel nous nous prêtions Derek et moi s'est effondré, lorsque mon ex-mari a décidé qu'il n'en pouvait plus de ne pas être lui-même. La peur d'être outée en conséquence m'a paralysée pendant des années.

C'est ce qui m'a empêchée de m'embarquer dans des projets stimulants et gratifiants. Ce qui m'a retenue de me donner à fond dans des rôles que je savais à ma portée. Parce que même si on peut se cacher derrière un personnage fictif, on expose toujours une partie bien réelle de soi-même. Il faut toujours laisser paraître un petit quelque chose, une infime fraction de son âme, pour que le public soit vraiment touché par l'interprétation.

Voilà la véritable raison pour laquelle il y a si longtemps que le box-office m'est étranger. Parce que j'ai été incapable d'incarner un personnage qui touche réellement les spectateurs.

« Prêtes pour la deuxième prise ? » demande Joey.

Faye et moi nous installons. Nous récitons nos répliques. Je me penche vers Faye et l'embrasse comme je suis censée le faire. Un baiser passionné mais bref. Plein d'un désir partiellement refoulé. Je m'aperçois que je n'ai pas besoin d'avoir l'esprit ailleurs. Je n'ai pas besoin de me souvenir du moment où j'ai envoyé mon communiqué d'après-divorce. Parce que, quel que soit mon désir d'embrasser Faye plus longtemps qu'en comptant jusqu'à un, je n'en ai pas le droit.

Faye

Alors que je marche vers ma caravane, la voix de Charlie parvient à mes oreilles. Je ne la vois pas mais je l'entends mentionner Ida. Je m'arrête net et j'écoute.

« Les rumeurs disent peut-être vraies, répond son interlocutrice.

— Mais enfin, Liz, proteste Charlie. S'il y avait ne serait-ce qu'une once de vérité, nous le saurions. »

De quelles rumeurs parlent-elles ? Je me faufile entre deux caravanes et m'avance pour mieux entendre. La curiosité prend le dessus sur ma bonne éducation.

« Et pourquoi le saurions-nous ? Juste parce qu'on est lesbiennes ? »

Ce n'est pas un scoop. Charlie et Liz sont tellement *out* que pour elles, un placard n'est rien d'autre qu'un meuble de rangement.

« Elle est peut-être bi, reprend Liz d'un ton songeur.

— Si elle n'est pas à cent pour cent hétéro, elle le cache formidablement bien.

— Jusqu'au jour où elle a dû embrasser Faye Fleming. » Un frisson me traverse en entendant mon nom. Je sais que je ne devrais pas espionner Charlie et Liz, mais je peux pas m'empêcher de continuer à écouter. Après tout, elles parlent aussi de moi à présent.

« N'importe qui serait tentée », renchérit Charlie.

Je n'en crois pas mes oreilles. Je connais Charlie depuis des années.

« Quoi ? » À son ton, je comprends que Liz doit la regarder d'un air interrogateur. Je fais quelques pas sur la pointe des pieds jusqu'au bout de mon étroite cachette. J'aimerais voir leurs expressions, pas juste entendre ce qu'elles disent.

« Je dois reconnaître qu'elle est à croquer », admet Liz.

Je passe la tête alors que mon cœur se livre à une petite danse étrange dans ma poitrine. Mon dieu. Pourvu que personne ne me voie ! J'aurais l'air absolument ridicule. Je ne m'attarde pas sur cette pensée et me concentre à nouveau sur la conversation. Est-ce qu'elles sont sérieuses ? Ou simplement en train de papoter ? De tuer le temps entre deux prises ? Sur le plateau, la durée effective de tournage ne représente qu'une infime partie de la journée. L'attente peut être longue. On discute. S'il y a tant de romances qui naissent sur des films, c'est parce qu'elles ont tout le temps et l'espace du monde pour s'épanouir. C'est comme ça que les choses ont commencé entre Brian et moi.

J'ai raté la suite de leur conversation pendant que je cherchais la bonne position. J'essaie de rester immobile. Je retiens ma respiration, mon cœur bat encore plus fort.

« Elle a été mariée à un homo », rappelle Charlie. Ah, elles sont reparties sur Ida, alors.

« Ça t'a déjà traversé l'esprit ? demande Liz. Est-ce qu'elle a fait vibrer ton gaydar ?

— Pas le moins du monde.

— Certains placards sont si profonds qu'ils s'accompagnent presque d'un syndrome de Stockholm. »

Charlie rigole.

« Ce n'est pas drôle. » Le ton de Liz est on ne peut plus sérieux. Je tente de voir un peu plus loin. Elles sont assises à quelques mètres de moi, me tournant le dos. « C'est triste de devoir vivre sa vie comme ça.

— Je suis désolée, mais si Ida Burton est lesbienne et se cache tout au fond du placard, c'est son choix, c'est tout », rétorque Charlie.

Je reste bouche bée. Je sais que ce ne sont que des conjectures — des ragots, en fait — mais si c'était vrai ? Pourquoi le baiser d'Ida s'est-il éternisé ? Non seulement sur le plateau aujourd'hui, mais aussi hier soir, chez elle. Et pourquoi diable la photo de son mariage avec Derek trône-t-elle si ostensiblement dans son salon dont le décor est par ailleurs minimaliste ? Pourquoi son statut de célibataire est-il si manifeste depuis son divorce ? Mais si Ida était dans le placard — et ce n'est toujours qu'une supposition — pourquoi aurait-elle décidé de faire ce film ? Pourquoi mettrait-elle en péril ce qu'elle a réussi à cacher pendant si longtemps pour un rôle dans un film ?

« Ah, te voilà. » Une voix derrière moi me fait sursauter.

Quand je me retourne, Brandon me dévisage, interloqué.

« Tu rôdes entre les caravanes, maintenant ? », chuchote-t-il.

Je porte un doigt à mes lèvres, lui indiquant de se taire. Je ne peux pas rester là à écouter, cela dit. Et puis je ne voudrais pas que Brandon ait vent de ce que les deux scénaristes racontent sur Ida. Il risquerait de poser la question à Mark, qui le dirait peut-être à Ida, et après ? J'envisage de recourir à ce plan, mais je me refuse à utiliser mon assistant pour élucider le mystère.

« Je me dégourdis les jambes. » Je parle à voix basse également. « Rien de grave. »

Brandon n'est pas né de la dernière pluie et il me jette un regard dubitatif, mais il s'en tient là — il travaille pour moi, après tout — et ne demande pas non plus à voir ce qui se passe de l'autre côté. Je lui fais signe de reculer et nous quittons ma cachette.

« Mark m'a dit de te dire qu'Ida aimerait te parler quand ça t'arrange, annonce Brandon.

— Bien. » Brandon m'accompagne à ma caravane. « Moi aussi, j'aimerais lui parler.

— Du baiser ? » demande-t-il. « Les rumeurs ont mis le plateau en effervescence. » On dirait, en effet. J'espère seulement pour Ida que personne d'autre n'a la même discussion que Charlie et Liz.

Je ne réponds pas à Brandon, je ne veux pas ajouter d'huile sur le feu. Je dépasse ma caravane et continue vers celle d'Ida.

« Tu voulais me voir ? dis-je après que Mark m'a fait entrer.

— Mark, tu peux nous laisser une minute ? »

Mark obtempère, fermant la porte derrière lui.

« Écoute… commence Ida.

— Es-tu… » Je parle en même temps.

« S'il te plaît, assieds-toi. » Elle se décale vers l'extrémité du canapé trois places. « Un verre ?

— Non merci. » Je m'installe à côté d'elle. « Tu vas bien, Ida ?

— Bien sûr. Pourquoi cette question ? » Même quand elle plisse les yeux, elle rayonne. Elle doit se lever le matin étincelante dès le saut du lit, avec ce petit quelque chose qui la rend unique.

« Comme ça. Tu voulais me parler ? » Il vaut sans doute mieux que j'écoute ce qu'elle a à dire avant de lui rapporter les propos que j'ai entendus. Il faut qu'elle sache ce qu'on raconte sur elle, à mon avis.

« Je voulais te présenter des excuses pour tout à l'heure. J'aurais pu être plus professionnelle. Enfin, j'aurais dû l'être, surtout après toutes nos répétitions. »

Maintenant que j'ai entendu Charlie et Liz, j'ai l'impression de devoir tout remettre en question. J'ai invité Ida chez moi pour répéter ce baiser. Je l'ai laissée m'embrasser au crépuscule avec le grondement de l'océan en fond sonore. Ai-je dit ou fait quoi que ce soit qu'elle aurait pu mal interpréter ?

« Tu n'as pas à me présenter des excuses, tu sais. Je connais la chanson. Jouer la comédie demande de s'autoriser une certaine vulnérabilité. Tu t'es laissée embarquer par le personnage et ce qu'elle traverse. Si tu veux mon avis, c'est plutôt une bonne chose. Ça n'exige pas d'excuses. » Mais qu'est-ce que je raconte ? Ce que j'ai réellement à lui dire me stresse.

« Tout le monde ne serait pas aussi compréhensif. Je te remercie. » Son sourire n'a pas sa brillance habituelle.

« Écoute, Ida, il y a quelque chose que tu dois savoir. Quelque chose que j'ai entendu chuchoté sur le plateau.

— OK. » Ida se redresse.

J'aurais dû prendre le temps de réfléchir davantage avant de débarquer, même si c'est elle qui m'a invitée. « Charlie et Liz, hum, à l'instant, dehors, je les ai entendues débattre de ton... disons, orientation sexuelle.

— Quoi ? » Malgré l'aplomb de sa voix, elle s'est raidie de façon visible.

« Elles papotaient, c'est tout. » J'essaie de prendre un ton léger. Si Brandon était là, il me réprimanderait d'en faire toute une histoire. « J'ai pensé que tu voudrais savoir ce qui circule à ton sujet.

— Que... qu'est-ce qu'elles ont dit ?

— Elles ont évoqué des rumeurs sur toi et elles se demandaient s'il y avait du vrai.

— Des rumeurs selon lesquelles je pourrais être... lesbienne ? » Le dernier mot s'échappe en un quasi-murmure.

Je hoche la tête.

« Bon sang. » Elle tape fébrilement du pied. « C'est à cause de ce satané baiser. »

Et donc on en revient toujours au baiser. C'est moi qui joue cette scène avec elle. Qui l'embrasse en retour. Pourtant, pour moi, ce n'est qu'un boulot, pas quelque chose qui pose problème. Les choses semblent très différentes pour Ida.

« À propos du baiser. » J'essaie de croiser son regard, mais elle s'y refuse. « Je sais que ce n'est pas un acte ordinaire, mais y a-t-il une raison pour laquelle ça a été si difficile pour toi ?

— Pardon ? » Elle relâche un peu d'air par les narines, comme un taureau sur le point d'attaquer un chiffon rouge. « Non, bien sûr que non. Je ne sais pas d'où viennent ces rumeurs, mais tu peux être sûre que je vais dire deux mots à Charlie et Liz. » Elle se tord les mains. « Ce n'est pas vrai. Ce qu'elles disent. C'est des conneries. »

Son visage est tout pâle et elle semble délibérément éviter mon regard.

« OK. » Ida Burton n'a probablement jamais joué aussi faux de sa vie, mais ce n'est pas à moi de la contredire. Je ne suis que sa partenaire. Notre amitié est naissante — et nous avons échangé quelques baisers de cinéma — mais c'est tout.

« N'en parle à personne, je t'en prie, implore Ida.

— Ida... » Parce que le film sur lequel nous travaillons n'est pas n'importe quel film, je me sens obligée de préciser. « Je veux juste que tu saches que même si c'était vrai, ce ne serait pas un problème du tout. »

Elle se lève et commence à faire les cent pas, mais la caravane n'est pas très grande et elle n'a nulle part où aller.

« Ce n'est pas vrai. D'accord ? » Elle est clairement sur la défensive à présent, presque agressive.

Sa réaction hostile ne me décontenance pas, j'ai surtout de la peine pour elle. Devant moi, le visage crispé par l'angoisse, se tient l'une des meilleures actrices du monde, l'une des femmes les plus accomplies de la planète, et elle est au bord de la crise de nerfs parce qu'elle ne se croit pas autorisée à être elle-même.

« Ida. » Je me lève lentement. Je ne veux pas la contrarier davantage. Elle me fait penser à un animal en cage. C'est peut-être ce qu'elle ressent à l'intérieur. « Ça va aller.

— S'il te plaît, va-t'en », supplie-t-elle d'une voix cassée.

Rester avec elle quand elle est dans cet état ne servirait à rien.

« Tu sais où me trouver si tu veux parler. » Avant d'ouvrir la porte, j'ajoute : « Tu peux compter sur moi. »

Ses yeux brillent d'une flamme nouvelle, et elle me fusille du regard.

CHAPTER 12

Ida

Je m'appuie contre la porte que Faye vient de refermer derrière elle. J'inspire consciencieusement à plusieurs reprises. Pour me rappeler que c'est ce que je voulais. Pas exactement ce qui vient de se passer, mais quelque chose qui y ressemble. Un événement qui m'oblige à sortir du placard. Qui mette un terme à la terreur dont j'ai toute ma vie été prisonnière. Parce que j'en ai assez de tous ces faux-semblants. De satisfaire les fantasmes hétéros des patrons de studio et des cinéphiles. De garder toutes ces émotions enfouies au plus profond de moi-même, à espérer qu'elles disparaissent. Ça ne marche plus. Ça n'a jamais marché, même si j'étais très douée pour me convaincre du contraire.

Juste un peu plus longtemps. Juste quelques millions de plus à la banque. Un film de plus. Une année de solitude de plus, à ajouter au temps passé à me haïr.

J'inspire une nouvelle fois et laisse l'air s'échapper lentement par mon nez. J'écarte une larme qui menace de jaillir au coin de mon œil. Ce n'est pas le moment de pleurer.

C'est le moment de le dire à quelqu'un. Une seule personne. De me confier à quelqu'un. De partager avec cette personne une partie de moi que je pensais pouvoir condamner à l'oubli, même si je n'étais pas dupe.

Cette personne ne peut être que Faye.

Mark traîne près de ma caravane. Dieu merci, Tamara avait gardé la scène du baiser pour la fin et nous avons terminé pour aujourd'hui.

Je me dirige vers la caravane de Faye et frappe à la porte. Alors que j'attends qu'elle réponde, je vois Charlie se rendre vers la salle de repos. Je ne vais pas lui faire de remarques sur ce qu'elle a dit de moi. À quoi bon ?

Avant d'entrer, je demande à Mark de ne laisser personne nous déranger. Faye est seule. Brandon ne semble pas être dans les parages.

J'aurais préféré ne pas avoir à faire ça dans cette caravane, mais d'une certaine manière, c'est de circonstance. J'ai passé plus de temps dans des caravanes de tournage que dans ma propre maison. C'est là que je vis l'essentiel de ma vie. Dans des salles improvisées, dans de petits espaces, dont l'étroitesse ne m'a jamais aidée à contenir plus facilement mes sentiments. Au contraire.

« Rebonjour, » m'accueille Faye d'une voix douce. « Viens t'asseoir à côté de moi. » Elle tapote le canapé, mais je ne suis pas sûre qu'une telle proximité soit une bonne idée. Je décide d'écarter ce réflexe de méfiance. Je ne suis pas venue déclarer ma flamme à Faye Fleming. Ce n'est pas de cela qu'il s'agit — et je ne suis pas non plus amoureuse d'elle.

Je la rejoins et m'assieds. Avant de commencer, j'étudie son visage avenant, son regard doux, son sourire bienveillant. Même Derek l'a reconnu, Faye a un truc pour lequel des millions de femmes tueraient. Cette insaisissable qualité, ce charme, qui se résument sans doute à une certaine symétrie dans son visage. La façon dont le bout de son nez se redresse et ces deux taches de rousseur solitaires sur ses pommettes capturent le regard. Impossible de détourner les yeux.

« Le visage le plus vendeur d'Hollywood », comme l'a un jour qualifié Leslie. « Après le tien, évidemment, ma chérie. »

« Tu sais probablement pourquoi je suis ici. » Je suis surprise d'entendre une telle assurance dans ma voix. Elle ne reflète pas ce que je ressens. Une goutte de sueur coule le long de ma colonne vertébrale. Sous mes cheveux, ma nuque est moite. Je cale une mèche derrière mon oreille, sans succès. Ça ne tient jamais.

« Dis-moi.

— Je ne sais même pas comment le dire. C'est la première fois. Je...

— Essaie, Ida. Essaie pour moi, s'il te plaît. »

Je déglutis, comme si je devais m'éclaircir la gorge avant de prononcer les mots que des millions de personnes ont prononcés avant moi. Que plus personne ne devrait encore avoir à prononcer. Que cette ville, ce milieu qui accordent plus d'importance à l'argent, à l'apparence, au statut social qu'au bonheur et à l'amour, m'ont contrainte à garder pour moi.

« Je... j'aime les femmes. » Voilà. Facile comme bonjour. « Depuis toujours. » Une première petite vague de soulagement m'envahit. « Mon mariage avec Derek était une imposture totale. Quelque chose qui nous a servi à tous les deux pendant un temps, jusqu'à ce que ce ne soit plus le cas. Jusqu'à ce qu'il trouve une porte de sortie et moi non. » Ce que je dis est d'une telle évidence que j'en rigole. « J'ai toujours fait le choix de protéger ma carrière en restant dans le placard et pendant longtemps, j'ai réussi à faire avec, parce que c'est comme ça que ça se passe à Hollywood. » Je secoue la tête tant ça paraît ridicule, mais c'est aussi la réalité, simple et brutale. « Je suis loin d'être la seule. Mais aujourd'hui, je n'y arrive plus. »

Faye prend une grande inspiration avant de hocher la tête d'un air encourageant. « Je suis vraiment désolée, Ida.

— Ne le sois pas. C'était mon choix. Personne ne m'a obligée à le faire, mais je l'ai fait. Jusqu'à maintenant.

— Tu avais de bonnes raisons de rester cachée.

— Ça se discute. » L'argent est-il une bonne raison ? Ou la célébrité ?

« Je ne peux pas imaginer ce que tu as enduré », dit Faye. « Ni comme ce coming-out a dû être difficile. Merci de ta confiance.

— Je t'ai embrassée. » Je tente un sourire crispé. « Je ne pouvais pas te mentir plus longtemps. » J'espère qu'elle sait que je plaisante.

« À ce propos... » Faye penche la tête. « En effet, oui, tu m'as un peu embrassée.

— Un peu, mais pas vraiment. » Avec un peu de chance, je serai la seule à savoir que c'est un mensonge éhonté.

« Tu veux dire que tu ne voulais pas m'embrasser ? » Faye Fleming dans toute sa splendeur. Je ne l'intimide pas le moins du monde.

« J'étais tenue de t'embrasser, pour le film.

— C'est pour ça que tu as accepté ce rôle ? Parce que tu savais que tu jouerais face à moi et que tu pourrais m'embrasser ?

— Non.

— Oh. » Je suis assez bonne actrice pour voir qu'elle en rajoute des tonnes. « Ça m'apprendra à croire que tout tourne autour de moi.

— Faye, blague à part... Il faut que ça reste entre nous pour l'instant.

— Cela va sans dire. » Elle m'observe avec attention. « Personne ne sait, à part Derek ?

— Certaines personnes sont au courant. Des personnes que j'ai... fréquentées. Mais il y en a eu peu. Ça m'a toujours paru trop risqué. Pas facile d'être discret dans cette ville.

— Tu as donné l'illusion que ça l'était.

— Loin de là. J'ai... » Mais je ne veux pas que Faye ait pitié de moi. D'autant que, de son propre aveu, les choses n'ont pas été si simples pour elle non plus en matière de vie amoureuse. Je hausse les épaules. « Je ne suis pas si vieille. Il n'est peut-être pas encore trop tard pour moi.

— Évidemment qu'il n'est pas trop tard. » Faye montre la porte. « Si tu débarques sur le plateau en annonçant que tu es prête à être aimée par une femme, tu seras mariée avant la fin du tournage. »

Je ris de bon cœur. À défaut d'amour, l'humour est souvent la seule chose qui me permette de tenir le coup.

« Tu ne m'en veux pas d'avoir d'autres raisons de faire ce film ? »

Faye balaie le sujet d'une main. « Quelle est ta stratégie ? Tu as prévu un coming-out spectaculaire ?

—Je n'ai rien prévu du tout, j'ai juste... j'ai suivi mon instinct sur ce coup-là. J'ai senti que je devais faire ce film. Que c'était maintenant ou jamais, si l'on peut dire.

—Tu as de la chance que je ne t'aie pas envoyée valser quand tes lèvres se sont attardées.

—Hé, c'est toi qui m'as invitée pour qu'on s'entraine à s'embrasser. »

Faye explose de rire. « C'est pas faux. Tout est de ma faute.

—Non, merci de... ta compréhension et de ta gentillesse. » Je vais avoir l'air de draguer Faye avec mes paroles suivantes, mais je m'en moque. Je veux vraiment lui dire. « Qu'une femme comme toi soit célibataire dépasse mon entendement, Faye. Tu as tout pour plaire. »

Elle me gratifie d'un sourire éblouissant — un sourire qui pourrait aisément rivaliser avec le mien lorsque je suis au mieux de ma forme. « J'ai des défauts comme tout le monde, mais j'apprécie le compliment. Que l'immense Ida Burton me voit ainsi me touche. »

Mon sourire n'a plus rien d'étriqué. Non seulement ai-je révélé mon secret le plus lourd à quelqu'un, je me suis aussi fait une nouvelle amie. Quant à mes sentiments naissants pour elle, rien n'a changé. Il me faudra encore faire appel à l'expérience acquise au fil des années pour les réfréner.

CHAPTER 13

Faye

« Tu le crois, toi, que Mark se comporte comme s'il valait mieux que moi, sous prétexte qu'il est l'assistant d'Ida Burton ? » s'émeut Brandon. « Comme si elle était au-dessus de toi dans la hiérarchie hollywoodienne. » Il fait claquer sa langue comme s'il n'avait jamais rien entendu de plus ridicule.

J'adorerais pouvoir partager avec lui les révélations d'Ida. C'est une grande gueule ambitieuse, mais sous ses airs bravaches et extravagants, il est d'une générosité sans faille. Une générosité qu'il met au service des gamins que leurs parents ont jetés à la porte, consacrant une partie de son précieux temps libre à travailler pour une plateforme d'écoute LGBTQI+ et à faire du bénévolat dans un refuge de West Hollywood. De mon côté, j'essaie d'apporter ma contribution sous forme de chèques bimestriels, comme si l'argent pouvait remplacer l'acceptation et l'amour d'un parent.

Si quelqu'un peut comprendre la détresse d'Ida, c'est Brandon, mais une promesse est une promesse et je ne peux pas rompre celle que j'ai faite à Ida. Ce que je peux faire, en revanche, c'est passer chez Ava et Charlie et demander à cette dernière des explications sur ce qu'elle et Liz chuchotaient sur le tournage.

Mais d'abord, je m'adresse à Brandon. « Tu es sûr que ce que vous avez partagé est complètement terminé ?

«—Oh oui! Mark a un petit ami paraît-il génial qui veut l'épouser.

—Mark doit avoir dix ans de plus que toi. Vous n'en êtes pas au même point dans la vie.

—Merci, darling.» Brandon me sourit. «Nous n'avons que cinq ans d'écart en réalité, mais c'est vrai qu'il donne l'impression d'en avoir dix de plus.»

La voiture s'immobilise.

«Te voici chez toi. À demain.» Je suis heureuse d'avoir contribué à remplumer son ego.

«Bonne nuit.» Brandon m'embrasse sans même effleurer ma peau puis me balance un clin d'œil appuyé avant de descendre du véhicule.

Pendant que celui-ci poursuit sa route vers Malibu, j'envoie un SMS à Ava pour voir si elle est chez elle. Elle me répond qu'elle est en tournage toute la soirée. Bien que ce ne soit pas mon habitude, je pourrais envoyer un texto à Charlie directement, je suppose. Nous travaillons ensemble. Sans Charlie Cross, ce film n'existerait pas. Et sans Charlie, Ida serait encore enfermée dans son placard.

Par SMS, je lui demande si elle sera chez elle dans la soirée. Au lieu de répondre par le même moyen, elle m'appelle.

«Tout va bien?» s'enquiert Charlie. «Tu as des regrets sur les scènes que nous avons tournées aujourd'hui?

—Pas du tout, Charlie», je la rassure. «Tout va bien, mais je voulais te demander quelque chose. Je serai à Malibu d'ici trente minutes environ. Je peux passer chez toi?

—Je suis toujours au boulot. Et si je venais jusqu'à toi dans une heure?

—Ça marche.

—Tu es sûre que je n'ai pas de raison de m'inquiéter?

—Non, non.» Ça doit la perturber un peu, mais elle le mérite après ses commérages sur le plateau — même si je dois admettre qu'il m'est également déjà arrivé de cancaner. Mais c'est différent. Ida a visiblement le sentiment que sa réputation est menacée. Elle doit en être convaincue pour avoir dissimulé pendant si longtemps un aspect aussi vital d'elle-même. «À tout à l'heure.»

Après avoir raccroché, je songe aux années qu'Ida a passées au sommet de la hiérarchie hollywoodienne, lorsqu'elle et Derek étaient mariés et enflammaient les tapis rouges, main dans la main, prétendant être ce qu'ils n'étaient pas. Cette ville est construite sur des faux-semblants et je ne comprends que trop bien la décision d'Ida de se cacher. Mais pourquoi ne pas avoir fait son coming-out en même temps que Derek? La carrière de Derek a souffert, certes, mais celle d'Ida également, bien qu'elle soit restée dans le placard.

Mon téléphone sonne. Le nom d'Ava s'affiche sur l'écran.

«Charlie a peur que tu la fasses virer de son propre film», lance Ava sans préambule.

Je lève les yeux au ciel. Je suis sûre qu'il lui est très utile dans son travail, mais le côté dramatique de Charlie est aussi problématique que légendaire. «Oh, je t'en prie. Pourquoi est-ce que je voudrais que Charlie soit virée? J'adore ce film. J'adore le scénario. Je veux que Charlie reste exactement là où elle est, et qu'elle continue à écrire des répliques merveilleuses pour mon personnage.

— Elle a peur que ce soit à cause de la scène que tu as tournée aujourd'hui.

— Mon Dieu, Ava, on est où, là?

— Je sais. C'est comme si elle avait demandé à sa mère d'appeler le proviseur.» Elle éclate de rire. «Depuis les répétitions, Charlie n'a pas arrêté de stresser sur la scène où le personnage d'Ida et toi vous embrassez. Comment ça s'est passé?

— Si tu as parlé à Charlie, tu sais que ça s'est très bien passé.» Il me traverse l'esprit que cette conversation pourrait m'être reprochée, si Ida fait son coming-out. «Ida et moi sommes des professionnelles dans l'âme.

— OK.» Un son étouffé se fait entendre à l'autre bout de la ligne. «Désolée. On m'appelle sur le plateau. Je dois y aller.»

Je passe le reste du trajet à m'interroger sur le fait que la carrière d'Ava n'a pas du tout souffert de son propre coming-out. La balance peut pencher d'un côté comme de l'autre, apparemment. Et Ava n'est pas actrice. Il y a tellement d'éléments qui entrent en ligne de compte… Je remercie le ciel de n'avoir jamais eu à envisager de sortir du placard.

Je vais droit au but. « Écoute, Charlie, je vous ai entendues bavarder, Liz et toi, sur le tournage cette après-midi. »

Elle écarquille ses yeux bleus. « Bavarder de quoi ?

— Je crois que tu le sais. À moins que vous ne jasiez derrière le dos de tout le monde. » Je me demande si elles ont parlé de moi, tiens. Je note mentalement de lui poser la question une fois que celle-ci aura été réglée.

« On discutait, c'est tout. S'interroger, ou devrais-je dire fantasmer, sur qui pourrait être homo est l'un de nos passe-temps favoris.

— C'est de la vie privée de quelqu'un que vous dissertez. » Je commence effectivement à avoir l'impression d'être un proviseur qui a convoqué un élève dissipé.

« Pour qu'il n'y ait pas de malentendu. » Charlie me fixe d'un regard pointu. « On parle d'Ida Burton, là ? »

Je confirme. « Elle était le sujet de ta conversation avec Liz.

— Nous aurions dû faire plus attention. » Elle enfonce ses poings dans ses poches. « Je suis désolée.

— Quelqu'un d'autre aurait pu entendre. Ça aurait pu être Ida à ma place.

— Oh, merde. » Elle soupire et secoue la tête. « Ce n'est pas une excuse, mais tu dois admettre que la scène que nous avons tournée aujourd'hui était, hum… » Elle s'ébouriffe les cheveux. « Elle était extraordinaire et les rumeurs courent depuis le divorce d'Ida. Ou peut-être devrais-je dire que nous adorerions prendre nos désirs pour des réalités.

— J'ai raconté à Ida ce que j'avais entendu, donc si elle est un peu glaciale avec toi, tu sauras pourquoi.

— Oh non, merde. Tu l'as dit à Ida ?

— Qu'est-ce que j'étais censée faire ? »

—Hum... ne *pas* lui dire », riposte Charlie comme si la réponse était évidente.

J'aurais pu, en effet. Il n'est pas impossible que ma motivation n'ait pas été l'intérêt d'Ida.

« Ce ne sont que des paroles, Faye. Nous ne pensions pas à mal. Et nous n'avons pas non plus inventé cette rumeur. » Charlie expose ses paumes. « Ida est célibataire depuis des années. Il n'y a eu personne d'autre depuis le divorce. Son ex-mari est ouvertement gay. Les gens parlent. C'est comme ça.

—Ce n'est pas parce que tu n'es pas au courant qu'il n'y a eu personne depuis Derek.

—Évidemment, mais ça confirme ce que je dis, parce que le quelqu'un en question pourrait tout à fait être une femme.

—Tu as trop d'imagination.

—Il se trouve que ce défaut rapporte pas mal à Los Angeles. » Le sourire s'attarde sur les lèvres de Charlie avant de s'estomper. « Tu crois que je devrais présenter des excuses à Ida ?

—Surtout pas ! Ne fais pas ça, Charlie. N'en parle jamais à Ida, d'accord ?

—Elle a réagi comment quand tu lui as raconté ?

—Ne t'inquiète pas. » Je pince les lèvres. « Ce n'est pas la peine qu'Ava lui téléphone pour lui demander si tu vas être virée de ton propre film.

—Je suis désolée, mais tes réponses étaient ambiguës. Je me suis dit que tu serais plus loquace avec Ava.

—Limite les commérages, s'il te plaît, c'est tout. Ces choses-là ont tendance à s'emballer si trop de monde s'y met, je ne t'apprends rien.

—Que tu prennes soin d'Ida comme ça t'honore.

—C'est quelqu'un de sympa et faire ce film n'a rien d'anodin, ni pour elle ni pour moi, tu le sais bien. Pas besoin que des rumeurs viennent ajouter à notre stress.

—Je sais. Je sais. » Elle lève les mains. « Quand des people prennent des risques pour nous, les homos, nous devrions nous contenter de dire merci et fermer notre gueule.

—Charlie, ce n'est pas ce que je voulais dire.

—Je sais et j'apprécie vraiment que tu fasses ce film. Je te promets. J'aimerais juste qu'on arrête d'en faire tout un plat, tu comprends? Parce qu'on en fait tout un plat pour exactement la même raison que quelqu'un comme moi est encore vu comme inférieur si souvent dans cette ville et dans le reste du monde, uniquement à cause de la personne que j'aime.

—Tu as raison, mais c'est ce que nous essayons de faire évoluer. » Si c'est ce que ressent Charlie, je ne peux qu'imaginer ce qu'Ida doit ressentir dans cette ville qui ne veut pas l'accepter pour ce qu'elle est. Charlie et Ava, au moins, peuvent fouler ensemble les tapis rouges comme le faisaient Ida et Derek avant leur séparation.

« Tu n'as pas répondu à ma question », insiste Charlie. « Comment Ida a-t-elle réagi?

—Elle était bouleversée. »

Charlie prend un air songeur. « Malheureusement, ça ajoute encore de l'eau à mon moulin. Dans un monde idéal, il n'y aurait pas de quoi être bouleversée par une rumeur de ce type.

—Mais ce monde est loin d'être idéal. » Il est temps de changer de sujet, avant que Charlie n'exige plus de détails sur la réaction d'Ida. Je ne veux pas lui mentir en face. Je ne sais pas si j'en serais capable. « À propos de monde idéal... tu as été un peu dure sur les qualités d'actrice d'Ava.

—C'est vrai », reconnaît Charlie. « Mais si je ne peux pas l'être, qui le sera? »

Elle n'a pas complètement tort, et je ne peux de toute façon pas juger du talent d'Ava, puisque je ne l'ai jamais vue en action.

Charlie se penche au-dessus de l'îlot de cuisine à côté duquel elle a pris place à son arrivée. « Je sais ce que tu vas penser, Faye, et je ne veux surtout pas que tu le prennes mal. Au contraire, j'ai trouvé que ça marchait super bien pour le film, mais dans la scène du baiser... est-ce qu'Ida a fait durer le plaisir? » Elle fronce les sourcils. « Ce que j'essaie de dire, c'est... Ce n'est pas moi la réalisatrice et j'adore quand les interprètes s'approprient le texte, mais ce n'est pas vraiment comme ça que vous l'aviez répété, n'est-ce pas?

— Ida s'est complètement glissée dans la peau de son personnage. » C'est ce qu'elle m'a dit et c'est ce que je choisis de croire. « Ça faisait déjà un certain temps que Veronica voulait embrasser Mindy.

— Si tu le dis. » Charlie a écrit le scénario. Elle devrait le savoir. « C'est une excellente actrice, en tout cas.

— En effet. » Durant toute notre conversation, qui bifurque désormais vers le tournage de la semaine prochaine à Miami, je ne peux m'empêcher de me demander comment les choses vont se passer. Quel moment Ida va choisir pour faire son coming-out et comment vont réagir tous ceux qui auront travaillé avec elle sur ce film. Et ce que pensera Charlie de moi en découvrant que j'étais déjà au courant de l'homosexualité d'Ida lors de cette conversation. Quelque chose me dit qu'elle comprendra.

CHAPTER 14

Ida

Les tournages en extérieur ont tendance à exacerber les tentations. Changer d'environnement éveille quelque chose en moi que je maintiens d'ordinaire en sommeil. D'aucuns appelleraient ça libido. Moi aussi, si je n'essayais pas d'éviter d'y penser. Je ne suis pas aidée par le fait que cette partie du tournage s'effectue à Miami, où l'air est si dense et le taux d'humidité si élevé que porter des vêtements trop couvrants relève de l'exploit, pour moi comme pour les gens du coin.

C'est également ici que nous filmerons le deuxième baiser, ainsi que la scène dans la chambre à coucher. Voilà qui promet d'être exaltant. Ou terrifiant.

Ce qui simplifie les choses, en revanche, c'est qu'à présent, mon secret n'en est plus un pour Faye. Je n'ai plus besoin d'être évasive quand je suis avec elle. Je ne suis plus obligée de faire semblant, et même si ce n'est que par moments, ça change tout.

La production nous a installées, Faye et moi, au dernier étage d'un hôtel avec vue sur South Beach. Une piscine infinie est réservée aux clients du penthouse. Tout est très chic et élégant et, une fois de plus, je me demande si cela justifie mes sacrifices. C'est une question à laquelle je ne serai jamais capable de répondre de façon satisfaisante. Pas tant que je n'aurai pas fait mon coming-out.

« Hello, voisine. » Faye sort de sa suite, un chapeau de soleil gigantesque sur la tête. « Tu crois que tu vas pouvoir me supporter ?

— Je devrais y arriver. » Je désigne la vue sur l'océan. « L'Atlantique soutient-il la comparaison avec le Pacifique ?

— La mer a l'air d'être à peu près la même, mais South Beach ne sera jamais Malibu. » Elle me rejoint. « Cette phrase sonne terriblement snob, non ? »

Je secoue la tête. « Je sais que tu ne l'es pas, Faye.

— On m'a qualifiée de bien pire, de toute façon. » Elle éloigne de son buste le tissu de sa robe bain de soleil. « Je n'en reviens pas de cette humidité. » Elle avise la piscine. « Un petit plongeon risque d'être nécessaire rapidement.

— Je me joindrai peut-être à toi.

— On pourrait commander des cocktails sans alcool.

— Et puis quoi encore ? » Mon téléphone est déjà dans ma main. « On est à Miami. Le mojito est de rigueur.

— Vraiment ? » Faye incline la tête. « Quid de ton teint de pêche ?

— Ce qu'il y a de bien avec les superproductions, c'est qu'on a les meilleures maquilleuses.

— Ils ont fait venir Janet », rechérit Faye. « Elle fait des merveilles avec son pinceau.

— On n'en boira qu'un. » Je jette un œil à ma montre. « Il n'est même pas dix-neuf heures, comment pourrions-nous occuper notre soirée autrement ? » Je réalise qu'elle a peut-être des projets. « À moins que tu n'aies un rendez-vous sexy à Miami, bien sûr. »

Les lèvres de Faye se courbent en un sourire. « On dirait que j'en ai un avec toi.

— Ce n'est pas ce que je voulais dire. »

Son sourire se fait facétieux. « Je te taquine. » Elle baisse ses lunettes de soleil pour que je puisse voir ses yeux. « Ça ne t'ennuie pas ? »

Elle est adorable et elle n'en a probablement même pas conscience. « Est-ce que tu as le droit de m'asticoter parce que j'ai passé ma vie dans le placard ? » Je hoche lentement la tête. « Je t'en prie, fais-toi plaisir.» Je n'ai pas d'autre moyen de relâcher la pression.

«C'est parti pour les mojitos, alors. Je vais mettre mon maillot de bain et je reviens.»

Je commande deux cocktails et me retiens de demander au room-service de nous resservir à volonté, même si la tentation est grande. J'ai plus l'impression d'être en vacances avec Faye que sur un tournage. Filmer en extérieur est souvent plus stressant qu'en studio parce que le temps est beaucoup plus précieux. Il y a plus de pression pour limiter le nombre de prises. Je n'ai pas intérêt à louper la deuxième scène de baiser. Peut-être Faye et moi devrions-nous nous entraîner... Je me force à ne pas laisser l'idée s'épanouir. En plus, Faye ne va pas tarder à émerger de sa chambre en bikini. Je ferais mieux de me rendre présentable.

Comme je ne m'autorise quasiment jamais de cocktail, le mojito me monte très vite à la tête. Nous sommes assises dans la piscine, à l'ombre d'un grand parasol.

«Je suis tellement contente de t'avoir tout dit.» Les mots sont sortis tous seuls. «Je n'ai jamais pu parler qu'à Derek et, pour être honnête, les voir si heureux, Ben et lui, est parfois un peu douloureux, d'autant qu'il ne cesse de me le rappeler.»

«Contrairement à moi, pathétique célibataire.» Ses lunettes de soleil dissimulent les yeux de Faye, mais je sais au ton de sa voix qu'elle plaisante. C'est peut-être ce que je préfère chez elle. Elle ne se prend pas au sérieux. Suivant un certain nombre de critères, malgré sa célébrité et son statut à Hollywood, d'aucuns n'hésiteraient pas à lui reprocher de n'avoir ni mari ni enfants.

«Je suis presque désolée pour toi.» Je tourne mon regard vers l'océan qui s'étend devant moi.

«Toi, au moins, tu peux blâmer ton placard. Mais moi, qu'est-ce que j'ai comme excuse?

— Comme excuse pour quoi?

— Pour être célibataire et ne pas avoir eu de gosses, précise Faye.

— Euh, tu étais un brin occupée, peut-être ?

— Même si j'ai été témoin des difficultés auxquelles étaient confrontées certaines des stars avec qui j'ai joué pour jongler entre leur vie de famille et tous nos déplacements, ce n'est pas vraiment un bon argument. Tout mettre sur le compte du boulot serait injuste.

— Peut-être pas le boulot en lui-même, mais tout ce qui va avec. La célébrité intimide pas mal d'hommes, après tout.

— Ça, et le fait de devoir vivre sa vie sous les projecteurs ou d'avoir en permanence une meute de paparazzi sur les talons.

— J'imagine que ce n'était pas ça, le problème avec Brian ? » La franchise, effet secondaire du mojito.

« En effet. »

Sans mot dire, je la regarde. Si elle veut me raconter ce qui a provoqué la fin de leur relation, elle le fera. Sinon, elle changera de sujet.

« Nous désirions avoir des enfants, mais ça ne s'est jamais concrétisé. Ni l'un ni l'autre ne l'avons bien supporté.

— Oh, mon dieu. Faye, je suis désolée.

— Notre couple ne s'en est pas remis. » Elle grimace. « Maintenant, Brian a trois enfants. » Pour la première fois, un soupçon d'amertume pointe dans sa voix. « Et moi aucun. » Elle prend une profonde inspiration. « Je suis heureuse pour lui. Le rêve de Brian était d'être père et je me réjouis qu'il se soit réalisé.

— Mais toi ? » Je me retiens de poser une main sur son bras. Nous sommes trop dévêtues pour ça.

« Après Brian, aucune de mes relations n'a duré suffisamment longtemps pour parler d'enfants, alors... » Elle détourne brièvement le regard. « Et mon horloge biologique était déjà bien lancée.

— Tu n'as pas fait congeler tes ovules ? »

Faye fait signe que non. « J'aurais peut-être dû, mais... je réfléchis beaucoup à l'adoption ces derniers temps.

— Ah bon ?

— Beaucoup, répète-t-elle. Techniquement, j'ai l'âge d'être grand-mère, mais pour ça, il faudrait d'abord que je sois mère.

— Je suis désolée que tu aies eu à traverser tout ça, Faye.

— Merci. Ce n'est pas un sujet dont je parle souvent. »

Un silence s'installe. Le soleil, bien qu'encore chaud, commence sa descente.

« Tu n'as jamais voulu d'enfants ? demande Faye.

— Derek et moi en avons discuté. » Je fais la moue. « Mais pas de les avoir "de manière naturelle". Ça n'aurait jamais marché. » J'ai presque terminé mon cocktail et je rigole bien trop bruyamment. « Au bout du compte, nous avons refusé d'imposer notre monde de mensonges à un gamin. Tu imagines les dégâts que ça aurait pu faire sur l'inconscient de ce pauvre petit ?

— Tu regrettes de ne pas en avoir eu ?

— Je ne sais pas. » Je m'appuie contre le rebord de la piscine. « Quand on a un enfant, il faut être sacrément sûr de pouvoir l'élever correctement. En vérité, je n'ai jamais été convaincue d'en être capable, vu toutes mes histoires. Comme cette incapacité à m'assumer. »

— D'après ce que tu m'as dit, ce n'est pas tant un problème d'acceptation de soi que d'acceptation par l'extérieur.

— Peut-être, mais quelle est la différence ? Si je m'acceptais réellement comme je suis, le reste du monde n'aurait-il pas naturellement fait de même ? »

Faye secoue la tête. « Non, et c'est ça qui est triste. »

Je n'ai jamais eu le sentiment que quiconque me comprenait aussi bien, même pas Derek. À sa décharge, Derek n'est pas une star en bikini avec laquelle je sirote des mojitos dans une piscine. Je n'ai jamais rêvé d'embrasser ses lèvres pulpeuses et de me délecter ensuite de son délicieux sourire, bien que nous ayons été mariés pendant près de dix ans.

« Pour ce que ça vaut, Faye, je suis sûre que tu serais une mère formidable. » Je suis sincère.

« Hmm », murmure-t-elle d'un air mélancolique. « Un jour, peut-être.

— Si c'est ce que tu veux, ça arrivera.

— Et toi, qu'est-ce que tu veux ? » Elle est très douée pour détourner la conversation d'elle-même. Et je sais de quoi je parle, je suis experte en la matière.

Je suçote ma paille et, lorsque je suis sûre qu'il ne reste plus la moindre goutte de mojito, que la tête me tourne juste ce qu'il faut et que l'excitation qu'induit en moi le fait de filmer hors studio est à son maximum, je déclare : « Ce dont j'ai vraiment, honnêtement, réellement envie à cet instant précis, c'est de faire l'amour à une femme à nouveau. Ça fait une éternité, sérieusement. »

Faye éclate de rire. « Pardon ! Je ne m'attendais pas à une telle franchise. » Elle se redresse un peu, le haut de son corps à moitié hors de l'eau. « Tu veux que je m'en aille ? Je suis dans tes pattes, là, non ?

— Non, non, non. Je suis désolée. Je n'aurais jamais dû dire ça. Être ici... Je ne sais pas. Il y a quelque chose de très excitant dans l'air de Miami, je n'ai pas d'autre excuse. »

Faye s'esclaffe à nouveau. « Promets-moi qu'on refera ça demain. Tu es toujours de bonne compagnie, Ida, mais après un de ces mojitos, tu es carrément hilarante.

— Je suis ravie que ma frustration sexuelle t'amuse à ce point. » Au point où j'en suis, je n'ai rien à perdre à poser la question. « Quel est ta... » Je fais un vague geste de la main. « Situation ?

— Ma *situation* ? » Elle retire ses lunettes de soleil et tourne la tête. « Qu'est-ce que tu veux dire ?

— Ça fait combien de temps depuis que... tu sais... » J'envoie mes hanches vers l'avant.

« Je comprends pourquoi tu es la reine des comédies romantiques ! » Faye se frappe la cuisse. « Ida Burton, tu es désopilante.

— La seule raison pour laquelle tu trouves ça drôle, c'est parce que ça vient de moi.

— Peut-être. » Elle s'extrait de l'eau et s'assied sur le rebord de la piscine. « Mais toi, dis-moi, qu'est-ce que tu veux dire par une éternité ?

— Des années...

— Tu es sérieuse ? »

Je hoche gravement la tête. Je dois lui sembler particulièrement pitoyable.

«Je peux difficilement aller sur Tinder pour rencontrer quelqu'un.

— Il n'y a pas une application pour les people?» demande Faye. «Comment elle s'appelle, déjà?

— Aucune idée, mais même s'il y en avait une, je ne l'utiliserais pas. C'est pas comme si je cherchais un mec célèbre avec qui prendre mon pied.

— C'est vrai.» Elle ne me quitte pas des yeux. «Combien d'années?»

Je réfléchis un instant. Quand ai-je brisé le cœur de Martha, et le mien par la même occasion? «Deux ans et quatre mois.» Si je ne craignais pas pour mes cheveux, je me plongerais la tête sous l'eau un long moment pour masquer ma gêne.

«Ah oui quand même.» Même sans ses lunettes, je ne sais pas si ce que je lis sur le visage de Faye est de la pitié ou l'incrédulité la plus totale. «Dans ce cas, tu as effectivement raison. Tu as besoin de t'envoyer en l'air, ma fille. Qu'est-ce que je peux faire pour t'aider?

— Rien.» Surtout, ne me laisse pas t'embrasser à nouveau.

«Oh, allez. Il y a toujours moyen.

— Ah oui? Comme quoi, par exemple?

— Je ne sais pas», dit-elle avec un large sourire. «Je n'ai pas vraiment l'habitude de cacher ce que je veux, contrairement à toi.

— Je ne peux pas simplement débarquer à Miami et coucher avec quelqu'un. Et pas seulement parce que je suis dans le placard.» Je fais une pause pour donner plus de poids aux mots qui vont suivre. «Les coups d'un soir, c'est pas vraiment mon truc. Ça ne l'a jamais été.»

J'ai le sentiment qu'elle comprend. Peut-être qu'elle n'est pas non plus très portée sur les aventures sans lendemain.

«À ton tour, maintenant, dis-je.

— Comment ça? Je n'ai rien promis.» Elle agite ses pieds dans l'eau, éclaboussant un peu.

«Allez, quoi. Ça ne peut pas être plus embarrassant que mes

deux ans et quatre mois, alors autant avouer. Je t'en ai déjà tellement dit. » J'accompagne ces paroles d'un clin d'œil pour qu'elle sache que je plaisante et que je ne m'attends pas à ce qu'elle partage avec moi des secrets bien gardés, sous prétexte que j'ai un tantinet trop bu et que j'avais besoin de me confier.

« Hmm. » Elle penche la tête en arrière pendant qu'elle réfléchit à ma question, exposant à mon regard la longue et délicate ligne de son cou.

Un fourmillement germe au creux de mon ventre. Il est hors de question que je me livre à ces enfantillages demain. Tout cela s'achève ce soir. Je dois étouffer ces pensées dans l'œuf avant que cette innocente sensation ne prenne trop d'ampleur.

« Huit mois environ, répond Faye.

— C'est raisonnable. » J'injecte un sourire dans ma voix.

« Oubliable, plutôt. » Faye ramasse son verre vide. « Mon Dieu, qu'est-ce qu'ils mettent là-dedans ?

— Ça doit être une spécialité de Miami. » J'essaie de me souvenir d'éventuelles rumeurs à l'époque sur un nouvel amant. Nous sommes ici pour quelques jours. J'en saurai peut-être plus sur son identité d'ici notre départ, à condition que Faye n'exige pas de nom en échange, maintenant que je suis enfin remise de ma liaison avec Martha.

Nos téléphones retentissement en stéréo.

« C'est Brandon, annonce Faye.

— Le mien, c'est Mark. » Je lui ai attribué une sonnerie spéciale.

Nous nous traînons hors de la piscine pour faire part à nos assistants respectifs de nos souhaits pour le dîner.

CHAPTER 15

Faye

Le second baiser et la séquence de la chambre à coucher sont tous les deux au planning de la quatrième journée de tournage à Miami. Qui a bien pu croire que ce serait une bonne idée ? On ne m'a pas demandé mon avis, en tout cas. La production souhaite peut-être se débarrasser des scènes intimes et quelqu'un s'est dit qu'il serait judicieux de programmer le baiser entre nos personnages à mi-parcours de notre séjour à Miami.

Ida et moi avons cultivé l'alchimie entre nous, en évitant néanmoins les mojitos, à la demande d'Ida. Nous avons dîné ensemble au bord de la piscine, l'océan devant nos yeux, trois soirs d'affilée, juste toutes les deux, même si notre première soirée ici demeure la plus mémorable.

Hier soir, j'ai demandé à Ida si la raison pour laquelle elle ne boit quasiment jamais est réellement qu'elle souhaite préserver l'éclat de sa peau, et non plutôt sa tendance à se dévergonder dès qu'elle a un verre dans le nez. Elle m'a lancé un regard plein de sous-entendus, à moins que je ne me sois méprise sur son interprétation.

Sur le chemin du tournage, qui s'est installé ce matin à South Beach, je jette un coup d'œil à la feuille de service du jour. *Scène 15 : Mindy embrasse Veronica.* La scène résumée en trois mots. Cette fois, c'est mon personnage qui doit embrasser celui d'Ida. Le baiser doit être intense, plus long, plus passionné que surprenant. Et le personnage d'Ida est censé prendre mon visage délicatement entre ses mains et m'embrasser en retour. Tout cela mène à la scène 16 : *Mindy et Veronica couchent ensemble.* C'est avec nos doublures que la mise en place se fera, et chaque plan sera chorégraphié avec minutie, au point d'en devenir aseptisé, mais quand même. Les émotions doivent être communiquées. L'intensité du désir doit être palpable. L'exaltation doit être captée par la caméra. Même si toute la scène n'est qu'artifices, Ida et moi allons passer du temps au lit ensemble.

À mon arrivée, elle est déjà au maquillage. Elle a été convoquée plus tôt que moi, pour une séquence avec le frère de son personnage, celui qui a quatre épouses.

« Vous êtes prêtes pour les bisous ? » demande Janet. La célébrité intimide rarement les maquilleuses, sans doute parce qu'elles savent que sous les couches de peinture qu'elles appliquent sur nos visages nous sommes pareilles à tout le monde.

Ida trouve mon regard dans le reflet du miroir. Le clin d'œil qu'elle m'adresse me tranquilise. C'est comme ça avec elle maintenant sur le tournage. Simple, mais avec un petit quelque chose dans l'air. Nous partageons un secret. Elle s'est ouverte à moi avec franchise et je lui ai rendu la pareille. Un lien s'est formé, mais je ne saurai que plus tard s'il est solide. Il m'est déjà arrivé de penser m'être fait un ami pour la vie, tant j'étais devenue proche de mon partenaire pendant le tournage, et de découvrir ensuite qu'il m'avait totalement oubliée sitôt le film terminé. L'inverse s'est également produit lorsque Brian et moi avons joué dans une comédie romantique dont les héros étaient deux policiers nullissimes. Tout est possible, en clair, selon que l'alchimie qui se développe persiste ou s'éteint. Je suis curieuse de voir ce qui va se passer avec Ida. Si cela ne tenait qu'à moi, je ne dirais pas non à une étroite amitié.

« Nous allons nous faire bien plus que des bisous aujourd'hui. » Je joue le jeu.

« Eh, j'aurais dû le dire plus tôt. » Janet se penche vers nous et se met à chuchoter. « Mais je trouve formidable que vous fassiez toutes les deux ce film. Courageux, même. »

Ida remue sur son siège et murmure un « Merci ».

Je me souviens de ce que m'a dit Charlie avant notre départ pour Miami. Dans un monde idéal, personne ne nous estimerait courageuses d'interpréter deux femmes qui tombent amoureuses dans un film qui, dès le début, a été pensé comme l'un des blockbusters de l'été. Mais ce n'est pas le moment de faire des grands discours. Ce qu'Ida et moi pouvons faire de mieux pour ce film est de nous assurer qu'à l'écran, notre baiser fasse des étincelles. À en juger par le tournage de la précédente scène de baiser, Ida n'aura aucun mal à briller. Surtout avec l'effet que lui fait l'air de Miami. Je me retiens d'en plaisanter. Pas devant Janet.

« Ce n'est pas si courageux que ça », dis-je plutôt. « C'est le moins que nous puissions faire, en fait. »

Dans le miroir, Ida me décoche un regard que je ne parviens pas à déchiffrer. Je lui réponds d'un sourire que j'espère rassurant.

Janet tourne son attention vers moi. Tandis qu'elle prépare mon visage pour la caméra, je médite sur le fait que la principale différence avec la dernière fois qu'Ida et moi nous sommes embrassées, c'est que je ne savais pas à l'époque qu'elle aimait les femmes. J'essaie de me persuader que ça ne change rien. Ça ne devrait rien changer. Mais au moment de prendre ma place, je n'en suis toujours pas convaincue.

« Action », commande Tamara d'une voix beaucoup moins punchy que s'il s'agissait de n'importe quelle autre prise.

La scène ne comprend aucun dialogue. Mindy dévore Veronica des yeux. Leurs regards se croisent. Mindy ressent quelque chose, un désir qu'elle n'a jamais connu auparavant. Pas même lorsque Veronica l'a embrassée la première fois, car ce qu'elle a éprouvé alors, c'était surtout de la surprise. Cette fois, c'est Mindy qui prend les devants, elle d'ordinaire si digne et retenue, pas du tout du genre à embrasser n'importe qui, et certainement pas sa meilleure amie. Mais quelque chose en elle a commencé à s'effilocher depuis ce premier baiser. Le respect des règles. Le besoin de maîtriser la situation. Elle est prête à tout abandonner à ce moment-là. J'en ai longuement discuté hier avec Tamara. Le regard que je lance à

Veronica/Ida à cet instant est censé véhiculer toute l'émotion qui bouillonne en Mindy. Puisque personne n'a encore crié « Coupez », j'en déduis que l'on peut lire sur mon visage ce que l'on est supposé y voir. Pour être honnête, poser les yeux sur Ida, qui est sublime en toutes circonstances, sachant ce que je sais désormais d'elle, suffit à créer la confusion qui doit se deviner dans mon regard et rend aisée l'évocation de ces émotions complexes.

Mindy réduit la distance qui les sépare. Elle inspire profondément. D'Ida émane le plus enivrant des parfums. Quand l'a-t-elle mis ? C'est la première fois que je sens cette essence divine sur elle. La scène veut que mon nez remonte, à quelques centimètres, pas plus, de la peau délicate de son cou. J'écarte du bout du doigt une mèche de ses boucles folles. Ce baiser est beaucoup plus assuré, Mindy y injecte toute sa détermination. Toutes ces années d'amitié, avec le cortège de sentiments qui va avec, auxquelles s'ajoute l'attirance physique qu'elle connaît depuis que Veronica a initié leur premier baiser. Un baiser que Mindy a dû fuir, incapable de gérer à ce moment-là.

Nos lèvres sont toutes proches à présent. Ma main est dans les cheveux d'Ida. Son parfum me submerge. Sa proximité dénoue quelque chose en moi. Je ne me suis jamais sentie plus Mindy, plus dans la peau de mon personnage, qu'à cet instant. Je pousse un soupir infime et avance doucement mes lèvres vers celles d'Ida. Quand elle pose sa main sur ma joue et m'attire vers elle, quand nos lèvres n'ont d'autre choix que de disparaître dans ce baiser, un petit gémissement imprévu au scénario s'échappe de moi. Mais je suis une professionnelle. Une pro de chez pro. Je laisse ma partenaire prendre les commandes. Je sens le bout de la langue d'Ida — parce que ça ne peut pas être Veronica, n'est-ce pas ? — effleurer mes lèvres, enfreignant toutes les règles du baiser de cinéma. Je laisse faire. Parce que je suis une pro, mais aussi parce que c'est exquis. Parce que je veux que la prise soit réussie, mais aussi parce que la proximité d'Ida est enivrante, délicieuse et... tout s'arrête.

Comme écrit dans le scénario, Ida s'est retirée. Légèrement abasourdie, incertaine des émotions qu'affiche mon visage, je recule d'un pas. Toujours pas de « coupez », alors je continue. Ida me tend la main, je la saisis.

« Coupez ! », lance Tamara. « Excellent boulot, mesdames. »

Je croise les doigts pour que cette prise soit la bonne, car je ne suis pas sûre d'être capable de la refaire.

Je ne sais pas pourquoi, mais j'ai du mal à regarder Ida. Je me concentre sur le visage de Tamara, attendant sa décision pour relâcher mon souffle.

Joey fait signe que c'est bon. « Je ne vois pas comment on pourrait faire mieux. »

« Et la lumière ? » s'interroge Tamara. « Il n'y avait pas une ombre sur la figure de Mindy juste avant qu'elles s'embrassent ? »

Joey secoue la tête. « Non. C'était parfait.

— OK, mesdames, c'est dans la boite. Très beau travail. Digne des stars que vous êtes », ajoute-t-elle avec un grand sourire.

« Pas mal pour une matinée de boulot », plaisante Ida à mes côtés. Sa fébrilité est tangible.

« Il faut bien qu'on leur en donne pour leur argent. » J'étais à fond dans la peau du personnage, c'est certain. Mais Ida a failli glisser sa langue dans ma bouche.

« Crois-moi, tu vaux chaque million qu'ils te paient. »

Je m'autorise enfin à la regarder. Un minuscule bout d'oreille rouge vif perce sous sa crinière, mais sinon, le maquillage dissimule parfaitement son visage cramoisi. « Est-ce qu'il faut qu'on se parle ? » J'entends un peu trop de réprimande dans ma voix, sans doute pour masquer un certain malaise.

« On devrait probablement revoir la scène suivante. Elle promet. » Elle remue les sourcils.

« Non mais sérieusement. » Je ne sais pas quoi penser.

Elle m'étudie d'un air si pénétrant que je me tais, une sensation que je n'ai pas connue depuis l'époque où je vivais chez mes parents.

Un homme que j'identifie comme l'un des producteurs exécutifs débarque sur le plateau. « Mauvaise nouvelle. Nous ne pouvons pas filmer à l'hôtel aujourd'hui. »

Pendant qu'il discute avec Tamara et Joey, je me tourne vers Ida de façon à ce qu'elle ne puisse pas m'ignorer, regard perçant ou non.

« On dîne ensemble ?

— Oh, désolée, je ne suis pas libre. Je vais voir des amis qui vivent ici. On remet ça ? »

Même si le prétexte est parfaitement valable, son refus me surprend. À aucun moment, alors que nous avons passé toutes les soirées précédentes toutes les deux, elle n'a mentionné ces mystérieux amis, bien que leur existence aussi soit tout à fait plausible. Ce n'est pas son excuse qui me perturbe, c'est qu'elle en ait une. Et qu'elle ait des plans justement aujourd'hui, après la scène que nous venons de tourner.

Joey s'approche : « On va devoir inverser les prises de vue. On ne peut pas filmer la 16 à cause d'un souci à l'hôtel. Je vous promets qu'on la fait demain, même si je dois passer l'après-midi à hurler sur quelqu'un. » Elle sourit d'un air fatigué. Les déplacements sont éreintants pour les techniciens.

« Pas de problème, la rassure Ida. On a une nouvelle feuille de service pour aujourd'hui ?

— Pas encore. Je vous l'apporte dès qu'elle est prête. »

Nous ne sommes pas des débutantes, et il n'est pas rare que des scènes soient reprogrammées. Une partie de moi est soulagée de ne pas avoir à passer l'après-midi à faire semblant de faire des cabrioles au lit avec Ida. Je décide de ne pas laisser la tension gâcher ma bonne humeur ni la complicité qui s'est établie entre Ida et moi. Même s'il est difficile d'oublier la sensation de sa langue sur mes lèvres. Son effet n'a pas encore complètement disparu, et me donne l'impression d'une sensibilité accrue à cet endroit.

« Ces amis que tu es censée voir... » J'ai attendu que Joey soit hors de portée de voix. « Est-ce que par hasard ce serait parce que tu es chaude bouillante ? » Je gratifie Ida d'un sourire exagérément salace sur lequel elle ne peut pas se méprendre.

« Si seulement... », soupire-t-elle. « Parce que bon sang, je suis à deux doigts d'exploser. » Sur ce, elle s'éloigne, sans me laisser le temps de lui dire, toujours sur le ton de la plaisanterie, que, vu la façon dont elle m'a embrassée, j'avais remarqué.

CHAPTER 16

Ida

Je ne reviens pas très tard de mon dîner, et je vois des ombres danser sur la terrasse qui longe ma suite. Faye doit être encore éveillée. Peut-être profite-t-elle de la piscine. Ou peut-être qu'elle a des invités, ou un invité en particulier.

Je m'avance vers la fenêtre et reconnais immédiatement l'une des voix. Rassurée sur l'absence de romance dans l'air, je sors. Brandon et Mark sont dans le jacuzzi avec une bouteille de champagne et Faye discute avec eux, les pieds dans la piscine.

« J'espère que je ne dérange pas, dis-je.

— Ida. » Mark est tellement pompette qu'il parvient à peine à prononcer les deux syllabes de mon prénom.

« J'ai invité ces deux-là pour une traditionnelle teuf de tournage, explique Faye, hilare. Ils viennent de finir leur troisième bouteille. Ça a été... instructif, c'est le moins qu'on puisse dire.

— Bon, les gars. » Je m'approche de nos assistants. « La patronne est de retour et elle a besoin de dormir pour conserver son éclat. » Je pose un doigt sur mes lèvres. « Vous faites beaucoup trop de bruit.

— Tout le monde se fiche du bruit quand Ida B'ton et Faye Fleming occupent le penthouse. On s'y attend, même, grommèle Brandon.

—Viens-là, mon chou. » Je lui tends une serviette. Il commence à s'extraire du jacuzzi. «Un instant. » Je me tourne vers Faye, paniquée. «Ils sont en maillots, n'est-ce pas ? »

La main de Faye atterrit sur sa poitrine. «Pour qui me prends-tu ? »

Nous échangeons un sourire complice, et je reporte mon attention sur les hommes dans notre jacuzzi. «Allez. On se dépêche. Tu sais qu'une scène importante nous attend demain, Faye et moi. »

«Ce baiser aujourd'hui », commence Mark, sans même faire semblant de s'apprêter à sortir. «C'était incroyable, Ida. J'ai tellement de chance de t'avoir dans ma vie. » Il y a plus d'adoration dans son regard que je n'en ai ressenti de qui que ce soit depuis très longtemps. Il me ferait presque de la peine. Jusqu'à ce que je me souvienne qu'il a un fiancé qui l'attend à la maison alors que je n'ai qu'un lit vide et des baisers de fiction avec une femme extrêmement attirante.

Faye se lève et m'aide à les faire sortir. Nous les enveloppons dans des peignoirs et des serviettes et les renvoyons dans leurs chambres.

Lorsque nous sommes seules, je demande à Faye : « Tu as passé une bonne soirée ?

—Je relâche la pression. » Elle indique le cocktail vide sur la table près de la piscine. «Je me suis peut-être un peu laissé aller aussi, mais pas autant que les ivrognes que nous venons de mettre à la porte.

—Le retour du mojito diabolique ? » Je m'assieds sur une chaise à côté du garde-corps en verre. Il fait si sombre que je distingue à peine l'océan.

Faye confirme d'un mouvement de la tête. « Et toi, ton dîner ?

—Sympa. » Je n'avais pas vu mes amis depuis des mois, et pourtant, je n'ai pas cessé, tout au long du repas, de me faire la réflexion qu'il est beaucoup plus agréable de passer du temps avec quelqu'un qui sait qui je suis réellement — avec Faye. J'ai aussi pris conscience qu'une conversation au sujet du baiser de ce matin était sans doute nécessaire. Je l'ai ignoré sans effort tout à l'heure — c'est un peu ma spécialité — mais c'était injuste de ma part.

Elle s'est assise sur la chaise en face de moi, une serviette nouée autour de sa taille. La lumière douce lui donne l'air angélique, sa peau est pâle et ses cheveux noir de jais tombent en cascade sur ses épaules. Pas étonnant que ma langue ait eu envie de jouer pendant la prise. J'espère l'avoir retenue avant que Faye ne la sente. J'en suis presque certaine.

J'inspire profondément et me lance. « À propos d'aujourd'hui, hum...

— Ce n'est pas nécessaire, Ida. » La voix de Faye est à peine un murmure. « On n'a pas besoin d'en parler. » Son talon tambourine sur le sol. Serait-elle nerveuse ? Veut-elle que je laisse tomber ? Parce que si j'espère que l'indiscrétion de ma langue est passée inaperçue, ce que je ne peux pas ignorer, c'est la façon dont Faye, certes dans la peau de Mindy, a quasiment ronronné de plaisir dans ma bouche pendant que nous nous embrassions.

« Tu crois ? » Je fronce les sourcils et la regarde avec attention.

Elle hoche lentement la tête, sa lèvre inférieure entre ses dents.

« Pas besoin non plus de répéter la scène de la chambre à coucher au programme de demain ? » Je désigne les portes-fenêtres qui donnent sur ma suite. « Le décor est à notre disposition. »

Manifestement mal à l'aise, Faye ricane. « Je ne suis pas sûre de comprendre ce que tu veux dire, mais je ne suis pas homo, Ida.

— Je n'ai jamais dit que tu l'étais. » Son ton soudain tranchant me prend de court. « Ça va ? Je n'insinuais rien, c'était juste une blague.

— J'ai remarqué que tu aimais plaisanter.

— C'est ce qu'on fait sur un tournage, non ? Pour faire baisser la tension ? Détendre l'atmosphère ?

— Mouais. » Elle acquiesce sèchement, presque brusquement. Mais qu'est-ce qui lui arrive, ce soir ?

« Parle-moi. » J'insiste.

Elle soupire. « Je ne sais pas. Un truc a changé entre nous, mais je ne sais pas quoi. »

Elle le sait sûrement, puisqu'il n'y a qu'une explication crédible. Peut-être qu'elle ne *veut pas* savoir. « C'est pour cette raison que je pense vraiment que nous devrions parler de ce baiser. » J'essaie de conserver un ton aussi neutre que possible, même si mon cœur bat la chamade dans ma poitrine.

« Je suis désolée. Je ne sais pas ce qui m'a pris. » Elle se redresse. « Ce serait facile pour moi de prétendre qu'on jouait nos rôles et voilà tout, mais je ne veux pas. Je... je suis désolée.

— Tu n'as aucune raison de me présenter des excuses. » Je brûle de la toucher. De la réconforter. De lui dire que tout va bien et que ce n'est pas la peine de se mettre dans tous ses états, mais je ne peux pas, cela risquerait d'être mal interprété. Et je déteste le fait qu'elle soit la seule personne à qui j'ai fait mon coming-out et que je doive à présent me préoccuper de ce cas de figure. J'aurais dû m'ouvrir à quelqu'un de plus anodin. Quelqu'un de bien moins séduisant que Faye Fleming.

« Je ne suis pas d'accord », rétorque Faye. « Je sais qu'il n'est pas simple de faire la part des choses dans ce genre de situation. Je suis désolée d'avoir été cassante tout à l'heure. Ce baiser m'a plu à un point que j'ai du mal à accepter. Moi, pas Mindy. »

Ai-je bien entendu ? Voilà qui n'aide pas mon cœur à se calmer. Notre faux baiser lui a plu ? « Ce sont des choses qui arrivent dans le feu de l'action.

— Je sais, mais tu ne comprends pas, Ida. Comment ce baiser a-t-il pu me plaire si je ne suis pas homo ? »

Qu'est-ce que je suis censée répondre à ça ? « Ça arrive », c'est tout ce qui me vient à l'esprit.

« J'ai invité les garçons ce soir parce que je ne voulais pas me retrouver seule avec mes pensées. » Elle me jette un regard furtif. « Et parce que je ne voulais pas compter les secondes jusqu'à ton retour. »

Combien de mojitos a-t-elle bus ? Elle se vexerait sans doute si je lui posais la question.

« Quelles sont les pensées avec lesquelles tu ne voulais pas être seule ? » Je marche sur des œufs. Je ne m'inquiète pas pour moi, mais pour Faye. Je ne voudrais pas être accusée de ce que je tente d'éviter depuis le début. Il faut que je protège Faye d'elle-même. Et que je garde le secret sur mes sentiments à son égard.

« Quand je pense à Mindy et Veronica... » Ses lèvres forment un sourire, elle prend une rapide inspiration et recule contre le dossier de sa chaise. « Je ne peux pas ne pas nous imaginer. Toi et moi. Je ne peux pas me détacher du personnage.

— C'est probablement juste le tournage. » Je n'ai pas d'autre choix que de prendre ça à la légère. Je dois me protéger, moi aussi. « Tout se mélange. Mon coming-out. Ce film. Jouer ces personnages. Apprendre à se connaître et passer du temps ensemble. Faire semblant de s'embrasser. » Même si ni l'une ni l'autre n'a en réalité l'air de faire semblant. « C'est pour ça qu'il y a tant d'histoires d'amour qui naissent sur le plateau pour s'éteindre aussitôt le tournage terminé. Il y a quelque chose d'un peu magique dans l'air parfois. Mais ce n'est pas réel. Tout ça... » D'un geste ample, je désigne notre environnement luxueux, le grondement de l'océan en arrière-plan. « Ce n'est pas la vraie vie. On se fait avoir. Ça arrive à tout le monde. C'est comme un flirt de vacances puissance mille.

— Pour toi, peut-être, mais moi, je suis hétéro. » Son ton est acerbe, comme si tout était de ma faute à présent.

« Oui, Faye, je suis au courant. Tu es cent pour cent hétérosexuelle. J'ai compris. » Moi aussi, je peux me montrer sarcastique.

« Peut-être... » Elle allonge ses jambes jusqu'à ce que ses pieds frôlent mes chevilles. « Il n'y a qu'un seul moyen d'être sûre.

— Sûre de quoi ? » Mes paumes deviennent moites. Oh, non. Ce n'est pas comme ça que ça va se passer. Hors de question.

« Si c'est vraiment à cent pour cent...

— Et c'est quoi, le moyen ? » Son orteil remonte le long de mon mollet.

« Seulement avec ta permission explicite, bien entendu. » Elle se penche. « J'aimerais t'embrasser. Pour de vrai. »

J'exhale légèrement et je secoue la tête. « Non, Faye. Il n'en est pas question. » Où je trouve la force de lui résister, je n'en ai aucune idée, parce que c'est l'inverse de ce dont j'ai envie. Mais je n'ai pas envie de ça non plus. Pas comme ça. Si une femme doit m'embrasser, même après tout ce temps sans baisers, je veux que ce soit parce que son désir est trop fort, qu'elle a envie de moi comme j'ai envie d'elle — et non pas pour une expérience à la noix après une soirée arrosée. Je retire ma jambe et son pied glisse sur le sol.

« Sérieusement ? » Son sourire est incrédule. « Tu ne veux pas m'embrasser ?

— Non, Faye, je ne veux pas.

— J'ai du mal à le croire, en fait. » Elle n'a pas tort, mais ce n'est pas une raison. Malgré l'effet que me fait l'air de Miami, malgré mon attirance pour elle, même si je suis tentée, mon sens moral l'emporte. Et puis pour qui me prend-elle ? Je suis Ida Burton, pour l'amour de Dieu.

« Fais-moi confiance. Tu me remercieras demain matin. » Je me lève. « Il est temps de mettre fin à la soirée, je pense. »

Une émotion parcourt son visage. « Est-ce que je viens de me ridiculiser ?

— Un peu, mais ne t'en fais pas. » Je lui tends la main. « Allez. Je te raccompagne à ta chambre. »

La porte n'est qu'à quelques mètres, mais elle prend ma main. Je la tire doucement en direction de sa suite.

« Dors bien. À demain. »

Elle baisse les yeux sur nos mains jointes. « Ida, je suis...

— Pas d'excuses, OK ? » Je lâche sa main. « Vas-y. Tu as besoin de dormir.

— Ida... » Elle se retourne. « Je ne suis pas bourrée, tu sais. Je te jure que j'ai les idées claires et que je... » Elle s'interrompt à nouveau.

Éloigne-toi, exhorte ma voix intérieure. Va-t'en. Mais je ne bouge pas, fascinée.

Elle s'incline et pose une main légère sur ma hanche. « J'ai senti ta langue », murmure-t-elle. « Tu peux répéter tant que tu veux que tu n'as pas envie de m'embrasser, mais ta langue n'était pas d'accord avec toi tout à l'heure. » Tout cela prononcé à moins d'un centimètre de la peau sensible de mon cou.

«Je me suis laissé embarquer.» Ma voix se brise au fond de ma gorge. «Tout comme toi.

— Exactement.» Son regard retrouve le mien. «Tout comme moi.» Elle me fixe.

Je l'imite. Le temps ralentit. Sa main glisse le long de ma hanche, le bout de ses doigts passe sous mon chemisier, effleure mon épiderme, éveillant tous mes sens.

«Faye...» Je soupire. «Ce n'est pas juste.

— Pourquoi?» Elle réduit la distance qui nous sépare. Ses lèvres sont si proches qu'elles ont disparu de mon champ de vision. «Si nous en avons toutes les deux envie.

— S'il te plaît, arrête.» Mon ton n'est pas très convaincant.

«D'accord.» Je sens le mouvement de ses lèvres contre le coin des miennes quand elle parle. «J'arrête.» Son souffle est chaud sur ma joue. «Si c'est ce que tu veux.» Elle dépose un baiser léger juste sous ma pommette. «Bonne nuit, Ida.» Elle ne bouge pas. Tout est immobile. Elle attend que je fasse le prochain pas. J'attends, moi aussi. Je ne sais pas quoi faire. Je suis déchirée entre ce que je veux et ce que je devrais faire. Les deux sont-ils vraiment incompatibles? Elle vient de me dire que c'est ce qu'elle veut. Ce n'est pas à moi, et certainement pas maintenant, de lui dire ce qu'elle doit penser. De prendre des décisions pour Faye.

Je recule ma tête un brin pour pouvoir la regarder. Puis, exactement comme dans la scène que nous avons tournée aujourd'hui, je saisis son visage entre mes paumes et je m'approche. Nos lèvres se rencontrent et aussitôt, ses doigts se referment sur ma hanche. Elle pousse un gémissement, comme elle l'a fait sur le tournage. Le son est si délicieux que je me presse encore contre elle et approfondis le baiser.

C'est elle qui ouvre ses lèvres en premier. C'est elle qui ne maîtrise pas sa langue cette fois-ci. Elle la laisse danser dans ma bouche, rencontrer la mienne, et je sens mon corps tout entier se liquéfier.

Les bras de Faye sont autour de ma taille et elle m'enlace, son corps collé au mien. La serviette qu'elle avait nouée autour de ses hanches tombe au sol. Je suis extrêmement consciente du fait qu'elle ne porte qu'un bikini de rien du tout. Une de ses mains remonte dans mon dos, jusqu'aux cheveux sur ma nuque.

« Oh, la vache », souffle Faye, lorsque nous nous interrompons un instant, avant de revenir immédiatement vers moi. Son baiser, doux et profond à la fois, suscite en moi des sensations trop long-temps ignorées.

Son autre main explore mon buste, glisse sous mon chemisier à nouveau, le bout de ses doigts m'électrise. J'ose enfin toucher sa peau nue. Je pose mes mains sur ses hanches. Malgré le baiser, malgré la hardiesse de la langue de Faye, je suis encore sous le choc, incapable de me servir de mes mains. De les promener sur son corps comme elle le fait sur le mien.

Quand elle commence à me tirer à l'intérieur de sa chambre, je m'immobilise.

« Faye, pas si vite...

— Tu ne veux pas entrer ?

— Tu sais bien que si, mais... » Je ne peux pas avoir cette conver-sation à nouveau. « Non. » Un baiser, c'est une chose. Ce à quoi elle m'invite va beaucoup trop loin.

« D'accord. » Sa langue caresse sa lèvre inférieure. « Mais embrasse-moi au moins pour me souhaiter bonne nuit. » Elle revient vers moi, m'attire à elle, m'embrasse à m'étourdir, jusqu'à ce que je ne sache plus comment rejoindre ma propre suite.

J'articule difficilement un « Bonne nuit, Faye » et m'éloigne enfin. « Fais de beaux rêves. »

CHAPTER 17

Faye

La sensation d'Ida ne quitte pas mon corps, même si elle m'a à peine touchée. Je m'effondre sur le lit, à l'affût du moindre bruit qui émanerait de sa suite, mais les murs du penthouse sont insonorisés et je n'entends rien. Je porte mes doigts à mes lèvres. Là où, il y a un instant, les lèvres d'Ida étaient collées aux miennes. Quel baiser! Comment suis-je censée m'endormir après ça? Comment vais-je bien pouvoir être au mieux de ma forme demain matin pour la scène de la chambre que nous devons tourner? Janet va avoir du pain sur la planche, mon cerveau n'est pas du tout disposé à dormir. Il est trop occupé à comprendre ce qui m'arrive. Ce qui aurait été beaucoup plus facile si Ida était dans la pièce avec moi. Mais j'ai assez insisté pour un soir.

Je la sens encore, comme si son parfum flottait dans ma chambre, alors qu'elle n'y a même pas pénétré. Il y a quelque chose de sa présence dans l'air. À moins que tout ce qu'elle dégage sans effort demeure toujours un peu dans son sillage. Je ne parviens pas à comprendre comment une femme comme Ida, une femme aussi sexy, aussi merveilleuse, adorée du monde entier, a pu se priver d'amour pendant si longtemps. Même moi, je ne peux pas lui résister. Je glousse jusqu'à ce que mon gloussement se transforme en un fou rire d'écolière. Mes hormones ont pris le dessus. Alors je fais ce que ferait toute adolescente après un tel baiser : j'attrape mon téléphone et ouvre les SMS. Mes doigts survolent le clavier, mais je ne sais pas quoi taper. L'adolescente en moi a ses limites, on dirait. Je dois être trop vieille pour m'inspirer de cette période de ma vie. Je balance le téléphone et retire mon bikini. Après une douche pour me débarrasser de la moiteur nocturne de Miami, je me glisse entre les draps en essayant de ne pas penser à Ida.

Je sais exactement ce qu'elle voulait dire quand elle a parlé de magie sur les tournages. C'est comme ça que j'ai rencontré Brian. On a d'abord flirté un peu, puis un baiser m'a emportée au septième ciel, et tout s'est terminé par un chagrin d'amour sept ans plus tard. Qui a dit éphémère et simple ?

Je m'agite dans mon lit, l'image des lèvres d'Ida ne quitte pas mon esprit. La sensation de sa peau s'attarde sur mes doigts. Jusqu'à ce que je n'en puisse plus et que j'allume la télé. Je zappe et tombe sur une rediffusion d'*Underground*, la série inspirée des livres de Charlie, dans laquelle Elisa Fox joue une super espionne lesbienne. À ma connaissance, jouer une lesbienne n'a pas rendu Elisa lesbienne. Son mari et elle sont ensemble depuis toujours, défiant toutes les lois hollywoodiennes.

L'intrigue est trop complexe pour capter mon attention. Tout ce que je vois, c'est une femme intelligente, sexy et coriace. On peut dire qu'Elisa Fox nous a ouvert la voie, à Ida et à moi, pour tourner ce film. Elle a été la première à prendre ce risque... et ça lui a rapporté gros.

Je souffle un peu et m'empare d'une bouteille d'eau sur la table de nuit. Un coup d'œil à mon portable me confirme qu'il n'y a aucun message d'Ida. Je devrais peut-être appeler Ava. Elle comprendrait. J'ai l'impression que je vais exploser si je ne dis rien. Mais je ne peux pas. Il faut toujours que je protège le secret d'Ida. Et le mien. Pourquoi l'ai-je embrassée ? C'est cette question qui m'empêche de dormir. Je l'ai embrassée et je l'ai invitée dans ma chambre. Pour quoi faire, exactement ? Surtout après lui avoir répété que je suis on ne peut plus hétéro. J'ai tellement honte...

Non pas que j'ai soudain cessé de me considérer comme hétéro, mais la façon dont je l'ai affirmé était à la limite du pathétique. D'autant plus que tout ce dont j'avais envie, c'était de l'embrasser... d'embrasser une femme.

Finalement, à force de tourner mes pensées dans tous les sens, de m'interroger sur ce que je suis, ce que je pourrais être, d'imaginer le sourire étincelant d'Ida, sa voix douce qui me convainc de rejoindre ma chambre, le parfum de ses cheveux toujours présent, je tombe dans un demi-sommeil agité jusqu'à ce que Brandon me réveille. Sa voix de lendemain de cuite et ses soupirs exaspérés font parfaitement écho à mon état : fatiguée, tendue, et extrêmement embarrassée.

Heureusement, en raison de son épique gueule de bois, Brandon est beaucoup moins bavard qu'à l'ordinaire. Nous enchaînons notre routine du matin en silence. Ma nervosité croît progressivement, jusqu'à ce que le moment soit venu de me rendre sur le tournage et de faire face à Ida.

J'ai à peine franchi le seuil de ma caravane qu'on frappe à la porte. C'est Mark, qui me demande si j'ai cinq minutes de libres pour revoir la scène avec Ida. Je suis presque sûre que « revoir la scène » signifie en réalité « il faut qu'on parle de ce qu'il s'est passé hier », et j'accepte, même si je ne sais pas vraiment quoi dire. Après la nuit que je viens d'endurer, je ne me suis pas réveillée ce matin avec une vision lucide et perspicace, bien au contraire.

Mark m'ouvre la porte puis nous laisse seules, Ida et moi. Le sourire dont elle me gratifie est si radieux que je ne sais pas comment réagir. Aucun sourire en réponse, si tant est que je sois capable d'en former un, ne pourrait rivaliser. J'adorerais connaître son secret. Qu'y a-t-il en Ida Burton qui la rende si irrésistible ? Ou peut-être que c'est juste moi. Peut-être ai-je franchi une frontière invisible vers un monde inexploré où Ida règne en monarque incontesté sur mon attention.

« Un café ? » propose-t-elle.

Je refuse et m'assieds aussi loin d'elle que possible. J'ai à nouveau l'impression d'être l'adolescente bécasse que je suis momentanément devenue hier. Je sais qu'il faudrait que je parle mais mes pensées se bousculent et, au bout du compte, rien ne sort. Je me retrouve à attendre bêtement que ce soit elle qui prenne l'initiative. Ce matin, sous le regard d'Ida, l'effrontée d'hier a laissé place à une petite souris timide.

« Alors », demande Ida. « Comment te sens-tu ? »

Je laisse échapper un minuscule rire nerveux. « Merde, Ida, je ne sais pas.

— Souviens-toi », me rappelle-t-elle. « Ce n'était qu'un baiser. »

Qu'un baiser ? Pour elle, peut-être. « Vraiment ? » Je plonge dans l'ardeur de ses yeux bruns et, alors que nos regards se croisent, je réalise que je suis un peu éprise d'elle. Et c'est moi qui suis censée être hétéro, comme je l'ai répété hier soir.

« Oui, Faye. » Elle étend ses bras sur le haut du canapé, et le mouvement a pour effet de mettre son décolleté en valeur. « Qu'est-ce que tu penses que c'était ?

— Je... » Je soupire, exaspérée. « Je ne sais pas vraiment. Je suis complètement larguée.

— J'imagine. » Ida incline la tête. « Tu as dormi ? »

Je fais signe que non. « Pas vraiment. Toi ? »

Elle se mordille brièvement la lèvre inférieure, puis répond : « Probablement pas assez. On a une scène importante aujourd'hui. Tu es prête ?

— Elle n'est pas si importante que ça. » Pas autant que les scènes où nous devons nous embrasser, à mon avis, mais c'est peut-être parce que j'ai l'esprit encombré de tous ces baisers.

« Elle est importante pour le film.

— Parce que les spectateurs se souviendront à jamais de l'image d'Ida Burton et Faye Fleming au lit ensemble.

— Ce sera gravé dans leur mémoire, Faye. » Ida me sourit. « Il faut qu'elle soit à la hauteur, nous leur devons au moins ça.

— Personne ne peut me reprocher de ne pas être pro, mais... écoute, Ida. Je ne sais même pas si je dois te présenter des excuses ou non.

— Je te l'ai dit, pas besoin d'excuses. » Elle replie ses bras et pose ses coudes sur ses genoux, réduisant la distance entre nous. « Des excuses pour quoi, de toute façon ?

— La nuit dernière, j'ai dit que quelque chose avait changé entre nous. Ce n'était rien par rapport à maintenant. Je ne sais pas quoi faire. Je ne sais pas quoi dire. » Je ne sais pas quoi ressentir.

« Et si on dînait ensemble ce soir ? » suggère Ida avec désinvolture, comme si dîner ne signifiait toujours que dîner, comme aux premiers soirs du tournage à Miami.

« D'accord. J'aimerais bien. » Je tiens son regard et je me demande si la situation lui plaît. Ou est-ce qu'elle aussi est en train de s'effondrer intérieurement ? Si c'est le cas, elle est bien meilleure actrice que moi.

« OK. On parlera de tout ça ce soir. » Elle me tend la main. Je la contemple comme si cet appendice venait soudain de pousser sur son bras avant de me calmer suffisamment pour prendre sa main dans la mienne. « En attendant, est-ce que tu as vu les modifications que Charlie et Liz ont apportées au scénario ?

— Pardon ? » Brandon m'a donné les pages ce matin, sans commentaires. « Non, je ne suis pas au courant.

— Si tu veux mon avis, il n'y avait aucun problème avec la chambre d'hôtel où nous devions tourner. » Ida arque ses sourcils parfaitement sculptés. « Charlie et Liz ont dû être prises d'une sorte d'inspiration divine hier et ont décidé qu'elles avaient besoin de temps supplémentaire pour retravailler la scène. » Elle me tend quelques feuilles de papier.

La scène en question est beaucoup plus explicite que l'originale. Ida et moi sommes réellement au lit au lieu de nous contenter d'une conversation post-orgasmique.

« C'est quoi, ce bordel ? » Je jette un coup d'œil à Ida. « Tu n'es pas en train de me faire une farce, n'est-ce pas ?

— Non.

— Et ça ne te pose pas de problème ?

— Non, mais, bien sûr, Faye, je sais que tu es hétéro à un million de pour cent, c'est peut-être différent pour toi. »

Elle se moque de moi, maintenant. « Il faut que je parle à Charlie. Et à Leslie. Et éventuellement que je vire Brandon. Il aurait dû m'informer.

—Sois clémente avec ton pauvre assistant. Après tout, tu l'as abreuvé d'alcool toute la nuit. Brandon a l'air d'avoir une constitution très délicate. » Elle secoue gaiement la tête. « Et j'ai déjà parlé à Leslie.

—Peut-être, mais elle est aussi mon agent. » Mais qu'est-ce qui se passe ? D'accord, des réécritures sur un tournage, ça arrive tout le temps, et je ne veux pas faire ma diva, surtout si Ida ne le fait pas non plus, mais il me semble qu'on aurait dû me demander mon avis.

« Si tu ne veux pas le faire, on ne le fait pas, promet Ida.

« Comme si nous avions ce pouvoir. » Nous n'avons aucune influence sur ce genre de choses.

« Charlie est ton amie. Parle-lui. » Juste à ce moment-là, on frappe à la porte.

« C'est bon pour toi ? » Ida attend ma confirmation pour ouvrir.

« Quand on parle du loup... », annonce Ida, alors que Charlie apparaît dans l'embrasure de sa caravane.

« S'il vous plaît, ne me faites pas de mal. » Charlie fait mine de protéger sa tête en entrant. « Nous n'avons mis le point final aux révisions qu'il y a une heure seulement. Je voulais avoir votre avis.

—Je croyais que les comédies romantiques n'étaient pas censées contenir de scènes comme celle que vous venez d'écrire... » C'est moi qui ai posé la question. « Et tu ne m'avais pas promis qu'il n'y aurait que "quelques chastes baisers" ?

—À ce sujet... » commence Charlie. Qu'est-ce qu'elle va faire, maintenant ? M'envoyer Ava à nouveau ? « Liz et moi avons changé d'avis après hier. » Charlie agite sa main entre Ida et moi. « Il y a eu un truc entre Mindy et Veronica dans la séquence qu'on a tournée hier. D'où l'idée d'intensifier la scène de la chambre. J'en ai parlé à Tamara, et j'étais persuadée qu'elle ne serait jamais d'accord, honnêtement. Mais elle a approuvé tout de suite. » Charlie lève les mains. « Je ne sais pas ce qui se passe entre vous, mais pour le film, c'est du pain béni. Jamais je n'aurais pu imaginer une telle alchimie, mais elle existe, et nous aurions tort de nous priver d'en profiter. » Charlie me jette un regard plein d'espoir.

«La réécriture me convient», annonce Ida. «Je suis d'accord avec toi, Charlie. Il y a quelque chose d'insaisissable entre nous.»

Ida vient-elle vraiment de prononcer ces mots? Son audace se renforcerait-elle au fur et à mesure que le tournage progresse? Elle ne m'a toujours pas dit ce qu'elle avait prévu pour son coming-out. C'est peut-être de *ça* que nous devrions parler ce soir.

«Tamara va venir vous voir dans un instant, prévient Charlie. On commence par la scène 19.

—Je vais y réfléchir», dis-je, en essayant de garder un ton aussi neutre que possible.

«Merci.» Charlie prend congé.

«Je sais que c'est plus sensuel que ce qui était prévu», admet Ida. «Mais ce n'est rien comparé aux scènes que tu as tournées avec Isaac Moore pour *Under the Wind*.»

Maintenant qu'elle mentionne mes films précédents, j'ai le sentiment qu'Ida avait préparé ses arguments, comme si nous étions là où elle voulait en venir depuis le début.

«C'était un film totalement différent.» Il n'était pas très drôle, pour commencer.

«Et Isaac est un homme.

—Tu ne prendrais pas un certain plaisir pervers à tout ça?» Je range les pages de la scène réécrite.

«Bien sûr que non. C'est toi qui vois.» On toque à nouveau à la porte.

«Maquillage dans cinq minutes, Ida! crie Mark.

—Toi aussi, Faye» suit la voix de Brandon, beaucoup moins assurée que d'habitude.

«Je vais y réfléchir.» Je me dirige vers la porte. «J'ai presque l'impression d'avoir été... piégée, et je n'apprécie pas.

—Prends ton temps. Il n'y a pas d'obligation.» Le sourire qu'elle m'adresse n'est qu'à mi-puissance. Il suffit néanmoins amplement pour éveiller quelque chose en moi.

CHAPTER 18

Ida

Faye est vraiment bonne joueuse. Il n'y a pas une once de diva en elle. Elle a accepté la révision de la scène dans la chambre à coucher. Pendant que Joey prépare la séquence avec nos doublures, Tamara la revoit avec Faye et moi dans une pièce adjacente.

La scène commence alors que nous nous affalons sur le lit, Veronica au-dessus de Mindy, les yeux dans les yeux, et nous embrassons... à nouveau. Ce n'est qu'une chorégraphie et nous ne répétons pas le baiser, nous ne nous regardons pas vraiment dans les yeux, du moins pas de façon très intense. Nous nous entraînons à basculer sur le matelas tandis que Tamara orchestre nos mouvements en fonction de l'emplacement de la caméra lors de la prise de vue.

Je ne peux pas nier qu'après la nuit dernière, la sensation n'est pas la même quand Faye m'attire vers elle. Jouer la comédie a ses limites. Il y a toujours une vraie personne derrière les actions et les répliques, même si nous interprétons un personnage. Ce sont nos corps qui se touchent, nos regards qui se croisent, nos propres pensées qui nous traversent l'esprit.

Quoi qu'il se soit passé hier soir — et quoi qu'il ne se soit pas passé après mon refus de suivre Faye dans sa chambre — personne sur le plateau ne le saura. Charlie a peut-être eu des soupçons lors du tournage de la scène du baiser la veille — il était probablement difficile de ne rien remarquer — mais ce ne sera pas le cas aujourd'hui.

« Passons à la partie suivante », nous guide Tamara.

Veronica est censée chevaucher Mindy et, filmée de dos, déboutonner mon chemisier. Tout à l'heure, pour le tournage, la costumière s'assurera qu'on n'aperçoit pas le moindre millimètre de mes seins, tandis que le plan de mon dos donnera l'impression que je suis nue, mais ça ne retire rien à l'ambiguïté de la situation.

« Ce qu'on ne ferait pas pour de l'argent, hein. » Je plaisante tout en défaisant mon chemisier, sous lequel je porte un débardeur pour la répétition. Faye a visiblement besoin de se détendre.

Son regard est fixé sur mes hanches. À l'endroit où ses doigts se promenaient hier soir. Est-ce qu'elle le pensait vraiment quand elle m'a invitée à entrer ? Voulait-elle vraiment aller au-delà de ce baiser ? Je ne le saurai peut-être jamais. Faye elle-même ne le sait peut-être pas.

« OK, » dit Tamara. « Si vous pouviez garder la position quelques secondes de plus... »

Faye n'a pas encore ri et dès qu'elle lève les yeux vers moi — comme le prévoit le script — je grimace. La façon dont ses muscles ondulent lorsqu'elle rigole me fait frissonner. C'est tellement contagieux que je m'esclaffe à mon tour.

« Je suis ravie que ça vous amuse. » Tamara prend un ton de prof grincheux sur le point de nous enguirlander, mais bien sûr, elle ne le fait pas. Elle travaille. Elle est concentrée. Nous devrions l'être aussi mais c'est plus facile à dire qu'à faire avec mes jambes écartées sur le ventre de Faye.

Dans la troisième et dernière partie de la scène, nous sommes allongées face à face, nos visages si proches que nos souffles se mêlent, et Mindy passe un doigt sur la joue de Veronica.

Faye n'est pas encore censée me toucher, mais sa façon de répéter est peut-être différente de la mienne. Plus tactile, comme lorsqu'elle m'a reçue chez elle pour que nous nous entraînions à nous embrasser. Quand le bout de son doigt effleure ma joue, je sursaute et inspire brusquement.

La scène ne demande pas beaucoup d'effort. Étendues sur le lit, nous nous regardons droit dans les yeux, tandis que Faye me caresse doucement. Pourtant, c'est difficile. J'ai du mal à me lever ensuite et à me priver du contact de Faye, de ce regard qui tente peut-être de me faire comprendre ce qu'elle ne peut exprimer avec des mots.

« Si vous pouvez reproduire ça au tournage », se réjouit Tamara, « ce film restera dans les annales comme bien plus qu'une simple comédie romantique ».

« Tu as été super, dit Faye.

— Toi aussi. » Depuis que nous nous sommes installées pour dîner au bord de la piscine, nous avons évité tous les sujets que nous devrions aborder.

« Tout le monde n'en est pas capable, poursuit-elle.

— C'est pour ça qu'on nous paie si cher. » J'écarte mon assiette, indiquant que j'ai terminé. Il fait encore chaud et j'ai relevé mes cheveux pour permettre à la moindre brise de me rafraîchir la nuque.

« On fait un drôle de métier, n'est-ce pas ?

— Oui, mais c'est exaltant aussi, et ça vaut bien chaque minute passée à attendre qu'une lumière soit réglée et chaque fois qu'une costumière te pince accidentellement la peau. »

Faye boit une gorgée d'eau et penche légèrement la tête vers l'arrière. « Mon Dieu, Ida, tu n'as pas idée comme j'apprécie ta compagnie. »

Nous y voilà. Une ouverture, enfin. « Tu me l'as montré hier soir, tu ne crois pas ?

— Avec insistance.

— En effet. » Si seulement elle promenait ses orteils le long de ma cuisse à cet instant...

« Je suis peut-être larguée, mais je n'ai aucun regret. » Elle pose un doigt sur sa lèvre, et toute mon attention se concentre sur sa bouche. « Tu embrasses drôlement bien.

—Dommage qu'il n'y ait pas de catégorie aux Oscars pour ça.» Ce soir, je n'ai pas envie de résister. «Si c'était le cas, je suis sûre que tu en aurais remporté plus que moi.

—Impossible.»

J'ai besoin qu'elle fasse à nouveau le premier pas parce qu'une partie de moi est encore terrorisée à l'idée d'apparaître comme la lesbienne lourdingue. «Hier soir, avant qu'on s'embrasse, tu as affirmé qu'il n'y avait qu'une seule façon pour toi de savoir si tu étais vraiment hétéro.

—Oh mon dieu...» Elle enfouit brièvement son visage dans ses mains. «Est-ce qu'on peut faire moins *woke* comme remarque?

—Les cent pour cent hétéro sur lesquels tu as insisté n'étaient pas mal non plus», renchéris-je d'un ton taquin.

J'apprécie que Faye n'ait pas laissé sa célébrité lui monter à la tête au point de perdre son sens de l'humour, ce dont j'ai bien trop souvent été témoin. En général, la capacité à l'autodérision semble se volatiliser progressivement, au fur et à mesure que le montant du cachet augmente.

Faye lâche un petit rire. «Si j'ai une leçon à tirer du baiser d'hier», remarque-t-elle, «outre le fait que tu as des lèvres incroyables, c'est que rien de tout cela n'a probablement beaucoup d'importance.» Elle trouve mon regard. «Parce que ce baiser était diablement sensationnel.»

Je sens mon cou puis mes joues se réchauffer. Je ne réponds pas immédiatement.

Elle s'agite sur son siège. L'air crépite à nouveau entre nous.

«J'ai réfléchi à ce que tu as dit sur les amourettes de tournage et l'atmosphère particulière qu'impliquent les circonstances, et je suis d'accord... Mais je me demande si tu penses que ça peut avoir un effet concernant, disons, ce qui pourrait se passer ou non entre nous», s'emmêle Faye.

«Serait-ce une façon alambiquée de me demander si je crois qu'on devrait s'embrasser à nouveau?» Je plonge dans ses yeux bleus. Je n'ai qu'une envie, écarter cette crinière de cheveux de son cou, et l'embrasser à l'endroit précis qu'effleurent ses doigts, juste sous son oreille.

Elle soupire doucement et lève son regard vers moi. «Oui», répond-elle fermement, ne laissant aucun doute sur ce qu'elle souhaite.

Le fourmillement que je sens dans mon ventre depuis quelques jours laisse place à un torrent de désir qui me traverse de part en part. «Qu'est-ce que tu attends, alors?

— Je me disais qu'il fallait d'abord qu'on se parle un peu plus.

— Je trouve qu'on a déjà bien assez *parlé* de ce baiser, Faye.

— Oui...» Elle éloigne sa chaise de la table.

Je l'imite et la rejoins à mi-chemin. Nous sommes face à face, comme nous l'étions tout à l'heure dans le lit, mais cette fois, ce n'est pas son doigt qui caresse ma joue, ce sont nos mains qui se trouvent et nos doigts qui s'entrelacent.

«Ça ne te dérange pas que je ne sache pas ce qu'il se passe? s'enquiert-elle.

— Pas le moins du monde.» Cela m'aurait peut-être perturbée hier, mais vingt-quatre heures se sont écoulées. Nous sommes à nouveau là ce soir, quasiment dans la même position, et c'est tout ce que j'ai besoin de savoir pour le moment. Faye ne s'est pas enfuie. Elle n'a pas craint de tourner une scène qui pourrait avoir un impact inattendu sur sa carrière. Elle a pris l'initiative et a admis avoir très envie de m'embrasser à nouveau. Il faudrait être bien bête pour en demander plus à ce stade.

«Évidemment, tu as besoin d'éviter l'explosion qui menace depuis que le tournage en décor naturel a débuté», s'amuse-t-elle. «C'est compréhensible.

— Je te remercie de ta sollicitude.

— Pas la peine de me remercier puisque ça me permet de faire ceci.» Elle se penche et presse ses lèvres contre les miennes.

Aussitôt, la chaleur m'envahit. Je libère sa main pour poser la mienne sur sa nuque et serrer son corps contre moi. L'hésitation ne dure qu'une fraction de seconde avant que le baiser ne devienne si voluptueux que je ne peux m'empêcher d'en vouloir encore plus.

Les mains de Faye trouvent mes hanches, ses doigts se faufilent une nouvelle fois sous mon chemisier. Ma peau s'enflamme de désir, et je sais, à cet instant, que nous ne nous contenterons pas d'un baiser ce soir. C'est la nuit idéale pour ça, l'air est chaud, humide, lourd jusque dans ses nuances.

Lorsque nous mettons fin au baiser, Faye murmure, « J'ai envie de toi », miroir parfait de mes propres sentiments.

« Tu es sûre ? » Je suis obligée de lui poser la question. Même si elle vient de le dire, il me faut encore apaiser un soupçon de peur en moi.

Faye acquiesce d'un air solennel.

« Parce que moi aussi, j'ai envie de toi, Faye. »

Nos visages sont si proches que je la vois déglutir.

« Viens. » Je lui prends la main pour l'emmener dans ma suite.

Dès que nous sommes entrées, Faye revient à moi. Elle m'enlace et m'attire vers elle. Son nez remonte dans mon cou, comme si elle avait besoin de respirer mon parfum. Elle fait une pause près de mon oreille et embrasse l'extrémité de ma joue, puis se dirige vers ma bouche. Le baiser s'approfondit d'emblée, nos lèvres s'ouvrent, nos langues se rencontrent.

Je gémis dans la bouche de Faye, je ne me lasse pas de ses baisers. Je porte ma main à sa gorge, le bout de mes doigts caresse son cou. Elle ressert sa prise autour de ma taille alors que notre baiser s'intensifie.

J'ai joué un nombre incalculable de scènes d'amour, toujours avec des hommes, et il n'y a jamais rien eu d'un tant soit peu érotique, quelle qu'ait pu être, à en croire les réalisateurs, l'alchimie entre mon partenaire masculin et moi. Avec Faye aujourd'hui, c'était complètement différent. L'alchimie qui nous unit est authentique, nous n'avons pas besoin de faire semblant, et quand elle a fait glisser le bout de son doigt le long de ma joue pour la caméra, ce que j'ai ressenti était tout aussi réel. Comme des préliminaires pour ce soir, même si je n'avais aucune idée de ce qui allait arriver. Et pourtant...

Lorsque nos lèvres se séparent, j'inspire profondément pour calmer l'emballement de mon cœur. Il bat avec abandon contre ma cage thoracique et mon sang circule à vive allure dans mes veines, attisant encore la flamme.

« Tu es incroyablement sexy, Ida », murmure Faye et mes jambes manquent se dérober.

À la façon dont je la regarde, au désir dans mes yeux, elle ne peut pas ignorer à quel point j'ai envie d'elle. Certes, j'ai reconnu, lors de notre première soirée à Miami, que je brûlais de passer la nuit avec une femme, mais Faye n'est pas n'importe quelle femme. Elle n'est pas simplement une façon de mettre fin à deux ans et demi ou presque d'abstinence. Elle est plus que ça, tellement plus que ça. Même avec tous mes Oscars, je suis incapable d'exprimer tout cela d'un seul regard. Ce n'est pas le moment de parler. C'est le moment de lui enlever cette ravissante robe à fleurs.

« Tourne-toi. »

Elle obtempère sans quitter mon étreinte et, avant de baisser la fermeture éclair de sa robe, j'écarte ses cheveux de sa nuque et l'y embrasse. Le contact de sa peau contre mes lèvres est électrisant et mes mains coulissent d'elles-mêmes vers sa fermeture éclair, tandis que mes lèvres continuent de presser baiser tendre après baiser tendre dans son cou.

Je descends la robe sur ses épaules puis la laisse tomber au sol. Je m'accorde un instant pour admirer le postérieur de Faye. Ses courbes délicieuses. Le satin de sa peau. Les muscles souples de son dos.

« Je n'ai jamais fait ça auparavant », confie-t-elle doucement, se retournant vers moi.

En guise de réponse, je l'embrasse sur la bouche. La serre contre moi. A-t-elle peur ? Ou son désir efface-t-il ses doutes, du moins pour l'instant ?

« On peut s'arrêter à tout moment. » Mes lèvres trouvent son oreille en même temps que je promets.

« Je n'ai aucune envie d'arrêter. » Elle s'écarte imperceptiblement. « Mais... je n'ai aucune expérience de... ça...

— Et moi, je suis un peu rouillée. » Plaisanter me paraît être une meilleure stratégie que de feindre une audace que je ne ressens pas vraiment — certainement pas assez pour nous deux. « Mais je suis convaincue que ça va être formidable. » Je la ramène vers moi et m'empare à nouveau de son oreille. « Et sexy et magnifique et mémorable. » Ma voix n'est qu'un murmure, mes lèvres sourient contre son cou.

Ses mains frôlent le bas de mon chemisier et cette fois, elle le soulève. Je tends les bras au-dessus de ma tête et la laisse retirer mon haut. Elle s'attaque ensuite à mon pantalon, dont elle défait le bouton, et le contact de ses doigts contre ma peau accélère plus encore mon pouls. J'ai l'impression de vivre un rêve. Faye et moi allons-nous vraiment...? Tout ça en raison de ce film — la réalité dépasse la fiction.

Elle baisse ma fermeture éclair, et j'enlève mon pantalon. Nous ne portons plus que nos sous-vêtements. Ceux de Faye sont noirs, bordés de dentelle, et dans la lumière douce de la pièce, ils semblent assortis à ses cheveux de jais. Le contraste rend la pâleur de sa peau encore plus délicieuse.

Nous recommençons à nous embrasser, nos seins se frôlent, et c'est alors que je m'abandonne. Parce que cela fait si longtemps que personne ne m'a touchée comme ça. Je n'ai pas été nue avec une autre femme depuis des années. Et voilà à présent que Faye Fleming — Faye Fleming, nom d'un chien ! — se laisse aller dans mes bras avec un plaisir évident, retournant mes baisers avec ferveur. Ses mains dénouent ma chevelure, et elle s'éloigne légèrement pour mieux la voir tomber sur mes épaules.

« Oh là là, j'adore tes cheveux, s'exclame Faye. Quand la lumière trouve un certain angle, c'est comme s'ils étaient en feu. »

L'illusion se transforme en véritable incendie sous mon épiderme. Une chaleur ardente me traverse à chaque regard vers Faye. À la vue du désir que je lui inspire. À la façon dont ses mains déambulent, depuis mes épaules, le long de mes bras, jusqu'à la courbe de mon dos, puis plus bas encore. Elle m'amène contre elle, nous nous embrassons à nouveau, et je commence à nous orienter progressivement vers le lit.

Une fois que nous avons eu notre dose de baisers profonds et passionnés, au moins temporairement, je défais les couvertures et l'invite à s'allonger. Nous sommes face à face, les yeux dans les yeux, comme sur le tournage, et elle me caresse les cheveux.

« On va dormir, à présent ? », plaisante-t-elle.

Je ne peux pas retenir un immense sourire.

« Oh, mon Dieu, Ida, gémit Faye. Ce sourire. »

Il semble s'élargir encore plus à sa réponse.

« J'ai des projets plus amusants que de dormir. » Je m'approche et faufile une main dans son dos, où je détache son soutien-gorge d'une seule main, malgré mon manque d'entraînement.

« Impressionnant. » Elle m'adresse un magnifique sourire à son tour, puis fait de même avec mon propre soutien-gorge. « On acquiert un savoir-faire inattendu sur les tournages. »

Bien que tout aussi admirative de sa dextérité, mon attention se focalise sur son soutien-gorge qui glisse de ses épaules. J'accompagne sa descente, exposant les seins de Faye à mon regard gourmand. Plus rien ne pourra m'arrêter désormais. J'ai besoin d'elle comme cette soirée humide de Miami a besoin d'un violent orage. J'ai besoin de la sentir, de la goûter, de la posséder. J'ai besoin qu'elle crie mon nom quand elle jouit. J'ai besoin d'avoir Faye Fleming tout entière rien que pour moi, juste pour une nuit.

Faye

À quel moment est-ce que j'ai commencé à vouloir ce qui est en train de se produire ? Parce que, allongée dans le lit d'Ida, j'ai l'impression que c'est ce que j'ai toujours voulu. Ça semble tellement évident. Elle est si belle, si fascinante, et clairement, son désir pour moi est colossal. Ida et moi nous désirons l'une l'autre. Mon cerveau est en ébullition, au point de ne pas s'interroger sur ce que tout cela signifie. Si cela implique que je suis lesbienne ou si seule Ida Burton me met dans cet état. Tout ce que je sais, c'est que c'est ce que je veux. Je veux ses mains sur moi, ses doigts qui s'immiscent sous les bonnets de mon soutien-gorge et dénudent ma peau pour qu'Ida puisse poser les yeux sur mes seins. Je veux voir son regard à ce moment-là. Le voilà. Ses yeux s'écarquillent légèrement, puis s'assombrissent de désir. Sa bouche s'entrouvre lorsque le bout de son doigt effleure le côté de ma poitrine, s'approchant de mon mamelon avec une lenteur insoutenable.

Elle trace un cercle autour de mon téton dressé et une pointe de désir jaillit du plus profond de mon être, jusqu'à la surface de ma peau incandescente. Là où Ida la touche, me touche. Je n'ai qu'une envie, m'abandonner à elle. C'est si facile, comme si le désir s'était développé en moi depuis des semaines sans que je m'en rende compte. Je désire Ida Burton. À cet instant, c'est aussi simple que ça, même si je sais déjà, en mon for intérieur, que ça ne le restera pas. À l'abri du monde et des regards, dans cette suite luxueuse de Miami, les conséquences potentielles de nos actions présentes paraissent bien lointaines.

Le doigt d'Ida frôle mon téton et ce contact, si léger soit-il, me coupe le souffle. Pas seulement parce qu'elle est qui elle est. En fin de compte, c'est une femme comme moi, que l'on fait passer pour bien plus qu'elle n'est au simple prétexte que son visage apparaît de temps à autre sur le grand écran. Mais toute sublime qu'Ida puisse paraître, et elle l'est autant en vrai qu'au cinéma, j'ai conscience de sa fragilité. Je sais le prix élevé qu'elle a dû payer. Ses confidences m'ont permis d'apercevoir son âme, m'ont dévoilé sa véritable personnalité, et c'est la raison pour laquelle je suis là, ce soir, pantelante sous ses caresses. À cause des deux Ida Burton que j'ai appris à connaître. La star de cinéma, légendaire et incontournable, et la personne derrière le masque. La femme qui aime les autres femmes. Et à cet instant précis, cette autre femme, c'est moi.

Alors qu'Ida dessine de ses lèvres un chemin brûlant de ma bouche à mon mamelon, qu'elle rôde au-dessus de mon sein et que mon envie qu'elle me touche est telle que je ne peux retenir une exclamation, je suis consciente d'au moins une chose : voilà Ida Burton, la vraie. Et Ida Burton, la vraie, est folle de moi.

Au contact de sa langue sur mon téton, une pulsation croît entre mes jambes, si puissante que je les referme instinctivement. Aussitôt, Ida s'étend sur moi, et son genou s'intercale entre mes cuisses.

Ses lèvres happent mon téton comme si elles n'avaient pas l'intention de le relâcher, sa langue l'effleure, démultipliant la chaleur au creux de mes reins. J'enfouis mes mains dans sa chevelure magnifique, aussi fameuse que son éblouissant sourire. Alors que sa bouche se concentre sur mon autre sein, il est très clair pour moi que je ne me prête pas à cette situation uniquement pour Ida. C'est pour moi que je le fais. Elle me touche avec une telle douceur, une telle tendresse, une attention immense mais de façon, également, si délibérée... L'ardeur de sa cuisse entre les miennes trahit son désir croissant.

Elle libère mon mamelon et se redresse. Son soutien-gorge est encore suspendu à ses bras. Après l'avoir aidée à s'en débarrasser, je me délecte de la vision des seins d'Ida. Ils sont petits et fermes et mes doigts se tendent automatiquement vers eux, comme par réflexe. Je prends son sein dans ma main, elle se baisse vers ma bouche et je réponds à son invitation en laissant glisser ma langue le long de son téton au garde à vous. La plainte qui s'échappe de sa gorge exprime parfaitement mon propre plaisir, mon propre désir pour elle, dont, jusqu'à il y a quelques jours, je ne me savais même pas capable.

Passant à l'autre sein, je fais rouler son téton entre mes doigts, comme j'aime qu'on me le fasse, doucement et fermement à la fois, juste pour voir sa réaction. Elle se presse davantage contre moi, son genou titille la délicate parcelle entre mes jambes, j'aspire son mamelon plus profondément dans ma bouche et m'abandonne un peu plus à elle.

Ida se recule et m'embrasse langoureusement, sa langue règne en maitre sur ma bouche, sur moi. Elle plonge un instant ses yeux dans les miens et sans qu'elle ait besoin de prononcer un mot, je sais ce qui va suivre. Elle dépose des baisers partout, sur ma joue, dans mon cou, sur mes tétons, puis trace un cercle autour de mon nombril. Mon clitoris se raidit contre ma culotte. Elle descend toujours plus bas et coule le bout de ses doigts sous l'élastique du sous-vêtement. Son regard ne me quitte pas tandis qu'elle le baisse le long de mes jambes et l'envoie balader quelque part dans la chambre. Je suis à présent entièrement nue devant Ida Burton et je n'ai pas été aussi excitée depuis très longtemps. Mon clito palpite pour elle. Ma peau brûle pour elle. Mes mamelons se durcissent encore plus pour elle.

Elle s'interrompt, scrute mon visage. Peut-être a-t-elle besoin de s'assurer que je n'ai pas changé d'avis. Je ne laisse pas le doute s'installer.

« Je te veux, Ida », dis-je dans un souffle.

Une ébauche de sourire nait au coin de ses lèvres et elle hoche très brièvement la tête, avant de revenir à l'endroit de son dernier baiser. Sa bouche descend vers mon abdomen, exempt à présent de la moindre barrière de tissu entre elle et moi, entre moi et le désir qui flotte dans l'air qui m'entoure, et je capitule. Sa crinière rousse s'égaille sur mon ventre et descend lentement, lentement, au fil de la progression des lèvres d'Ida qui viennent embrasser l'intérieur de ma cuisse.

J'écarte plus largement mes jambes pour lui montrer à quel point je veux ce qui est en train de se produire, à quel point je la veux, elle. Ses cheveux sont doux et soyeux, les toucher, y passer mes doigts est en soi une sensation érotique, tant ils font partie intégrante de sa personne.

Le rythme de ses baisers sur ma peau s'est ralenti, elle prend son temps, me savoure, et me rend complètement, absolument dingue.

J'ai l'impression que des heures se sont écoulées lorsque ses lèvres s'approchent de mon clitoris frémissant et que le bout de sa langue l'effleure délicatement.

Je gémis. «Oh, Ida.» Mes doigts s'immobilisent dans ses cheveux.

Et puis elle me lèche. La langue d'Ida me dévore, me pénètre, me déguste. Elle aspire mon clito dans sa bouche. Fait courir sa langue le long de mon sexe. Elle me guide vers un degré d'excitation quasi inaccessible par moi-même, que seules peuvent atteindre deux personnes qui se disent oui comme nous ce soir. Ou peut-être, simplement, la langue d'Ida est-elle d'une habileté exceptionnelle. Mon clitoris est sans défense face à sa virtuosité. L'orgasme enfle déjà, petit à petit, comme si mon corps, longtemps privé de ce genre de plaisir, avait besoin de s'y réaccoutumer.

Ida change imperceptiblement de position, interrompant le rythme de sa langue et l'éclosion de mon orgasme naissant. Elle me regarde, ses cheveux décoiffés encadrent son visage. Elle ne me quitte pas des yeux, et je sens ses doigts cajoler l'intérieur de ma cuisse, là où ses lèvres m'embrassaient tout à l'heure. Mes orteils se recroquevillent de plaisir, par avance. Le bout de ses doigts s'insinue dans l'abondante humidité entre mes jambes et j'anticipe l'instant où Ida entrera en moi, ce moment délicieux où elle glissera ses doigts en moi et où mon orgasme reprendra son ascension.

Au moment où ses doigts me pénètrent, je laisse tomber ma tête en l'arrière. Je tente de la regarder mais mon corps se liquéfie de désir, mes muscles capitulent sous le feu qui me consume de l'intérieur. Sous la tempête que les doigts d'Ida en moi provoquent sous ma peau.

Mon corps tressaille contre elle, un grognement digne d'une bête sauvage fuse de ma gorge. Jusqu'à ce que mon corps s'immobilise parce que la langue d'Ida est à nouveau sur mon clito, en fait le tour, tandis que ses doigts s'enfoncent en moi, que ses cheveux chatouillent mon ventre, et je succombe. Succombe à son toucher. Succombe à l'alliance de sa langue et de ses doigts pour m'extirper le plus enivrant des orgasmes. Je suis traversée d'un plaisir tout-puissant, qui raidit puis détend mes muscles, et me fait glapir comme la plus inoffensive des créatures.

Merde. Qu'est-ce qu'elle vient de me faire ? J'ai beau chercher, je ne me souviens pas avoir jamais joui comme ça, avec une telle force et un tel abandon. L'orgasme qui vient de tout emporter sur son passage n'aide pas mon cerveau à fonctionner correctement. Je suis en général partante pour plusieurs rounds, mais toute l'énergie s'est évaporée de mes membres et mon sang semble s'écouler au ralenti dans mes veines.

Ida se retire avec précaution, dépose un dernier baiser sur ma cuisse, puis remonte s'allonger à mes côtés.

« Merde » est le seul mot qui me vient pendant quelques secondes. Alors au lieu de dire quoi que ce soit, je l'attire contre moi et la serre de toutes mes forces. « J'ai l'impression que de la fumée devrait se dégager de mon corps après l'incendie que tu as allumé », dis-je, bêtement, quand la parole me revient.

Sa main est chaude et agréable sur mon ventre, elle me calme et m'apaise. Ida rit doucement, puis dépose un baiser sur ma joue.

« Je suis contente que ça t'ait plu », murmure-t-elle. Après l'audace dont elle a fait montre il y a un instant, quand elle me regardait droit dans les yeux, elle semble presque timide à présent.

« Eh. » Je m'installe de manière à voir son visage. « Plu est un euphémisme. »

Son fameux sourire fait une apparition. C'est vraiment le genre de sourire qui illumine tout, mais comment pourrais-je penser autrement, alors que je baigne dans un tel bonheur post-orgasmique ?

« C'était phénoménal, Ida. Et j'en veux plus. »

« Laisse-moi juste reprendre mon souffle. » Elle fixe mes seins comme si ce que je venais de dire avait démultiplié son désir.

« Ce n'est pas ce que je veux dire. » Je caresse son épaule du dos de la main avant de la pousser à nouveau sur le lit. « Voici ce que je veux dire. » Je l'embrasse tout en glissant ma cuisse entre ses jambes comme elle tout à l'heure.

« Faye, attends. » Elle suspend notre baiser. « Tu n'es pas obligée si, euh, tu n'es pas, tu sais...

— Merde, Ida. » Je capte son regard. Ses grands yeux brillent un peu. Son visage est marqué par l'émotion — à moins que ce ne soit les deux ans et demi de désir contrarié. « J'en ai vraiment envie. Si tu le veux aussi. »

Elle hoche la tête, avec un sourire en coin. « S'il te plaît », admet-elle.

CHAPTER 20

Ida

Chaque baiser de Faye sur ma peau me fait l'effet d'une caresse de sa langue sur mon clitoris, même si cette sensation m'est encore inconnue. Mais l'idée que je puisse la découvrir d'ici peu fait babiller mon corps de désir. J'ai tellement envie d'elle que c'est à peine supportable. J'ai réprimé cette partie de moi pendant si longtemps, peut-être trop longtemps. Donner du plaisir à Faye, c'est une chose, mais voir les rôles s'inverser, et ses lèvres s'approcher de mes tétons rigides, c'est déjà trop.

Je ne suis pas simplement — et pleinement — consciente de ce qu'elle me donne. Je le suis aussi de ce dont je me suis privée.

La langue de Faye virevolte autour de mon téton et je la sens dans tout mon être. Sa cuisse est pressée contre mon clito. Seule le protège la fine étoffe de ma culotte, et il a bien besoin d'être protégé face à cette avalanche de tout ce qui lui a été refusé. Je devrais ralentir le rythme, donner à mon corps le temps de rattraper son retard, mais je ne vois pas du tout comment. Ce n'est pas comme si Faye allait trop vite. C'est moi qui me précipite, qui me sens déjà au bord de l'implosion, au simple contact de sa langue sur mon sein. Elle le couvre d'attention, l'embrasse et, ensuite, oh mon Dieu, le saisit avec délicatesse entre ses dents et tire gentiment.

J'avale avec difficulté et tente de reprendre mon souffle, de calmer mon cœur qui bat à furieuse allure depuis que nous avons commencé à nous embrasser devant la porte de la chambre, ou peut-être depuis qu'elle a admis vouloir m'embrasser à nouveau alors que nous étions encore assises, ou probablement bien plus tôt encore. Ça fait un moment déjà que mon cœur s'est emballé et je dois, par-dessus tout, le préserver. Parce que l'enjeu n'est pas du tout le même pour Faye que pour moi. Je pourrais tomber amoureuse d'elle. Ce ne serait pas difficile. C'est déjà un peu le cas, si je suis honnête avec moi-même. Il est facile de tomber amoureuse d'elle, facile d'être avec elle, facile de lui parler. Et elle connaît mon secret. Et merde, ses dents taquinent mon téton plus délibérément cette fois et si elle continue comme ça, je ne vais pas tenir très longtemps.

Un tendre baiser suit la morsure et ça m'excite encore plus. Les lèvres de Faye sont douces et chaudes sur ma poitrine.

« Oh, Faye... » Je soupire.

Elle lève les yeux vers moi, sa bouche libère mon mamelon. « Tu es sublime », susurre-t-elle, et je fonds un peu plus.

Si elle a la moindre appréhension au sujet de ce qui est en train de se produire, elle n'en laisse rien paraître. Elle se redresse pour m'embrasser à nouveau, comme si les mots qu'elle vient de prononcer ne pouvaient être suivis que d'un baiser passionné.

Je passe mes bras autour de son cou et la serre contre moi, mes tétons durcis contre la douceur de ses seins. Le plaisir simple d'être nue avec une autre femme. De ses cheveux indisciplinés éparpillés sur mon visage, dans ma bouche. Sa peau lisse qui se frotte contre la mienne. Je me fais le serment ici et maintenant de ne plus m'en priver. De faire en sorte de pouvoir m'accorder ce plaisir encore et encore, parce que la vie est bien trop courte et que je ne rajeunis pas.

Ses baisers la conduisent de ma bouche à mon oreille, et elle chuchote : « Est-ce que tu as envie de quelque chose en particulier ? » La sensation de ses lèvres contre mon oreille déclenche une nouvelle vague de désir. Elle peut me faire ce qu'elle veut, ça n'a pas d'importance. Un orgasme intense se profile qui attend son heure, au summum de l'impatience. Elle pourrait se borner à observer mon clitoris, à poser les yeux sur moi, et je jouirais. Ma chair est en feu.

« Ce… que tu veux », c'est tout ce que je parviens à articuler.

Elle me sourit. « D'accord. » Sa voix est douce, bienveillante, comme si elle était parfaitement consciente de ce que je ressens.

Je n'ai pas été d'une grande aide jusqu'à présent et peut-être devrais-je être celle qui guide Faye, mais son regard, son toucher m'anéantissent. J'ai envie d'elle avec la férocité du renoncement, comme un animal sauvage qui n'a pas mangé depuis des semaines et qui a enfin trouvé une proie à traquer.

« Pour commencer… » Du bout du doigt, Faye trace une ligne sur mon abdomen, juste au-dessus de ma culotte. Puis son doigt descend, se promène sur mes lèvres gonflées, plus bas encore, remonte à nouveau, pour finir en décrivant un cercle autour de mon clitoris. Une fois de plus et elle me fera basculer. J'ai du mal à contrôler mes halètements de plaisir.

Lentement, avec des gestes maîtrisés, Faye fait glisser ma culotte. Son doigt erre le long de mon mollet, sur mon genou, jusqu'à l'intérieur de ma cuisse. La sensation de l'air frais sur mon sexe ne fait qu'attiser le brasier entre mes jambes.

Je regrette de ne pas lui avoir dit ce que je voulais, parce que maintenant que je suis entièrement nue, maintenant que mon désir est libre de vagabonder dans ma chair, tout ce dont je rêve, c'est de sentir sa langue sur mon clitoris. De sentir sa chaleur envelopper la partie la plus sensible de mon corps, et d'exploser dans sa bouche.

Je pose une main sur sa tête. « Faye. » Ma voix est éraillée, essoufflée, à peine audible.

Elle me regarde, les yeux étincelants et ardents.

Au moment où je le dis, où je cède à mon désir, je m'interroge : est-ce que je ne lui en demande pas trop ? À ma connaissance, c'est sa première fois avec une femme, à l'exception de ce baiser de jeunesse. Je me presse d'ajouter : « Si tu veux ».

Elle ne répond pas, se contente de garder les yeux sur moi tandis que son doigt s'approche de mon centre. Elle reproduit le même dessin que lorsque je portais encore ma culotte et mes hanches vont à sa rencontre.

Un petit sourire se dessine sur ses lèvres. Elle se penche vers moi et murmure : «Je veux te donner tout ce que tu désires, Ida.»

Bonté divine. Elle pourrait aussi bien avoir déjà enveloppé mon clitoris de ses lèvres.

Sur ce, elle s'installe entre mes jambes et je les écarte au maximum.

«Oh, bordel», marmonne-t-elle et je n'ai pas le temps de me demander ce qu'elle veut dire parce que l'instant d'après, sa langue s'affaire sur mon clitoris, et l'incendie gronde dans ma chair, le feu parcourt mes veines, mon épiderme me démange, et le néant se fait dans mon esprit.

Plus qu'une vague, c'est un tremblement de terre qui me déchire, annihilant les années passées à me convaincre qu'il était judicieux de me priver de l'amour des femmes, de me priver d'elles.

Plus jamais, me dis-je, tandis que je vole en éclats, que je me laisse porter par le toucher de Faye, de réplique en réplique, jusqu'à ce que l'épuisement fasse frissonner mes muscles et que mon corps s'effondre sur le matelas une dernière fois. Je ne me refuserai plus jamais rien.

CHAPTER 21

Faye

Je me réveille dans la chambre d'Ida, couverte de son odeur. Je presse mes paumes contre mes yeux fermés et, pensant au film que nous sommes en train de tourner, je me demande si, comme pour nos personnages, un nouveau jour est aussi venu pour Ida et moi.

Pour Ida, parce qu'elle aspire au changement, à l'acceptation et, à terme, à l'amour. Pour moi, parce que c'est indéniablement une nouveauté dans ma vie. Une évolution que je ne sais pas vraiment comment gérer. À la nuit tombée, au bord de la piscine, tout cela est bien beau, sexy, et séduisant. Mais dans quelques heures, Ida et moi nous retrouverons sur le tournage, pour interpréter les mêmes protagonistes qu'hier, même si ni l'une ni l'autre ne peut prétendre être la même après la nuit que nous venons de passer.

Je me tourne sur le côté et la regarde dormir. Ses cheveux dissimulent presqu'entièrement son visage. Un bras est posé au-dessus de sa tête, l'autre le long de son corps, comme si elle cherchait à m'atteindre. Que vais-je lui dire à son réveil ? Qu'est-ce que je veux lui dire ? Je n'en ai aucune idée. Ce que je sais, en revanche, c'est que le désir que j'ai éprouvé hier soir était réel. Il ne s'agissait pas d'assouvir un fantasme. J'avais envie d'Ida de la même façon qu'elle avait envie de moi. Si j'en suis aussi sûre, c'est parce qu'en voyant son corps nu, sa poitrine qui se soulève et s'abaisse au rythme de sa respiration, je ressens le même désir, bien que les heures passées à le satisfaire l'aient quelque peu émoussé. En tout état de cause, savoir qu'une autre femme peut éveiller ces sensations en moi est révélateur. Mais est-ce plus que du désir ? Et, si j'en avais l'occasion, est-ce que je le referais ?

Je jette un regard au réveil sur la table de nuit. Je ne sais pas si elle a mis une alarme ou si elle a demandé qu'on l'appelle, ou — et cette possibilité a quelque chose de vaguement effrayant — s'il est prévu que Mark vienne la réveiller, mais dans tous les cas, elle va bientôt devoir se lever. Après notre folle nuit, impossible de m'enfuir pendant son sommeil. Je dois dire quelque chose. Mais elle paraît encore profondément endormie. Son corps doit avoir besoin de se reposer.

Quand elle a joui la première fois, et qu'elle a continué à jouir dans ma bouche, je n'arrivais pas à y croire — comme si son corps avait emmagasiné des années d'orgasmes et qu'ils déferlaient les uns après les autres. Je n'avais jamais rien vu de plus adorable que ses joues empourprées à la fin.

Mon doigt caresse son abdomen, mais elle ne réagit pas. Il va falloir que je sois plus insistante si je veux la réveiller. Je sais exactement comment m'y prendre. Je m'approche et me penche. Je pose un baiser sur l'extérieur de son sein, puis remonte pour enclore son mamelon de mes lèvres. Il s'anime dans ma bouche. Je le lape jusqu'à ce qu'elle frémisse. Je sens sa main dans mes cheveux tandis qu'elle s'étire.

« Oh là là… », murmure-t-elle. « Faye, qu'est-ce que tu me fais ? »

Ma langue taquine son téton une dernière fois avant que je lève les yeux. « Je te réveille. »

« Oh mon dieu ». Elle entortille une mèche de mes cheveux autour de son doigt. « Dis-moi que ce n'est pas encore le matin, je t'en supplie.

—J'ai bien peur que si, ma belle. » Je me redresse pour pouvoir la regarder en face. « Désolée.

—Coucou. » Malgré sa lassitude évidente, ses yeux s'éclairent. « Comment... comment tu te sens ?

—Plutôt fatiguée aussi. » Je plaque mon nez contre son cou. « Et des muscles dont je ne soupçonnais pas l'existence sont tout endoloris. »

Elle passe son bras autour de mes épaules et me presse contre elle. J'inhale l'odeur de ses cheveux.

« Pas de regrets ? murmure-t-elle.

—Aucun. » Je suis sincère. Comment pourrais-je regretter une nuit comme celle-là ? Je n'exagérais pas quand j'ai dit à Ida que c'était phénoménal. Simplement, je n'ai aucune idée de ce qui vient ensuite.

« Bien. » Elle se tourne vers moi de façon à ce que nos corps nus soient collés l'un contre l'autre. « Quand tu t'es endormie, mon cerveau s'est mis à gamberger et l'adrénaline m'a tenue éveillée beaucoup trop tard.

—J'aurais cru que tu serais épuisée. » Un sourire s'étire sur mes lèvres.

« Je l'étais, mais tu sais comment c'est quand tes pensées commencent à tourner en rond. » Elle ne parvient qu'à produire un faible demi-sourire. Elle va devoir faire mieux que ça tout à l'heure sur le plateau.

« Qu'est-ce qui t'a troublée au point de t'empêcher de dormir malgré ces orgasmes à répétition ? » Je ne peux réprimer un petit élan de fierté à l'idée que c'est moi qui les lui ai donnés, c'est moi qui ai fait jouir l'immense Ida Burton.

« J'avais peur d'avoir... que ça n'ait pas été aussi consensuel que je le pensais. De t'avoir, d'une manière ou d'une autre, contrainte à faire des choses que tu ne voulais pas. »

Je ne peux pas m'empêcher de rire. « Excuse-moi, Ida, mais il me semble avoir été *très* claire sur ce que je voulais.

—C'est vrai, mais quand même... Je ne veux pas tirer de conclusions hâtives, mais j'imagine que la nuit dernière n'a pas eu le même sens pour toi que pour moi.

—Bien sûr, parce que nous sommes des personnes différentes. »

Si je me permets de plaisanter, c'est uniquement parce que je ne sais pas comment faire autrement. Je ne sais pas ce qu'elle veut entendre au juste et même si je le savais, je suis presque sûre que je serais incapable de l'exprimer.

« Tu sais ce que je veux dire… C'était ta première fois avec une femme et peut-être que ça ne s'est pas vraiment passé comme tu le pensais ou que tu as eu l'impression… je ne sais pas. De ne plus jamais avoir envie de recommencer. » Elle déglutit bruyamment. « Mon désir était tellement débridé que j'ai peut-être raté quelques informations.

— Tu n'as rien raté du tout. » Je pose ma main sur son flanc et la laisse glisser jusqu'à sa fesse. « J'avais envie de toi et c'était fantastique. » Je presse un bisou sur le bout de son nez. « Ne t'inquiète pas. D'accord ? »

Elle acquiesce, son nez contre le mien.

« Mais maintenant, il faut que je retourne dans ma chambre avant que mon réveil ne se mette à beugler et que Brandon débarque.

— Bien sûr. » Elle se raidit.

« On parlera plus tard. » Je l'embrasse sur la joue et commence à me lever, mais elle me rattrape.

« On dîne ensemble ? » demande-t-elle et je ne sais pas si elle veut dire dîner au sens de partager un repas ou dîner comme euphémisme de ce qui s'est passé hier soir.

« Oui. » Avant de sortir de son lit, je la regarde dans les yeux et lui donne un baiser rapide et furtif sur les lèvres.

Bien qu'Ida et moi n'ayons plus de scènes intimes à tourner, nos personnages ont tout un tas d'émotions à gérer ensemble. Dans l'une des scènes du jour, Veronica se lance dans un grand discours auquel Mindy réagit de manière glaciale et distante. En outre, le plateau bruisse de cette énergie particulière qui accompagne les dernières prises en décors naturels, lorsque la marge d'erreur s'amenuise et que le vieil adage selon lequel le temps, c'est de l'argent, est dans tous les esprits.

« Vous avez pris une cuite, Ida et toi ? » La question vient de Janet, alors qu'elle m'applique une couche supplémentaire de fond de teint. « Sa peau est d'habitude très facile à maquiller, mais il m'a fallu une éternité pour estomper les cernes sous ses yeux aujourd'hui. »

J'essaie de rester immobile dans mon fauteuil malgré le regard curieux de Janet. « On peut dire ça. »

« Tu es moins cachottière qu'Ida, c'est déjà ça. Elle m'a battu froid dès que j'ai tenté d'amorcer la conversation.

— Sois indulgente avec elle. Elle est crevée et a la gueule de bois, c'est tout. » Je ne peux pas m'empêcher de défendre Ida. Je l'imagine parfaitement en train de s'agiter nerveusement dans ce même fauteuil, sans savoir quoi dire.

« Vous êtes allées où ? Et surtout, pourquoi n'ai-je pas été conviée ?

— Désolée, Janet. » Je lui envoie un sourire d'excuse. « On s'est éternisées au bord de la piscine, et on a trop bu. Il fait tellement chaud et humide dans cette ville. On picole trop sans même s'en apercevoir. » Je désigne Brandon, qui pianote sur son téléphone. « Brandon et Mark peuvent en témoigner.

— Ils m'ont proposé de sortir en ville avec eux ce soir. Une longue nuit de clubbing et de Cuba libre nous attend. » Janet me balance un clin d'œil.

« Formidable. » Je feins un bâillement, bien que ma fatigue soit réelle. « Je vais me coucher tôt pour être reposée quand le tournage reprendra à Los Angeles.

— D'après ce qu'on m'a dit, on est dans les temps, donc d'ici une semaine, tu ne devrais plus m'avoir dans les pattes. » Janet commence à me coiffer.

Je ne sais pas si j'ai hâte de terminer ce film ou non. Je ne suis même pas sûre d'avoir hâte de retourner à Los Angeles. Pour être honnête, là, je n'ai aucune idée de ce que je veux, et c'est aussi déstabilisant qu'étrange, mais au moins, si je parviens à canaliser ces émotions, ma performance devrait être excellente aujourd'hui.

« Ida a passé la matinée à aboyer sur Mark », me confie Brandon alors que nous attendons dans ma caravane qu'on m'appelle. « Elle ne doit pas se sentir très bien. » Il pince les lèvres d'un air moralisateur, comme s'il était bien placé pour donner des leçons à qui que ce soit.

Pauvre Mark. Mais quelle raison aurait Ida de traiter son assistant de la sorte ? Brandon exagère sûrement, c'est un de ses passe-temps favoris.

« Il lui donnait la réplique tout à l'heure et apparemment, elle ne se souvenait d'aucun de ses dialogues, alors que ça fait des jours qu'elle n'a plus besoin du scénario. »

Peut-être qu'au lieu de coucher ensemble, on aurait dû répéter la scène d'aujourd'hui. Je regarde ma montre. Il me reste près de quinze minutes avant l'heure de ma convocation. Est-ce que je devrais aller voir Ida ? Vérifier qu'elle est prête pour la scène ?

« Je vais lui parler.

— Ah ? » Brandon a l'air perplexe. « Pourquoi ?

— Si elle a trop bu hier soir et si elle n'a pas assez dormi, c'est… de ma faute. Je vais l'aider à répéter les dialogues.

— Hmm. Okay. Tu es sûre ? » Il penche la tête et me regarde, incrédule, comme si je n'étais pas actrice et que ce n'était pas mon métier.

« Évidemment. » Brandon est aussi observateur qu'il est enclin à l'exagération. Rien ne lui échappe. Mais il ne peut pas se douter pour Ida et moi. C'est impossible, à moins qu'il ait un don pour deviner quand deux femmes ont passé la nuit ensemble. Je le laisse à ses réflexions et me dirige vers la caravane d'Ida. Lorsque je prie Mark de nous accorder une minute, il semble soulagé d'être relevé de ses fonctions.

« Ça va ? Il paraît que tu terrorises ton assistant.

— C'est à cause de cette scène », chouine Ida. « Je pensais la maîtriser, mais elle m'échappe. Je… » Elle secoue la tête, ses yeux brillants de désespoir. «Je ne peux pas recommencer à tout bousiller.

— Tu devrais ne pas insister et te faire confiance.

— C'est impossible, parce que...» Ida me regarde et commence à passer une main dans ses cheveux, puis se ravise — elle est déjà passée au maquillage — et la laisse retomber d'un air défait. «Je suis en train de péter un plomb.» Elle se met à faire les cent pas. «Cette scène... Elle en dit beaucoup trop, d'un seul coup. Quand Veronica doit expliquer à Mindy pourquoi elle ne peut pas être avec elle en secret, il y a un truc qui bloque et les mots ne sortent pas. Mon cerveau refuse de s'en souvenir. C'est comme si j'avais un trou de mémoire.»

«C'est à cause de la nuit dernière?» Je compatis pleinement avec Ida. Même si nous sommes privilégiées, la pression quand la caméra se met en route peut être considérable, surtout quand on traverse des moments compliqués dans sa vie personnelle. Il n'y a rien d'étonnant à ce qu'Ida s'y retrouve confrontée maintenant. Son corps s'est libéré d'une énorme tension. Son cerveau a peut-être du mal à suivre.

«Non. Enfin, oui, sans doute.» Elle souffle et jette un œil à l'horloge au-dessus de la porte. «Ils ne vont pas tarder à nous appeler et je suis à deux doigts de m'effondrer.»

Je m'avance. «Je sais que c'est difficile, là.» Je prends ses mains dans les miennes. «Je sais que tu es larguée, stressée et que tu as peut-être même peur de ce que l'avenir te réserve, mais je suis avec toi. Parle-moi, à *moi*.» Je pose une main sur ma poitrine. «Ne fais pas semblant. Ne joue pas la comédie. Prononce simplement les mots. Cette scène, on s'en sortira ensemble.»

CHAPTER 22

Ida

La lumière des projecteurs au-dessus de nos têtes est trop forte. Le micro est trop proche. Il y a trop de monde sur le plateau. Le regard de Tamara est trop exigeant. Et surtout, je ne peux pas me fier à mon cerveau. Je ne peux pas y aller à l'instinct ou passer en pilote automatique. Je dois prononcer ces répliques et je ne suis pas sûre d'en être capable. C'est comme si toutes les années de contrevérités sur qui je suis réellement me revenaient en pleine figure à cet instant précis. Toutes les émotions dont je me suis privée submergent mon thorax en une vague de marasme. Je suis quasi certaine que lorsque Tamara criera « action », ma voix me fuiera, ma gorge se contractera et j'aurai aussi vite fait d'arrêter de me considérer une actrice.

La raison est que je ne vois que Faye. La façon dont elle s'est abandonnée à mon contact. Ce que j'ai ressenti en la pénétrant. La douceur de sa peau qui a réparé, ou du moins enclenché le processus de guérison de l'inutile et monumentale blessure que je me suis infligée.

Je suis époustouflée par ma capacité à l'hypocrisie, au mensonge, à l'escroquerie émotionnelle à laquelle je me suis livrée à maintes reprises.

A New Day n'est pas le genre de film où les personnages sont confrontés à de multiples catastrophes et doivent surmonter un énorme chagrin, mais c'est quand même l'impression que j'ai. Je ne peux néanmoins en parler à personne. Je peux discuter des desseins secrets de mon personnage avec les scénaristes et la réalisatrice, mais je ne peux pas leur dire ce qui me bouleverse à ce point.

« Ne fais pas semblant », m'a conseillé Faye. « Ne joue pas la comédie. » Mais toute ma vie, je n'ai fait que ça. D'ailleurs, à cet instant, je fais plus appel à mes talents d'actrice dans ma vie que pour le film. Cette comédie romantique nécessite de la légèreté et des répliques qui sonnent juste, avec le bon timing, et que Faye et moi donnions le meilleur de nous-mêmes. Mais c'est bien le problème. Sur le papier, une scène comme celle que nous tournons aujourd'hui devrait être un jeu d'enfant pour moi. D'accord, c'est une tirade théâtrale et un grand moment d'émotion dans le film, mais c'est exactement ce à quoi j'ai toujours excellé. C'est ce à quoi mènent les séquences comiques, les coiffures extravagantes et les sourires éclatants. Ce moment de crise avant le *happy end*. Il y a des scènes comme celle-ci dans tous les films, y compris ceux dont l'intrigue est minimaliste, et je m'en suis à chaque fois impeccablement débrouillée. Mais toutes ces fois-là, je n'avais pas couché avec Faye Fleming la veille. Je n'étais pas devenue qui je suis vraiment. Je portais toujours mon masque d'hétéro.

« Ida », promet Faye. « Tu vas y arriver. » Elle a dû remarquer la panique dans mon regard parce qu'elle s'avance et, d'un signe, fait patienter Tamara. « Souviens-toi de ce que j'ai dit. » Elle pose sa main sur mon bras et je sens sa chaleur à travers mon chemisier. Ses doigts embrasent ma peau et font remonter à la surface un autre souvenir de la nuit dernière. La tête de Faye entre mes jambes. Bien sûr, c'était excitant au possible, mais au-delà de ça, c'était parfait, comme lorsque l'on rentre chez soi après un long et pénible périple. Un refuge. Et je sais que si je m'effondre à présent, c'est parce que j'ai atteint la dernière étape de mon propre périple. C'est pour ça que je voulais faire ce film, pour ça que cette scène en particulier a trouvé un tel écho en moi, c'est pour ça que lorsque j'ai lu le manuscrit pour la première fois, j'ai senti que je n'avais pas d'autre choix que de dire oui. Le chemin que j'ai emprunté n'est pas interminable, même s'il m'en a parfois donné l'impression, comme si je ne pourrais jamais arriver à destination.

Je sais très bien que Faye n'est pas mon refuge, qu'elle n'en est le symbole qu'en raison de ce qu'il s'est passé la nuit dernière. Parce que je ne me suis jamais sentie plus proche de moi-même qu'à travers elle. Que des fissures irrémédiables sont apparues dans mon armure autrefois impénétrable.

Jamais je n'ai eu plus envie de quitter le plateau qu'aujourd'-hui. Pas même lorsque je me suis retrouvée face à un acteur qui me lançait des piques après chaque prise, si odieux et si grossier que je n'avais qu'une envie : le gifler. Pas même lorsque j'ai incarné une mère détruite par un chagrin si grand que je n'étais pas sûre d'être capable d'exprimer une telle émotion et que ma peur d'échouer était bien plus forte que tout ce que je devais interpréter. Pas même lorsque j'ai joué face à Serena Bishop et que tout ce que je voulais, c'était l'embrasser au lieu de lui réciter mon texte.

Rien n'a jamais été plus difficile que d'admettre la vérité à mon sujet. Ce devrait être facile. Ce devrait être un soulagement. Je devrais être enchantée de m'être offert cette possibilité, enchantée même que ce film se fasse. Que Faye soit là avec moi. Mais rien de tout cela ne se produit parce que toutes ces années dans le placard ont réussi à me convaincre que la vie est belle derrière mon hétéro-sexualité de façade. Peut-être pas idéale, peut-être pas absolument satisfaisante. Mais belle. Stable. Ce qui fait de moi quelqu'un de fiable et avec qui il est toujours facile de travailler. Une bonne cama-rade. Toujours partante... sauf pour *ça*.

« Tu as besoin d'une minute ? » Joey m'a rejointe.

L'expérience m'a appris qu'il ne faut pas demander une minute le dernier jour d'un tournage en extérieur. Jamais l'actrice dévouée et responsable que je suis ne commettrait le péché capital de gaspiller ainsi l'argent de la production. Je n'ai pas besoin d'une minute, de toute façon. J'ai besoin d'heures, de jours, de mois. J'aurai tout le temps dont j'ai besoin lorsque nous aurons achevé ce film. J'aurai cette fameuse minute après cette scène. Il faut juste que je trouve en moi la force de prononcer ces mots. Tout de suite.

« Ça va aller. » La main de Faye n'a pas quitté mon bras. Si Joey l'a remarquée, elle n'en laisse rien paraître. Il n'est pas si rare, je suppose, que les actrices s'entraident, mais, pour moi, cette main sur mon bras signifie bien plus. Parce que là se niche l'autre dilemme du moment : comment diable vais-je pouvoir me retenir de tomber amoureuse de Faye ? Cela semble déjà impossible, malgré tous les signaux d'alarme qui clignotent en jaune fluo dans ma tête. « Allons-y. » Ma voix est plus convaincante que ce que je ressens.

« Nickel. » Le sourire de Joey est immense. Faye me presse le bras une dernière fois. On croirait que je suis sur le point de comparaître devant un jury pour prouver mon innocence — ou mon hétérosexualité — et non de jouer une scène dans un film. C'est mon boulot. C'est pour ça qu'on me paie des sommes astronomiques. C'est ce qu'on attend de moi, même quand je trouve ça impossible.

« Action ! » annonce Tamara.

Comme à chaque fois, le temps ralentit. Je prends conscience des caméras, de l'endroit où je dois me trouver après que Faye a déclamé sa réplique, de ce que je dois dire. J'ai le texte en moi. Il est enfoui sous toute la honte et la culpabilité. Mais il est là.

« Je ne peux pas faire ce que tu me demandes, Veronica », annonce Faye / Mindy. « J'espère que tu peux le comprendre. »

Ne joue pas la comédie. Sois simplement toi-même. Prononce simplement les mots. Laisse-les s'échapper d'entre tes lèvres comme s'ils étaient les tiens. J'entends la voix de Faye dans ma tête. Avec toute sa bienveillance, sa magnificence, sa compassion.

« Je peux comprendre, » dis-je, « mais je n'ai non plus l'intention de le cacher. J'en ai marre de me cacher. J'en ai marre d'être vue comme la sœur éternellement célibataire. Ce n'est pas pour rien que j'ai fait mon coming-out. » C'était la phrase la plus difficile à articuler. Celle que mon cerveau refusait de laisser glisser sur ma langue et jaillir entre mes lèvres. Sans doute mon subconscient qui se révoltait. Je ne peux pas lui en vouloir, il en a bavé avec moi. « *Out* et fière de l'être. » Oh merde, est-ce que ma voix vient de se briser légèrement ?

«Et je n'attends pas de toi que ce soit le cas, Mindy. Comment le pourrais-je? Mais il est hors de question que je retourne dans le placard. Je m'y suis cachée trop longtemps.» Veronica avale avec peine. Elle n'est pas censée le faire. Ce n'est pas dans le scénario. Mais c'est ainsi. Tout sera capturé par la caméra qui plane à quelques centimètres de mon visage.

«Que veux-tu dire? demande Mindy.

—Je dis...» Ma voix n'est pas censée trembler ainsi. «Que...» Je ne suis pas censée hésiter ainsi. Personne ne crie «Coupez!», alors je continue. Les répliques qui me fuient depuis ce matin sont là, accessibles, impatientes d'être énoncées à haute voix. «Que je veux une petite amie. Une compagne. Quelqu'un qui n'a pas honte d'être vue avec moi. Mon frère vient de se marier pour la quatrième fois et moi... j'ai toujours l'air de n'avoir personne, même si je t'ai, toi.» Les mots ne sont certainement pas sortis correctement, mais je résiste à la tentation de regarder autour de moi. Pour vérifier si j'ai atterri dans un univers parallèle où ce marmonnement est considéré comme un travail d'actrice acceptable.

«Ce ne sont pas les apparences qui comptent», répond Mindy. «Ce sont les sentiments.»

Aïe. Cette phrase tient plus du coup de poignard qui me transperce le cœur que du dialogue dans une comédie romantique.

«Tu ne comprends pas.» Je fais un pas vers le personnage de Faye. «Et je comprends pourquoi, mais...

—Ce que tu peux être condescendante! Et tu ne t'en rends même pas compte.» La voix de Mindy se brise. Elle commence à s'éloigner.

«Mindy! Attends!» Je n'ai même pas besoin d'essayer de pleurer, parce que Mindy est Faye et que Faye s'en va et que je ne peux pas l'imaginer réagir autrement dans la vraie vie.

«Coupez!», clame Tamara.

Faye revient vers moi. «C'était fantastique.» Son sourire me fend un peu le cœur. «Je n'ai pas douté un seul instant que tu en étais capable, Ida. Pas un instant.»

Avec un hochement de tête, je fais semblant d'accepter son compliment avec grâce.

« OK, c'était vraiment génial », se réjouit Tamara. « Bon sang, Ida. Bien joué pour la voix cassée. On peut tenter de refaire une prise où tu essaies d'amplifier ça, tu veux bien ? À moins que tu ne veuilles d'abord te reculer et te montrer un peu plus glaciale. J'aimerais pouvoir travailler sur différentes options en post-production. »

Maintenant que je l'ai fait une fois, que j'ai récité les mots pour la première fois, il n'est pas si difficile de recommencer en variant les émotions. Ma détermination grandit à chaque prise dans deux directions : abattre à coups de hache le plus tôt possible la porte du placard qui me retient prisonnière et, à ma sortie, protéger au maximum mon cœur fragile et malhabile.

Nous avons beau n'avoir passé qu'un peu plus d'une semaine à Miami, cette dernière soirée s'apparente plus à la conclusion d'une longue colonie de vacances qu'à celle d'un bref tournage en décor naturel. Alors que je me prépare pour mon dernier dîner avec Faye, j'ai l'impression de dire au revoir à bien plus qu'une ville où je peux revenir à loisir.

Je laisse derrière moi une partie de moi, une partie de l'ancienne moi. Même si j'aimerais pouvoir laisser l'ancienne moi toute entière, je ne suis pas encore prête. Mais d'abord, je m'offre une dernière nuit avec Faye.

Un œil sur la porte qui mène à la terrasse, je ne devine aucun mouvement pour l'instant. Je sors attendre Faye sur la terrasse. Les portes fenêtres de sa suite sont entrouvertes, j'entends des voix. Je m'appuie à la balustrade, en essayant de ne pas écouter. L'autre voix est masculine, probablement celle de son assistant, mais cela me fait tout de même réfléchir. Parce que vouloir faire son coming-out est une chose, mais la fin de l'amourette avec Faye sera, d'une certaine façon, encore plus difficile à traverser. Il faut que je me concentre sur mon coming-out. Je ne peux pas me laisser distraire par les retombées d'un flirt de tournage. Mais, bon sang, qu'est-ce que j'ai envie de recoucher avec elle ! De sentir ses doigts me pénétrer. Qu'elle me fasse jouir ainsi encore et encore.

« Coucou. » Soudain, elle est là, à côté de moi, dans toute sa splendeur. « On se met sur notre trente et un pour ce diner ? Parce que je ne suis pas vraiment d'humeur. » Elle désigne la piscine de la tête. « J'aurais plutôt envie de ça et de quelques cocktails.

— Brandon est parti ? » Je suis parano de nature.

« Oui. Mark, lui et une partie de l'équipe ont prévu une grande virée en ville. » Un sourire se forme sur ses lèvres. « Je te prie d'oublier ma question. » Elle fait un pas de plus. « Je n'avais pas vu ton éblouissante tenue.

— Oh, ce vieux truc. » C'est juste un tailleur Armani en lin qui a coûté quelques milliers de dollars.

« Sur toi, il est sublime. » Elle réduit encore la distance entre nous. « Si tu essaies de me séduire, c'est réussi. »

Je marque un temps d'arrêt parce que je ne m'attendais pas à ce que Faye sorte le grand jeu. Mais elle est irrésistible quand elle est comme ça... Pour être honnête, depuis le début de ce tournage, je la trouve irrésistible en permanence.

« C'est le but. » Je joue le jeu avec plaisir, même si je pense que nous devrions nous parler. Mais les conversations difficiles peuvent peut-être patienter jusqu'au retour à Los Angeles. Nous sommes loin de chez nous, la chaleur est accablante et Faye semble très attirée par moi. « Merci pour ton aide tout à l'heure.

— Merci pour... un tournage des plus intéressants, on va dire. » Elle porte sa main à ma joue. « Tu m'as montré une facette de moi-même que je ne connaissais même pas.

— Mais ce qui se passe en déplacement, reste en déplacement », dis-je bêtement. Argh. Les mots sont à peine sortis que je les regrette déjà.

Faye répond d'un petit rire. Elle a toujours cette façon de prendre les choses comme elles viennent. Ou peut-être qu'elle est juste très douée pour cacher ce qu'elle ressent vraiment. Même si elle n'a rien caché au lit avec moi la nuit dernière. Chaque seconde était sincère, je le sais. «On verra.» Elle enroule sa main derrière mon cou et m'attire à elle. «Mais mince, Ida, pour l'instant, j'ai envie d'embrasser à nouveau tes lèvres exquises.»

Je ne me le fais pas dire deux fois, même si celle qu'elle embrassera sera «Ida Burton», et non la moi que je lui ai montrée, la femme qui s'est toujours dissimulée derrière tout et n'importe quoi. Les deux néanmoins sont inextricablement liées. Et puis quelle importance, quand mes lèvres frôlent celles de Faye? Quand elle s'apprête à glisser sa langue dans ma bouche.

Lorsqu'elle m'embrasse, toutes mes bonnes résolutions s'envolent. Elles ne peuvent rien contre l'ouragan qu'est Faye Fleming. Contre la chaleur de ses lèvres, la fermeté de ses tétons quand elle presse son corps contre le mien, contre sa main qui s'agrippe à mes cheveux comme si elle tenait absolument à en rapporter quelques-uns chez elle.

«Puisque c'est notre dernière nuit,» suggère Faye, «Je me disais...» Son regard se tourne vers la piscine. «Toi, moi, dans cette piscine, sans aucun vêtement.

—J'aime ta façon de penser.

—Ce tailleur a beau être magnifique sur toi, enlevons-le.» Elle commence à faire descendre ma veste le long de mes épaules.

Je cherche à gagner du temps : «Je vais me déshabiller à l'intérieur. Je reviens tout de suite.

—Tu as besoin d'aide?» Son regard plonge dans le mien, il brille d'une lueur indéchiffrable. Tout ce que je sais, c'est que Faye met le paquet ce soir.

«Ça ira.» Je me hâte de rentrer et de respirer un peu. C'est comme si Faye avait quelque chose à prouver, comme si elle essayait d'être plus royaliste que le roi, ou, en l'occurrence, plus lesbienne que la lesbienne. Cela ne semble pas tout à fait naturel, pas comme la nuit dernière, où tout ce qui s'est passé semblait arriver parce qu'il ne pouvait logiquement pas en être autrement à ce moment-là.

J'enfile mon bikini et une robe légère. D'accord, Faye sort peut-être le grand jeu, mais je doute qu'elle s'attende à ce que je saute nue directement dans la piscine avec elle.

J'entends de l'eau gicler, et je me décide à sortir. Le bikini de Faye gît sur le sol. Elle est assise sur les marches de la piscine, seule sa tête dépasse à la surface.

Oh bonté divine. Faye est nue sous la surface de l'eau. Mais je ne peux pas simplement me déshabiller pour elle, si ?

« C'est tellement agréable, Ida », dit-elle. « Viens me rejoindre. »

D'un coup, j'ai l'impression que le choix ne m'appartient plus, que je ne pourrais pas garder mon maillot de bain plus longtemps même si je le souhaitais. Faye a tout vu de moi. L'eau lui a peut-être rafraîchi les idées. Peut-être qu'elle sera prête à ralentir un peu. Ou peut-être qu'elle s'est précipitée parce qu'elle aussi a le sentiment que le temps lui est compté.

Je passe ma robe au-dessus de ma tête. Je résiste à l'envie de me retourner tandis que je dégrafe le haut de mon bikini. Au lieu de ça, je me tiens face à Faye, et tente de faire en sorte qu'elle ne puisse pas détourner les yeux. Son regard ne me quitte pas, de toute façon. Pendant un quart de seconde, je ne peux m'empêcher de me demander si elle est aussi attirée par moi que je le suis par elle, même si je sais que c'est impossible.

Je retire mon bas de maillot à la hâte et me précipite dans la piscine, sous son regard concupiscent. Il y a quelque chose d'apaisant, de libérateur même, à être entièrement nue dans l'eau, de la sentir couler naturellement sur chaque centimètre de ma peau.

« Tu ne trouves pas ça délicieux ? » demande Faye.

Je hoche la tête et en profite pour étudier son visage. Est-ce qu'elle aurait descendu quelques mojitos dans sa chambre avec Brandon avant de sortir ? Je viens de l'embrasser et je n'ai senti aucune trace d'alcool sur son haleine.

« Et Janet ne pourra pas nous reprocher demain d'avoir mouillé nos cheveux. » Faye s'éloigne du bord et penche la tête en arrière. Ce faisant, sa poitrine émerge de l'eau, mais pas assez pour découvrir ses tétons. C'est presque plus ensorcelant que si elle les avait dénudés.

Elle vient se planter devant moi, les cheveux trempés. J'ai beau être recouverte par l'eau, je suis très consciente de ma nudité. Une goutte tombe sur son épaule et je ne peux plus me retenir. Je l'essuie du bout du doigt et, malgré l'eau, la toucher alors que nous sommes toutes les deux entièrement nues me donne l'impression d'un feu d'artifice sous ma peau.

« Faye. » Je caresse sa joue de l'arrière de mes doigts et elle se laisse faire. « Je te veux, mais…

— Pas de mais ce soir. » Elle colle son corps nu contre le mien, ses tétons effleurant les miens. « On aura tout le temps pour ça plus tard. » Elle me regarde droit dans les yeux. « Je te veux aussi », dit-elle. « Bordel, Ida, j'ai envie de toi. »

Nos lèvres se sont à peine touchées que ses mains sont partout sur moi. Je sens déjà mes jambes s'écarter pour elle. Mon Dieu, je brûle de la sentir en moi. La nuit ne fait que commencer, mais ça pourrait bien être la toute dernière fois et tout sera peut-être effacé lorsque nous atterrirons à Los Angeles.

« Je suis si heureuse pour toi que tu aies eu ce que tu désirais », chuchote Faye à mon oreille tandis que le bout de ses doigts forme des cercles autour de mon clitoris. « Que tu aies pu faire l'amour à une femme à nouveau.

— Je n'aurais jamais imaginé que cette femme, ce serait toi, dis-je dans un souffle.

— C'est bien moi », répond-elle, et sur ce, elle introduit ses doigts profondément en moi.

CHAPTER 23

Faye

Je me réveille une nouvelle fois à côté d'Ida, mais nous ne filmons pas aujourd'hui. Nous avons simplement un avion à prendre. Comme hier matin, elle dort encore profondément. Ça m'étonnerait que Brandon ou Mark se pointe de sitôt, même si je ne connais pas assez bien l'assistant d'Ida pour être sûre.

Mes cheveux sentent le chlore et ma peau aussi, après tout ce temps dans la piscine. Nous avons à peine parlé. Nous avons à peine nagé, non plus.

J'ai cru comprendre qu'Ida ne s'attendait pas à ce que je me jette sur elle avec tant d'avidité, mais comment aurait-il pu en être autrement pour ma dernière nuit avec elle ? Je n'allais pas y aller à contre-cœur, quand même.

« Coucou, murmure Ida d'une voix rauque. C'est l'heure de se lever ?

— Non. On a du temps. » Je me tourne vers elle.

« Alors viens là. » Elle passe un bras autour de moi et colle la chaleur de son corps nu contre le mien. « Profitons de ces quelques heures. »

C'est tellement agréable de me laisser aller contre la peau d'Ida, de sentir ses cheveux chatouiller ma nuque. Je pourrais rester des heures couchée ici avec elle, mais la réalité frappe doucement à la porte, la vraie vie se rappelle à mon souvenir, qui me demande où j'avais disparu et à quoi je joue. Des questions qui méritent d'être posées, et auxquelles Ida aimerait sans doute également avoir des réponses.

Nous demeurons un moment dans les bras l'une de l'autre, en silence. Je ne sais pas si Ida dort ou somnole ou si elle s'accroche juste à moi un peu plus longtemps. Bien qu'être ainsi dans son étreinte soit merveilleux, l'heure tourne, le départ du vol approche, mes muscles se tendent au fur et à mesure, et je ne tiens plus en place.

« Tu as la bougeotte ? » demande-t-elle. La question est anodine, mais elle déclenche en moi un torrent de culpabilité.

Je lui souris, elle me sourit et sérieusement, il faudrait qu'elle m'épargne à l'avenir ces sourires lumineux qui sont la marque de fabrique d'Ida Burton, parce qu'ils sont franchement addictifs, surtout au lendemain d'une nuit passionnée. Les cœurs que cette femme a dû briser. La douleur qu'elle a dû causer, surtout à elle-même.

Je hoche la tête et glisse mon nez dans son cou une dernière fois. « Tu es vraiment une femme superbe, Ida. »

« Mais ? » demande-t-elle.

« On n'avait pas dit hier soir que les "mais" attendraient Los Angeles ? »

« D'accord, *mais...* » Elle porte une main à sa bouche. « Déso-lée. » Elle force un petit rire, sans enthousiasme. « Écoute, Faye, je pense savoir. J'ai juste besoin d'y voir clair. Une discussion appro-fondie n'est pas nécessaire. Il me faut simplement une confirmation.

—Bien joué, tu as parfaitement évité le *mais.* » Je plaisante, parce que je n'ai pas envie d'être celle qui met les points sur les i. Honnêtement, je ne suis même pas sûre de le vouloir. Est-ce que ce serait réellement si mal de passer quelques nuits de plus avec Ida ? Je ne vois vraiment pas pourquoi, à moins que le simple fait d'être sur la côte ouest ne m'empêche de la voir comme je la vois maintenant. Elle sera toujours Ida Burton, ma partenaire à l'écran et la femme qui a offert orgasme sur orgasme à mon corps délaissé.

« Est-ce que notre retour signe la fin de... tout ça ? demande Ida.

—Je ne sais pas. » Mon doigt caresse son menton. « J'aimerais pouvoir te répondre plus clairement, mais je ne sais vraiment pas.

—Tu... tu veux qu'on se voie à L.A. ? » Son regard est si perplexe que ses sourcils se touchent presque.

« Peut-être. » Je n'ai pas la force de dire non. Et puis on pourrait essayer, tant qu'à faire. Qu'est-ce qu'on a à perdre ?

« Je ne m'attendais pas à ça.

—Je ne peux rien te promettre et je ne sais pas si ce que nous avons vécu ici supportera le retour, *mais...* » Mon doigt effleure le bas de ses lèvres splendides. « Et zut.

—Le montant de l'amende est d'un baiser, exige Ida.

—Je ne crois pas qu'on puisse parler d'amende quand il s'agit de t'embrasser. » Je me penche déjà, mais elle m'oblige à me rallonger.

« Un baiser de ma part, à l'endroit de mon choix. » Si seulement passer du temps avec elle n'était pas aussi délicieux. Je la laisse faire. Son regard survole mon corps comme si elle réfléchissait sérieusement à l'endroit où elle allait m'embrasser, avant de se baisser et de déposer un baiser juste à côté de mon clitoris.

« Oh, la vache, Ida. C'est pas fair-play.

—On s'en fout du fair-play ». Elle se couche sur moi. « Tant que Faye Fleming sera dans mon lit, je n'ai aucune intention de jouer fair-play. » Elle m'embrasse sur la bouche à présent, sa langue tendre contre la mienne, et je m'enfonce dans le matelas.

« J'étais sur le point de me lever », dis-je, quand nous faisons une pause dans nos baisers. Ce matin, j'ai l'impression qu'Ida veut profiter jusqu'à la dernière seconde de ces instants partagés, avant que nous ne retournions à notre quotidien à Los Angeles. Difficile de le lui reprocher.

« Oups. » Elle m'adresse un sourire impénitent et recommence à m'embrasser. Sa main se promène sur le côté de mon sein.

Mon clitoris palpite furieusement depuis que les lèvres d'Ida se sont posées à proximité. J'oublie tout du vol qui nous attend. L'unique pensée qui me vient, alors que les baisers d'Ida m'envoient au septième ciel, c'est que des moments comme celui-ci pourraient faire partie de mon quotidien, si seulement je le permettais.

———

« Faisons nos adieux ici », propose Ida, alors que nous attendons les voitures qui nous conduiront à l'aéroport. J'aimerais que Brandon et Mark en partagent une et qu'Ida et moi prenions l'autre. Mais Ida en est sans doute toujours à l'étape où elle veut encore moins que moi éveiller les soupçons sur notre relation.

« Je te verrai sur le film ? » Nous reprenons après-demain à Los Angeles.

« À moins que tu veuilles, euh... » Elle est vraiment adorable quand elle cherche des mots qu'elle n'a pas vraiment. « Qu'on se voie avant.

— J'ai un truc ce soir auquel je ne peux pas échapper... » Même si le tournage de ce long-métrage est encore en cours, mon esprit, aiguillonné par les emails à répétition de mon agent, est déjà en train de penser à celui dont je dois bientôt faire la promotion.

« Bien sûr. » Elle rigole nerveusement. « Je vois Derek, donc...

— Ça tombe peut-être bien que nous ne nous retrouvions que sur le plateau. Ça nous laisse le temps pour réfléchir aux, hum, événements. » *Quelle éloquence, Fleming.*

« Tu as raison. Les événements exigent vraiment qu'on y réfléchisse ardemment. » Je ne sais pas si sa réponse est due à sa nervosité ou si elle se moque gentiment de moi.

« Bon. » Je lui fais face. « Merci pour tout. Je n'ai jamais passé un moment aussi agréable en déplacement, et c'était un réel plaisir de faire terrasse commune avec toi.

— À toi aussi. » Elle me prend la main. « Merci. » Sa voix se brise un peu, comme hier, lors de la première prise de la scène dominée par les émotions. Encore un sujet dont nous n'avons pas parlé. Il y a tant de non-dits. Mais ce n'est pas la fin. Qui sait, c'est peut-être le début de quelque chose. Il faut qu'Ida sorte du placard et moi... je ne suis pas sûre de ce qu'il faut que je fasse. Pour commencer, je vais prendre une bonne dose de réalité.

Notre baiser d'adieu est chaste et doux, comme si nous n'étions que deux amies qui se disent au revoir.

CHAPTER 24

Ida

« Impossible », s'exclame Derek. « Tu me racontes des bobards. » Il colle son visage au mien, comme si cela allait lui permettre de vérifier plus facilement que je dis la vérité.

« Et pourtant...

— Faye Fleming et toi ? Vraiment ?

— C'est vraiment arrivé. À Miami. Je ne sais pas ce qu'il en reste maintenant que nous sommes rentrées. Mais j'imagine que je le découvrirai demain.

— Attends, attends, attends. Rembobine et raconte-moi tout. Dans les moindres détails. »

Avec un sourire si large que j'en ai mal aux joues, je décris à Derek les mojitos dans la piscine, le baiser de cinéma suivi d'un vrai baiser, nos deux nuits de folie à Miami. J'omets de préciser que je ne cesse de penser à elle et que je n'ai pas encore trouvé le moyen infaillible de préserver mon cœur tendre et ardent. Que le sort de mon cœur, au fond, est entre les mains de Faye.

« C'est ce qui se passe quand on tourne dans une autre ville. » La réaction de Derek me déçoit. Je sais qu'il a raison, mais ça n'en est pas moins agaçant pour autant. Il pose alors son regard sur moi. « Je suppose qu'elle est au courant que tu es une lesbienne dans le placard à présent. »

«Je le lui ai annoncé avant qu'on parte pour Miami.»

«Ida! Tu me balances toutes les infos d'un coup! Pourquoi tu ne m'as rien dit? C'est énorme.

—Je te le dis, là.

—Eh.» Il incline la tête. «Je suis fier de toi. Je sais que c'est dur et tu sais que je sais de quoi je parle, mais ça vaudra complètement la peine à plus long terme.

—Je devrais peut-être avoir une conversation avec Leslie un de ces jours. Il faudrait qu'elle soit au courant.

—Cela dit, tu ne seras peut-être pas la seule concernée.» Les glaçons s'entrechoquent dans son verre.

«Qu'est-ce que tu veux dire?

—Si ça devient sérieux entre Faye et toi...»

Je fais non de la tête. «Ça paraît absurde, quand tu dis ça. Comme s'il n'y avait aucune chance que ce soit possible.

—D'après ce que tu viens de me raconter, c'est très possible.

—Oh la la, il faut vraiment que je parle à Faye. J'ai besoin de réponses, mais je ne suis pas sûre qu'elle puisse me les donner. Pas encore. Comment pourrait-elle, alors qu'il m'a fallu, à moi, si longtemps pour ne serait-ce qu'envisager de faire mon coming-out?» Je m'interromps. «D'une façon ou d'une autre, j'ai l'impression que je suis sur le point de me faire royalement baiser.

—Et ça t'est déjà arrivé à Miami», lance Derek avec un clin d'œil.

Je ne fais même pas semblant de rire de sa blague nulle. Il y a trop de tension en moi, trop d'énergie indomptée que je ne sais pas comment canaliser.

Je soupire bruyamment. «Je suis vraiment stressée pour demain. Je n'ai pas eu de nouvelles d'elle depuis nos adieux à Miami. Je ne sais pas quoi penser. Je crains de prendre mes désirs pour des réalités, mais je ne peux pas non plus faire comme si elle m'avait déjà larguée, même si larguer est un bien grand mot pour ce qui n'était en fait qu'une amourette.» Si ce n'était qu'une amourette, alors pourquoi ai-je l'impression que c'est bien plus que ça? Et pourquoi est-ce que je me laisse aller à penser que ça pourrait, en effet, être plus ? Est-ce que je me fais des idées ? Tant que je n'aurai pas vu Faye et que je ne lui aurai pas parlé, je ne saurai pas.

« Tu la verras demain. » Derek me verse un autre verre de bourbon, même si nous savons tous les deux que je ne le boirai pas puisque je tourne demain et que je veux avoir l'air aussi frais que possible. « Tiens-moi au courant. Tu dois bien ça à celui qui t'a servi si longtemps d'alibi. »

Cette fois, je rigole. « Punaise, Derek. Quand on y réfléchit, notre mariage, c'était vraiment la meilleure plaisanterie de tous les temps. Si on s'interroge sérieusement... c'est tellement ridicule d'utiliser le mariage pour cacher qui on est. Comme si ce que nous sommes était si répréhensible, incompréhensible, qu'il faille toute cette mascarade pour que personne ne s'en aperçoive. C'est d'un grotesque !

— Je sais. Hollywood nous a beaucoup pris...

— Non. Hollywood nous a beaucoup donné, et en échange, nous l'avons autorisé à prendre qui nous sommes réellement, à s'approprier notre vérité. » Je lève les yeux au ciel. « C'est pour ça que je me demande quelles seront les réactions. Je ne m'inquiète pas, à long terme, d'être acceptée en tant qu'homo, à part peut-être par les ultraconservateurs, mais comment les gens vont-ils pouvoir me pardonner d'avoir menti pendant si longtemps ?

— Tu laisses la magie d'Hollywood opérer. Tu leur racontes une histoire. Un truc à faire pleurer dans les chaumières, ça marche à tous les coups. » Il se penche sur la table. « Ce n'est pas comme si tu avais pipeauté sur ton casier judiciaire ou un truc de ce genre. Les gens comprendront ton choix de te fondre dans la masse plutôt que de faire partie d'une minorité. J'en suis convaincu.

— Je regrette de m'être cachée pendant si longtemps. Vraiment. Pas juste pour moi, mais aussi parce que j'ai vraiment raté l'occasion d'apporter de la visibilité. De montrer que c'est parfaitement normal d'aimer qui on aime. T'épouser a été le pire des mensonges par omission et en faisant tous ces efforts pour me cacher, le message que je faisais passer, c'est qu'être homo n'est pas acceptable. » J'ai toujours pensé en termes de ce qu'un coming-out pourrait me faire perdre, pas ce que je pourrais y gagner.

« Tu ne peux rien changer à ce qui t'a amenée à prendre cette décision. C'est tentant de vouloir réécrire l'histoire, a posteriori, mais tu avais tes raisons. Et moi aussi. » Il me tend la main, paume vers le haut. « Et puis, je n'aurais jamais été marié à Ida Burton si tu n'avais pas choisi de rester dans le placard. C'était un véritable honneur d'être ton mari. »

Je pose ma main dans la sienne. « Au moins, on n'a pas eu à traverser cette épreuve chacun dans son coin. On était là l'un pour l'autre.

— Pense aux magnifiques bébés qu'on aurait pu avoir. » Derek serre ma main. « Tu parles d'une occasion manquée. »

Un sourire éclate sur mon visage. « Je t'ai toujours aimé, mon ami. Sans avoir à faire de bébé.

— Moi aussi. » Sa main presse de nouveau la mienne. « Je sais que tu as l'impression que tout est en suspens en ce moment, mais ça va aller. Tu es quelqu'un de bien, Ida. Et franchement, laisse ton sourire à un million de dollars faire le boulot, et tout le monde oubliera vite que tu étais dans le placard. »

Si seulement c'était aussi simple. Mais la vie n'est pas un décor de cinéma et l'existence des stars est elle aussi capricieuse.

Je n'ai quasiment pas décoché un mot de tout le trajet au studio. Mark a essayé d'amorcer une conversation mais j'étais trop tendue pour répondre, l'estomac complètement noué. Je n'ai pu que lui demander de caler un rendez-vous avec Leslie le plus tôt possible, c'est à dire probablement dans la journée.

À mon arrivée, c'est le cérémonial habituel, on me flatte, on m'accompagne jusqu'à ma caravane comme si je ne me souvenais pas où elle était garée, et on me demande si j'ai besoin de ceci ou de cela.

Je n'ai qu'une question : « Faye est déjà là ?

— Elle est en route, me répond l'assistante de production. Elle devrait être ici dans quelques minutes. »

J'hésite à demander à Mark d'inviter Faye à venir me voir dès son arrivée. Mais ça me semble trop impatient, voire irrespectueux de ses choix. Alors que notre dernier baiser s'éloigne, je ne peux néanmoins m'empêcher de penser que si Faye était vraiment intéressée par moi et si elle avait vraiment envie de continuer à me voir, cette perspective l'aurait tellement enthousiasmée qu'elle n'aurait pas pu s'empêcher de me le faire savoir. Et pourtant, je n'ai pas eu de nouvelles de sa part.

J'arpente donc ma caravane, en survolant les pages du jour, jusqu'à ce qu'on m'appelle au maquillage.

Quand le téléphone de Mark sonne, je crois un instant que c'est le mien. Peut-être Faye qui m'appelle sur le chemin pour mettre les choses au clair ou, je ne sais pas, me dire qu'elle est folle de moi et que se retenir de me téléphoner l'a rendue dingue.

« C'est Leslie, me détrompe Mark. Elle peut te voir quand tu as fini ta journée.

— Ça marche. » Un autre petit problème à régler. Faire mon coming-out auprès de mon agent. Leslie a certainement des clients homos, mais si c'est le cas, ils sont comme moi : dans la clandestinité. Ou à un niveau moins élevé de la hiérarchie hollywoodienne. « Je la retrouverai à son bureau. »

Mark transmet pendant que je l'observe. Que va-t-il penser de moi ? Ne devrais-je pas le lui dire en premier ? Plus que quiconque, il a le droit de savoir. Je vais cependant attendre l'avis de Leslie, même si je peux imaginer ce qu'elle va dire. « Tu es sûre de vouloir faire ça, Ida ? Rien ne sera plus jamais comme avant. Tu vas, d'un seul coup, devenir quelqu'un d'autre aux yeux du public. » Mais je dois aux personnes comme Mark, ainsi qu'à moi-même, de sauter le pas, de cesser de me cacher.

Malgré ma porte fermée, je devine la rumeur à l'extérieur. L'air bruisse d'une énergie nerveuse qui traverserait les parois les plus épaisses. Faye doit être arrivée.

« Calme-toi », ai-je envie de dire à mon pauvre cœur délaissé, mais je ne veux pas inquiéter Mark.

Maintenant que je sais que Faye est là, l'attente me paraît encore plus pesante. Va-t-elle m'appeler ? Demander à ce qu'on se parle avant d'aller sur le plateau ? Évoquera-t-elle ce qui s'est passé entre nous ? Elle ne peut pas ne pas le faire. Peu importe si cela reste à Miami pour l'éternité et qu'elle me dit qu'elle ne veut plus jamais s'en souvenir, je sais, au fond de mon cœur, que le temps que nous avons partagé ne peut pas être réduit à néant. Il s'est passé quelque chose. Ce n'était pas seulement l'air de Miami qui nous rendait folles. Faye m'a regardée dans les yeux et m'a dit qu'elle me désirait. Peut-être ne m'a-t-elle désirée que le temps où nous étions calfeutrées dans nos suites de luxe, mais elle aussi doit en ressentir les effets, des répliques du tremblement de terre qui a frappé nos corps cette nuit-là.

« Tu peux aller voir où en est Faye ? » Je jette un coup d'œil à Mark.

« J'y vais, mais... Ida... tout va bien ? » L'inquiétude dans sa voix est sincère. « Tu n'as pas l'air dans ton assiette depuis que je suis venu te chercher ce matin.

— Je suis une femme de 49 ans, Mark. Des jours comme celui-ci, il y en aura d'autres. »

Ma réponse le fait taire et il s'empresse de sortir. Il me fait de la peine. Qu'est-ce qui m'a pris de dire ça ? Même si ce sont effectivement les hormones qui sont responsables de mon comportement, juste pas de la façon à laquelle je faisais allusion.

Il ne se hâte pas de revenir. Il n'a probablement aucune envie d'être enfermé dans une caravane avec la grincheuse Ida. La solitude me fait du bien. J'inspire profondément à plusieurs reprises. J'essaie de me motiver, jusqu'à ce qu'on frappe à la porte. Une fois de plus, mon cœur se heurte à ma cage thoracique avec abandon.

« Faye est là et tu es attendue au maquillage », dit Mark.

Je ne verrai donc pas Faye avant le tournage. Bien. Je me ressaisis et me dirige vers le maquillage, où Janet me distrait avec des anecdotes de la virée clubbing du dernier soir à Miami. Si seulement je pouvais, moi aussi, lui raconter ma dernière nuit à Miami, mais Derek est la seule personne à qui je peux me confier. Je me demande si Faye en a parlé à qui que ce soit. Je lui ai demandé de garder mon secret mais après deux nuits passées ensemble, ce n'est plus uniquement le mien.

Un nouveau changement se fait sentir dans l'air. J'aperçois d'abord Brandon, comme s'il devait ouvrir la voie du cortège de Faye. Il rejette sa longue crinière par-dessus son épaule, s'écarte, et la voilà. La même Faye Fleming avec laquelle je tourne ce film, et pourtant, pour moi, elle est devenue quelqu'un de très différent.

« Salut, Faye, dit Janet. Je suis à toi dans une seconde.

— Salut. » J'articule avec difficulté, en ne lui jetant qu'un coup d'œil furtif. Janet agite un pinceau autour de mon visage et je ne peux pas vraiment tourner les yeux. Je croise le regard de Faye dans le miroir.

« Salut à toi », répond-elle. Elle soutient mon regard pendant une infime fraction de seconde. Presque rien, en fait, et alors qu'elle détourne les yeux, je sais. Certaines déclarations n'exigent pas de mots. Le langage du corps est suffisant. Et le langage corporel de Faye dit, haut et fort, que je ne devrais pas me faire d'illusions.

CHAPTER 25

Faye

J e n'arrive pas à regarder Ida dans les yeux. J'en ai envie, à un point... J'aimerais disparaître dans ses prunelles d'un brun profond, ces cadeaux de la nature qui s'accordent si bien avec ses cheveux blond vénitien, mais je ne peux pas. C'est comme si c'était trop pour moi, comme si *elle* était trop pour moi. Le souvenir d'elle, de nous, a indéniablement été difficile à gérer pour moi. Le pire, c'est que je n'ai pu en parler avec personne, puisque j'ai promis à Ida de garder son secret et comment aurais-pu tenir ma promesse si j'avais parlé de nous ?

De la même façon que je ne parviens pas à croiser son regard dans le miroir, je ne sais pas non plus quoi lui dire. Je prie pour que la confusion qui m'habite fasse place à l'allégresse, ou tout au moins à un minimum d'éclaircissement, mais tout reste embrouillé dans mon esprit.

« Oooh », couine Brandon, depuis la porte.

Je ne peux retenir un regard : aurais-je inconsciemment laissé paraître quoi que ce soit ? Mais ce n'est pas moi qui l'intéresse, son attention est toute sur le bruit des pas qui s'approchent et, lorsque je découvre de qui il s'agit, mes épaules se relâchent.

« Surprise ! » s'exclame Charlie.

Ava vient directement vers moi. Je me lève et la serre très fort dans mes bras, ce à quoi elle ne s'attendait certainement pas, mais j'ai besoin de me raccrocher à quelque chose, à quelqu'un.

« Je suis contente de te voir. » Ma voix se perd dans les cheveux d'Ava.

« J'espère que ça ne t'ennuie pas que je m'incruste, répond Ava avant de se tourner vers Ida. Je suis désolée. J'essaie de retenir la groupie qui est en moi, mais bon voilà...

— Dans cinq minutes, tu vas me demander un autographe ! » Ida arbore son sourire de star et ne pourrait sembler plus radieuse alors qu'elle se lève pour saluer Ava.

« Je n'irai pas jusque là. » Ava prend les mains d'Ida dans les siennes et je suis jalouse de les voir se toucher aussi facilement, sans se poser de questions. « En revanche, j'adorerais t'inviter à dîner un de ces jours. »

Ida acquiesce avec ferveur. J'étudie son sourire — il est authentique, pas celui qu'elle affiche pour les fans. « Seulement si tu lèches une cuillère devant moi, comme dans ton émission. »

Charlie se passe la main dans les cheveux. « C'est de ce genre de moments que naissent des films tout entiers. » Elle siffle entre ses dents.

« Ouais, c'est ça. » Le regard d'Ava se pose rapidement sur sa femme avant de se concentrer à nouveau sur Ida. « Pas si tu ne me permets pas de jouer dedans. »

Apparemment, le sujet reste sensible, même si Ava est capable d'en plaisanter. Avec un peu de chance, il ne sera bientôt qu'un souvenir de leur histoire commune, plutôt qu'un point de discorde.

« Je peux te donner quelques leçons de théâtre quand je viendrai dîner. » Ida est un amour avec Ava.

« En tant que meilleure amie et voisine, j'espère que moi aussi, je peux compter sur une invitation. » Je jette un coup d'œil furtif à Ida, qui me regarde d'un air un peu perplexe.

« Ida, j'ai vraiment besoin que tu reviennes t'asseoir, réclame Janet. Désolée.

— Je te verrai plus tard, Ava. » Ida reprend sa place devant le miroir.

Je meurs d'envie de parler à Ava, mais elle vient d'arriver et ce n'est pas moi qu'elle est venue voir, elle m'a à diposition quand elle veut. Elle est venue rencontrer Ida Burton. Lorsqu'elle ressort, je la suis quand même, et je la prends à part pour lui demander si je peux lui parler plus tard, quand elle aura une minute.

« Quelle bonne surprise », Janet est-elle en train de commenter quand je retourne au maquillage.

« J'adore *Knives Out* », répond Ida, qui tente encore de croiser mon regard dans le miroir.

J'essaie de la regarder. J'essaie vraiment. Mais quelque chose de puissant et d'inflexible me retient. Comme si la regarder dans les yeux concrétiserait une situation que je ne suis pas prête à admettre, même à moi-même.

J'écoute d'une oreille distraite la conversation d'Ida et Janet, mais le mélodrame qui se joue dans ma tête occupe toute mon attention, et avant que je ne m'en rende compte, Janet en a terminé avec le maquillage d'Ida et s'attaque au mien.

« À tout de suite, Faye. » Ida semble hésiter à poser sa main sur mon épaule, mais elle se retient. Elle sort, et je ne peux que regretter qu'elle ne m'ait pas touchée, même de façon fugace.

Dès que l'occasion se présente, j'emmène Ava dans ma caravane et ordonne à Brandon de ne nous déranger qu'en cas d'urgence absolue.

« Elle est incroyable. » Ce sont les premiers mots d'Ava une fois qu'elle est assise. « C'est comment, de travailler avec Ida Burton ? Charlie parle d'elle en permanence. »

Je me demande si Charlie a répété à Ava les rumeurs sur Ida.

« C'est génial. Euh, Ava… Il faut que je te dise quelque chose.

— Bien sûr. » Ses yeux se posent sur moi, probablement pour la première fois depuis qu'elle est arrivée. Rares sont ceux qui peuvent résister à la présence étourdissante d'Ida. « Tu vas bien ?

— Non. » Je soupire. « J'ai l'impression de perdre l'esprit.

— Comment ? Pourquoi ? » Elle s'assied en face de moi et pose ses coudes sur ses genoux. « Qu'est-ce qui se passe ?

— Il faut que tu me promettes de ne répéter à personne ce que je vais te dire. Pas même à Charlie. *Surtout* pas à Charlie. » Je sais que je ne devrais pas. Mais j'ai besoin de voir clair dans mes pensées, ce que je ressens, et Ava est la meilleure personne pour m'y aider.

« OK. » L'appréhension se devine dans sa voix.

« Je ne devrais même pas t'en parler, mais… » J'ai l'impression d'être sur le point d'exploser. « C'est à propos d'Ida. Quand on était à Miami, on… » Autant annoncer les choses directement. « On a couché ensemble. Deux nuits d'affilée. »

Ava ouvre des yeux grands comme des soucoupes. « Tu te moques de moi !

— Non. » Mon ton est suffisamment sérieux pour qu'elle n'ait aucun doute sur le fait que je dis la vérité.

« Je ne comprends pas. » Elle plisse les yeux, comme si son cerveau était passé à la vitesse supérieure. « Enfin, je comprends, mais je ne comprends pas. Il y a un truc qui m'échappe.

— Tourner ce film… c'est intense, et nous avons répété les baisers de nombreuses fois et il faut croire que c'était plus que des répétitions. Il y a eu une étincelle, et à Miami, l'étincelle s'est embrasée. » Le rythme de mes mots s'est accéléré. « Tu sais comment ça se passe quand on tourne ailleurs, loin de la réalité. »

« Attends une seconde. » Elle attrape une des bouteilles d'eau sur le comptoir. « Charlie m'a dit que votre première scène de baiser était époustouflante, mais… » Ses sourcils parfaitement dessinés se rejoignent. « Vous êtes actrices. Vous jouiez la comédie.

— Oui, effectivement, quand la caméra tournait, bien sûr nous jouions la comédie, mais nous avons passé énormément de temps toutes les deux et une chose en entraînant une autre…

— Vous avez couché ensemble ? » J'ai déjà du mal à y croire moi-même, alors je ne peux pas reprocher à Ava l'incrédulité de son ton.

Ce serait tellement plus simple si je pouvais lui dire qu'Ida est homo et que nous nous sommes rapprochées après qu'elle me l'a dit, mais je ne me vois pas lâcher ça à Ava comme ça.

« C'était comment ? » Il y a quelque chose de très différent dans sa voix à présent.

« C'était... transcendant.

— À ce point, hein ?

— On parle d'Ida Burton... » Comme si ça résumait tout. « Je l'apprécie énormément et on s'entend vraiment bien. Nous avons beaucoup de choses en commun, des expériences similaires, et nous nous comprenons. Mais je ne sais pas quoi faire... » Je passe une main dans mes cheveux, réduisant les efforts de Janet à néant. Elle devra me recoiffer, tant pis. À cet instant, j'ai besoin que toutes les parties de mon corps soient solidaires du désarroi de mon esprit. « Je ne suis pas... lesbienne. Je sais que ça a l'air idiot, mais je sais aussi que je ne serais pas la seule femme au monde à virer ma cuti pour Ida. Elle est fascinante. Elle a beau être moins sollicitée ces temps-ci, elle m'impressionne toujours autant et je ne sais plus comment me comporter. Je ne sais pas si ce que je ressens est réel ou pas.

— Qu'est-ce que tu ressens, justement ? » Ava boit une gorgée d'eau.

— Quand je suis avec elle... enfin, quand on a passé du temps ensemble, juste toutes les deux, à Miami, c'était... » Je secoue la tête. « Je veux revivre ça. Je veux rire avec elle comme dans la piscine de Miami. Je veux qu'elle me regarde de la même façon, avec ses grands yeux pétillants, comme si elle ne rêvait que de m'arracher mes vêtements. Je veux apprendre à mieux la connaître.

— Tu as ta réponse, alors.

— Non, c'est bien plus compliqué que ça.

— Dis-moi juste une chose... qui a dragué qui ? » Ses paupières sont à peine entrouvertes, comme si elle était sur le point d'insérer la dernière pièce d'un puzzle difficile.

« Disons que c'était plutôt... mutuel.

— Merde. » Elle se mordille l'intérieur de la joue pendant un instant. « Et je n'ai pas le droit d'en parler à Charlie ? Sa culotte ne va pas rester sèche longtemps quand elle saura. » Elle glousse. « Désolée. Ce film est hyper important pour Charlie et elle vous adore, Ida et toi.

—Tu n'auras pas à garder le secret pour toujours. Pour le moment seulement.

—Ah bon ? »

Oh. J'en ai probablement trop dit. «Je ne sais pas. Tout va dépendre de la façon dont les choses se passent.

— Est-ce que tu sais ce qu'Ida ressent pour toi ? »

Même si je n'ai aucune certitude, j'ai ma petite idée. «Je crois qu'il est possible que ce soit réciproque. » À un détail près, qui est qu'Ida est lesbienne, elle.

« Qu'est-ce que tu vas faire ? Tu en as parlé avec elle ? » Elle pose la bouteille d'eau vide sur la table. «Je ne me suis doutée de rien, ni au maquillage tout à l'heure, ni quand je vous ai vues ensemble sur le plateau dans la journée.

—Pas étonnant. Je ne sais pas comment me comporter avec elle. Nous ne nous sommes pas parlé depuis notre retour. Nous avons reporté et puis…. J'ai pris peur, parce que je suis morte de trouille à l'idée de faire un faux pas.

—D'après ce que tu viens de me dire, tu veux être avec elle et elle veut être avec toi. Où est le problème ? »

Bonne question. «Le problème est que je ne veux pas la mener en bateau.

—Écoute, on ne choisit pas ce qu'on ressent, et tout ce que tu peux faire, c'est être honnête. Si c'est le cas, en quoi est-ce que tu mènes Ida en bateau ? »

Je lâche un long soupir. «L'histoire est plus complexe que ça, mais je ne peux pas t'en dire plus, parce que ce ne serait pas à moi de le faire. »

Ava me regarde d'un air songeur avant de hocher la tête. «J'espère que tu me diras quand tu seras prête à partager. »

C'est à mon tour de la dévisager avec attention. J'ai confiance en elle et Ava sait ce que c'est que de défier les attentes hétéronormatives du public, et même si j'adorerais pouvoir aller plus loin, je ne peux pas me résoudre à dévoiler le secret d'Ida. Ida s'apprête à sortir du placard et je ne suis pas sûre d'avoir envie de me retrouver au milieu de ça, comme un dommage collatéral. «Le retour à L.A. a aussi été une sorte de retour à la réalité.»

On frappe à la porte. «Faye? Ce n'est pas vraiment une urgence, dit Brandon depuis l'extérieur, mais tu dois ramener tes fesses aux costumes dans la minute qui vient.

— Le boulot n'attend pas...

— Cette conversation est loin d'être terminée, je pense.» Ava se lève. «Mais ce n'est pas vraiment à moi que tu devrais parler pour l'instant, Faye. Parle à Ida. Dis-lui ce que tu ressens. Au pire, qu'est-ce qui peut bien arriver?»

De faire la une de la presse à scandale pendant des lustres. D'être suivie à la trace par les paparazzi. Que ma liaison torride avec une Ida Burton fraîchement sortie du placard éclipse mon prochain film. Que ma famille et mes amis se perdent en conjectures pendant des siècles. De me forcer à être quelqu'un que je ne suis pas — ou pas encore. De décevoir Ida à long terme parce que je ne peux pas être celle qu'elle veut que je sois. Et le pire du pire : de me servir d'Ida pour découvrir ce que je veux vraiment. Je ne peux rien dire de tout ça à Ava pour le moment, mais au moins j'ai pu évoquer notre relation, et c'est déjà ça.

«Je vais lui parler. Promis.

— Avant le dîner chez moi.» Elle sourit et vient poser ses mains sur mes biceps.

Brandon toque à nouveau.

«Le devoir m'appelle.» Je serre brièvement Ava dans mes bras.

«Bonne chance», dit-elle.

Tant que je ne brise le cœur de personne...

CHAPTER 26

Ida

Je sors de ma caravane pour rejoindre ma voiture — afin d'avoir avec mon agent une conversation comme on n'en a qu'une fois dans sa vie — quand Faye s'approche de moi.

« Tu peux m'accorder une minute ? » C'est la première fois de la journée qu'elle croise mon regard alors que la caméra n'est pas sur nous.

« J'ai rendez-vous avec Leslie. Désolée. » Autant j'ai envie de parler à Faye, autant j'ai besoin de mettre cette conversation avec Leslie derrière moi.

« Oh. » Je suppose qu'on sait toutes les deux que Leslie m'attendra dans son bureau aussi longtemps qu'il le faudra. « Bien sûr. » Faye me regarde un peu plus attentivement. « *Oh,* » répète-t-elle, comme si elle venait de réaliser pourquoi je vais voir notre agent. « J'en ai pour une seconde. » C'est à peine si elle ne me pousse pas dans ma caravane, devant Mark, qui n'a pas perdu son air intrigué de la journée. Il se doute de quelque chose. Il est le prochain sur ma liste, mais je ne peux pas encore lui dire quoi que ce soit.

« Est-ce que tu vas parler à Leslie de… commence Faye.

— Pas de nous, si c'est ce qui t'inquiète tant.

— Mais non. Je sais que tu ne ferais pas ça sans me demander d'abord. » Faye a raison. « On peut discuter plus tard dans la soirée ?

Avec la visite impromptue d'Ava, nous n'en avons pas vraiment eu l'occasion aujourd'hui. Je peux passer chez toi après ton rendez-vous ? »

Sa proposition tranche avec l'attitude qu'elle a affichée toute la journée. J'étais convaincue que tout était fini avant même d'avoir commencé, ce qui était tout à fait compréhensible.

« Oui. » Moi aussi, je veux lui parler. « Mais je n'ai aucune idée de l'état dans lequel je serai.

— Leslie est ton agent depuis toujours. Tu ne crois pas qu'elle a des soupçons ?

— Si elle en a, elle ne le laisse jamais paraître.

— Comment pourrait-elle se douter, n'est-ce pas ? »

Voilà. Le truc avec Faye, c'est que je n'ai pas besoin de lui expliquer les choses. Elle comprend, tout simplement. Je suis presque tentée d'annuler mon rendez-vous avec Leslie et de ramener Faye chez moi, mais si je ne parle pas à Leslie maintenant, alors qu'une partie de moi est encore sous le coup de l'émotion de ce que Faye et moi avons partagé à Miami, je risque de perdre mon courage... surtout si Faye me dit tout à l'heure que tout cela n'était qu'une erreur, ce qui reste fort probable.

« Bonne chance, Ida. Je penserai à toi. » Vraiment ? « Je serai là à ton retour. »

Bonjour les messages contradictoires ! « Merci. » Sur ce, je prends congé et me prépare à faire mon coming-out à mon agent.

Je remercie intérieurement Faye de m'avoir donné l'occasion de sortir du placard une première fois. Je suis néanmoins soulagée qu'il soit relativement tard et que les bureaux de Leslie soient pratiquement vides.

« Qu'est-ce que je peux faire pour mon actrice préférée ? » Leslie aime en faire des tonnes. Ce n'est pas pour ça qu'elle est mon agent, je n'ai que faire de ce genre de compliments bidon. « Comment se passe le tournage ?

—Il faut que je te dise quelque chose.

—D'accord.» Elle se dirige vers la cave à liqueurs — je commence enfin à comprendre pourquoi elle a de l'alcool dans son bureau. «Est-ce qu'il va me falloir un petit remontant pour accompagner ce que tu as à me dire?

—Oui.

—Tu en veux un?» Sa capacité à conserver en toute circonstance une expression aussi impénétrable qu'un masque de fer est l'une des raisons pour lesquelles Leslie est mon agent.

Je fais oui de la tête. Tant pis si je tourne demain. Janet a prouvé qu'elle était très douée pour cacher les cernes sous mes yeux et j'ai toute confiance en elle pour récidiver.

Leslie nous verse à chacune un scotch puis s'assoit en face de moi dans le canapé en cuir design, près de la fenêtre. Son bureau donne sur Wilshire Boulevard.

Je prends une gorgée, j'inspire profondément, et je me lance. « Je suis homo, Leslie.»

Je pensais qu'elle avait fini d'avaler, mais elle se met à tousser. « Désolée», dit-elle, après avoir retrouvé ses esprits. «Je n'aurais jamais cru que tu balancerais ça comme ça.

—Qu'est-ce que tu veux dire?

—Je veux dire...» Elle pose une main sur mon genou. On est très tactile, à L. A. «Je suis très heureuse que tu me l'aies enfin dit, Ida.

—Tu... étais au courant?

—Je ne serais pas un bon agent si je ne l'étais pas, si?

—Euh...» Je ne sais pas quoi répondre.

«Tu viens de m'enlever un poids.» Leslie ne cesse de me surprendre.

«Je pensais que tu serais contrariée.

—Oh, Ida...» Elle serre à nouveau mon genou, puis retire sa main. «Pas du tout. Je suis surtout heureuse que tu te sois enfin ouverte à moi. Je suis sincère.» Son sourire confirme ses propos. « On n'est plus dans les années 90. Ni dans les années 2000, d'ailleurs. Ni même la décennie suivante. J'ai des idées sur la façon de gérer la nouvelle, surtout avec ce film... Tu n'imagines pas comme j'espérais que quelque chose de ce genre se produise. »

Tout ce qu'elle dit est exact. Je suis bouche bée. Je m'étais convaincue que Leslie pourrait ne plus vouloir me représenter, même si elle n'a jamais lâché Derek après son coming-out, malgré le fait qu'il lui rapporte beaucoup moins d'argent. Encore une raison pour moi de l'avoir comme agent depuis si longtemps.

« Comment l'as-tu su ?

— Quand ton mari te quitte parce qu'il est gay, le cerveau de ton agent a tendance à se mettre en alerte... » Elle secoue la tête. « J'ai dû intervenir à plusieurs reprises ces dernières années pour éviter la publication dans les tabloïds d'articles spéculant sur ton orientation sexuelle, mais c'est mon boulot.

— Oh mon dieu, c'est vrai ? J'étais persuadée que j'étais très discrète.

— Tu l'étais. Tu l'es, Ida, mais certaines rumeurs sont tenaces, il faut une main de fer pour les étouffer, et il se trouve que je fais ça très bien.

— Merci, Leslie... Je n'arrive pas à croire que tu ne m'aies jamais posé la question.

— Ce n'était pas à moi de te demander. Après le coming-out de Derek, je me suis dit que tu viendrais me voir si tu le voulais.

— Et me voilà », dis-je, et je le pense au propre comme au figuré.

« Comment te sens-tu ? » Elle prend son verre et le tend vers moi.

Nous trinquons. « Surprise et... étrangement guillerette, en fait. »

Nous nous taisons un moment. Nous nous connaissons depuis si longtemps que le silence ne devient pas pesant, même après mon annonce. Elle doit être en train de digérer l'information. De réfléchir à la meilleure façon de tirer avantage de la situation.

« C'est le film ? » demande-t-elle enfin.

Je hoche la tête. *Et la femme qui y joue à mes côtés*, mais je ne peux pas dire ça. « Je vais avoir cinquante ans l'an prochain et je suis restée bien trop longtemps dans cet étouffant placard, sombre et déprimant. Ce film m'a paru être l'occasion de me forcer à sauter le pas.

— Tu... as quelqu'un ? interroge Leslie.

— Tu le saurais, tu ne penses pas ?

— Je ne sais pas toujours, Ida. Je n'ai pas de superpouvoirs.

— Non, je n'ai personne. » Maintenant que je me suis décidée à dire la vérité, je devrais peut-être essayer de pousser l'honnêteté un peu plus loin. « Enfin si, mais ça n'ira sans doute nulle part. »

À son expression, on pourrait croire que cette information est absolument sans intérêt. « Elle est discrète ? »

— Elle... » Oh la la, quel bonheur de pouvoir dire « elle » en parlant d'une personne avec qui j'ai couché. « Ça n'a pas d'importance. » Leslie est aussi l'agent de Faye. « Comme je disais, ce n'est rien.

— C'est assez important pour que tu le mentionnes et que ça te fasse rougir.

— Je n'aurais rien dû dire. Excuse-moi. Oublie que j'en ai parlé. On peut passer aux questions pratiques, tu veux bien ? » Je résiste à l'envie de dissimuler mes joues empourprées derrière mes cheveux.

« Au risque de confirmer les clichés sur les agents cyniques d'Hollywood, ce que je suis », enchaîne Leslie avec un sourire malicieux, « c'est peut-être exactement ce qu'il faut pour relancer ta carrière.

— Effectivement, cynique est le bon terme.

— Ce que je veux dire, c'est que ta carrière n'a pas à suivre le chemin de celle de Derek après son coming-out.

— Soyons honnêtes, par rapport à quelqu'un comme Faye Fleming » – j'espère que mes joues ne se remettent pas à chauffer – « ma carrière est en chute libre depuis un bout de temps.

— Quelques années un peu plus calmes, c'est tout. Il n'y a pas de mal à ça. » Elle se tapote le menton du bout du doigt. « Tu préfères qu'on le crie sur tous les toits ou que ça se fasse de façon plus anecdotique ?

— Je ne veux pas qu'on en fasse tout un plat. Et il y a d'autres personnes auxquelles je dois parler avant que ça devienne de notoriété publique.

— Bien sûr.

— Si je tenais à te le dire maintenant, c'est parce que je ne pouvais plus me retenir, pour être honnête. J'ai juste… » Est-ce une larme qui perle au coin de mon œil ? Je me hâte de l'effacer, avant qu'elle ne roule sur ma joue.

« C'est toi qui donnes le la, ici, Ida. Il n'y a pas d'urgence. C'est toi qui décides. Mon boulot à moi, c'est de te guider, de t'aider et… de t'écouter, si c'est ce que tu veux.

— Faye est au courant. » C'est sorti tout seul. « Derek et elle, c'est tout. Et toi.

— Faye ? » Leslie fronce les sourcils.

« Il fallait que je lui dise. Elle a entendu des rumeurs sur le tournage et au début, quand elle me les a rapportées, j'ai commencé par nier, mais je n'ai pas tenu. J'avais trop longtemps refusé d'admettre cet aspect essentiel de ma personne, et je ne pouvais pas continuer. » Mes yeux s'humidifient à nouveau. Mais cette fois, ce sont des larmes de soulagement. D'années de frustration accumulées. Alors je les laisse ruisseler sur mes joues et couler sur mon menton.

« Tu veux que je parle à Faye ? » Le ton de Leslie se fait plus grave.

Je ne peux pas m'empêcher de pouffer. « Non, ça devrait aller. » Leslie espérait peut-être mon coming-out, mais ça pourrait être une autre paire de manches si elle découvre ce qu'il s'est passé entre Faye et moi.

« Je suis là. Si tu as besoin de quoi que ce soit. » Elle me tend un mouchoir.

« Merci, Les. » Je sèche mes larmes, et commence à me préparer psychologiquement à la seconde conversation qui m'attend ce soir. Une conversation qui pourrait provoquer en moi l'effet inverse de celle-ci.

CHAPTER 27

Je débarque chez Ida telle une tornade parce que je ne sais pas quoi faire. « Avant toute chose, il faut que je te dise... » Ce n'est qu'en regardant plus attentivement Ida que je m'aperçois qu'elle a pleuré. « Oh, mon dieu. Je suis vraiment désolée. La diva en moi a tendance à foncer sans réfléchir. » Je ne sais pas si je dois la serrer dans mes bras ou garder mes distances... Peut-être vaut-il mieux ne pas prendre de risque pour l'instant et rester en retrait. « Comment ça s'est passé avec Leslie ?

—Il s'avère qu'elle a toujours su. » Le célèbre sourire d'Ida n'est que l'ombre de lui-même. « Elle attendait simplement que je le lui dise.

—C'est une bonne nouvelle, non ?

—Oui, c'est juste que... Faye, écoute, je sais qu'il faut qu'on parle de "nous", si tant est qu'il y ait un nous, mais ce soir, j'ai surtout besoin d'une amie.

—Je suis là, Ida. » Une amie, ça me va. Nous avons développé une réelle amitié ces derniers mois, il me semble. C'est ce qu'il s'est passé lorsque nous sommes allées au-delà de l'amitié qui m'a chamboulée.

« Je suis contente de lui avoir dit et c'est le premier pas vers... pas une nouvelle vie, à proprement parler, puisque j'ai toujours été lesbienne. Mais maintenant que je sais que Leslie était au courant depuis le début, je me demande bien pourquoi je me suis cachée pendant tout ce temps. Parce que c'est aussi une question de dignité. C'est même surtout ça, en réalité. Où était mon amour-propre toutes ces fois où je faisais semblant d'être hétéro ? Pourquoi est-ce que je l'ai relégué au second plan, derrière ces détails sans importance ? J'ai... » Elle s'affale sur le canapé. « J'ai l'impression d'avoir perdu tellement de temps. »

Je ne m'étais pas vraiment préparée à répondre à ces interrogations existentielles ce soir, mais il faut que je sois à la hauteur. Je me pose des questions similaires, dans une moindre mesure, et mon cœur déborde d'empathie pour Ida.

Je m'assieds à côté d'elle, à distance respectable, même si je meurs d'envie de passer un bras autour de ses épaules et de lui dire que ça va aller.

« Ce n'était pas du temps perdu, Ida. Tu as fait à ta façon, comme tu as pu. » Je jette un coup d'œil à la photo de son mariage avec Derek, rappel sans pitié de tout ce qu'Ida s'est imposé. « Maintenant que tu as parlé à Leslie, tu décompenses, parce qu'en effet, les choses vont changer désormais. Ça doit être excitant, mais effrayant aussi.

— Elle m'a demandé si je voyais quelqu'un. » Ida écarte ses cheveux de son visage. Elle semble avoir retrouvé son sang-froid, mais c'est moi à présent qui sens un frisson de panique me parcourir.

« Ah.

— Je lui ai répondu qu'il y avait quelqu'un, mais que ça ne mènerait probablement à rien... »

Quand je pense qu'elle ne voulait pas avoir cette fameuse conversation ce soir, qu'elle avait seulement besoin d'une oreille amie !

« Ida, je...

— Ne t'en fais pas. » Ida me tend la main. « Tu n'es pas obligée de dire quoi que ce soit. Je ne peux pas m'empêcher de trouver cette situation injuste. Tout ce que tu voulais, c'était t'amuser un peu. Et moi, je voulais... tu sais quoi. »

Je regarde sa main comme si j'étais face à un véritable dilemme. Est-ce que mettre ma main dans la sienne donnerait au geste plus de poids qu'il n'en a? Puisque les mots m'échappent, je n'ai pas le choix. J'effleure sa main, mon pouce caresse doucement sa paume. « Je suis tellement partagée. »

Elle acquiesce comme si elle ne pouvait que comprendre. « Nous sommes à des moments extrêmement différents de nos vies. J'en suis consciente. » Elle laisse retomber sa tête sur le dossier du canapé. « Mon dieu, je suis épuisée. »

Je m'avance un peu et pose nos mains jointes sur mes genoux. Ce que j'ai confié à Ava tout à l'heure, ce que j'attendais d'Ida, me revient à l'esprit. Maintenant que nous sommes ici, j'ai encore l'impression que la balance peut pencher d'un côté comme de l'autre, et le simple fait que je le pense, que je n'aie pas une vision claire de la situation, rend la chose impossible. Parce que je ne suis pas sûre, et qu'Ida n'est pas en mesure de gérer mes états d'âme en plus du reste.

« Tu vas peut-être me prendre pour une folle… », dis-je.

Du coin de l'œil, je vois Ida tourner la tête vers moi. Je garde les yeux devant moi.

« Je t'apprécie, Ida. Je pense que tu le sais. J'aime être avec toi et je crois qu'il est assez évident que j'ai adoré, euh, les moments que nous avons passés au lit ensemble. Vraiment. » Elle serre brièvement mes doigts. « Mais nous ne sommes pas sur un pied d'égalité, parce que si nous continuons à nous voir, je ne suis pas sûre de pouvoir tomber amoureuse de toi, et je ne veux pas te faire ça. Cette ambiguïté n'a pas sa place dans ta vie, surtout pas maintenant. Tu t'apprêtes à sortir du placard. Il faut que ce soit un moment de bonheur absolu, et tu mérites d'avoir à tes côtés une femme qui n'a pas le moindre doute sur sa capacité à tomber amoureuse de toi, qui sait sans équivoque que ce sera inévitable parce qu'elle ne pourra pas s'en empêcher, quoi qu'il arrive. » Je reprends mon souffle. « Je ne peux pas être cette femme aujourd'hui, mais ça n'a rien à voir avec toi. C'est important pour moi que tu le saches.

— Je m'en suis doutée quand nous nous sommes vues sur le tournage tout à l'heure. » Ida paraît plus résignée que blessée.

« Ce n'est pas que je n'ai pas envie... qu'on se fréquente, mais... j'ai l'impression que ce ne serait pas très respectueux envers toi. » Je la regarde enfin. « Je ne sais pas si je suis claire. Pour tout te dire, ce n'est pas très clair pour moi non plus.

— Je comprends que tu ne veuilles pas être prise dans le tourbillon que ma vie ne va pas tarder à devenir.

— S'il n'y avait que ça... » Même si, oui, bien sûr, il s'agit aussi de cela, mais je ne veux pas jouer encore plus les trouble-fête alors qu'Ida se prépare à faire valser la porte de son placard.

« Je comprends. » Elle serre ma main une dernière fois, puis retire la sienne. « Vraiment. Je te le promets.

— Je ne veux pas te faire de mal. » Pourquoi est-ce que j'ai l'impression que c'est moi que je suis en train de faire souffrir ? « Tout ce que je veux, c'est que tu sois heureuse.

— C'est ce que je veux pour toi également. » Elle exhale. « Pardonne-moi, mais la journée n'a pas été de tout repos et on commence tôt demain. »

À sa place, moi non plus je ne voudrais pas que je traîne trop après ma tirade. « Je suis désolée.

— Tu n'as pas à t'excuser de ce que tu ne ressens pas », commente Ida d'un ton neutre.

J'ai envie de hurler, ce n'est pas que je ne le ressente pas. Ce n'est pas que je ne veuille pas t'embrasser encore et encore, que je n'aie pas envie que tes mains parcourent à nouveau tout mon corps. De me réveiller à côté de toi encore une fois.

« Un jour, tu vas rendre une femme très heureuse, et elle aura de la chance. » Pfff. Si je continue à débiter des platitudes de ce genre, je vais finir par vomir partout. Et ma lâcheté me dégoûte déjà bien assez. Mais pour toutes les raisons que je viens d'exposer, je n'ai pas le choix.

Ida se contente d'un signe de tête et me raccompagne à la porte.

« Je peux te prendre dans mes bras ? » Ma question sonne bête et penaude.

« Je ne préfère pas, Faye. À demain. »

Je m'assieds dans ma voiture, le cœur un peu brisé. Je me

demande si c'est parce que maintenant j'ai l'impression que nous ne sommes même plus amies, alors que c'est ce dont Ida avait besoin ce soir ? Ou bien parce que dès qu'elle a dit qu'elle avait besoin d'une amie, j'ai su que j'en serais incapable, parce que je veux être plus pour elle ? Ça n'a pas d'importance. J'ai pris ma décision. Au lieu d'aller chez moi, j'indique au chauffeur de me déposer chez Ava.

Il est tard et comme l'a souligné Ida, nous commençons demain plus tôt que d'habitude, mais je ne vais pas pouvoir dormir, et Ava est la seule à qui je puisse parler.

Bien que j'aperçoive les lumières de la maison de l'autre côté de la clôture, je patiente une éternité avant que quelqu'un ne réponde à l'interphone, malgré mon insistance.

« Faye ? s'étonne Charlie.

— Désolée de passer à cette heure-ci. J'aurais dû téléphoner.

— Pas de problème. Viens. »

Le temps que la barrière s'ouvre et que la voiture me dépose, la porte est entrebâillée. En la poussant, je me rends compte que Charlie s'est manifestement habillée à la hâte. Ava, elle, ne fait même pas semblant et n'a enfilé qu'un peignoir.

« Qu'est-ce qui ne va pas ? » Charlie m'invite à entrer. « Un problème avec la scène de demain ?

— Non. Oh mon dieu, Charlie. Je suis désolée. Visiblement, vous étiez, euh, occupées. Je vais vous laisser. Je… j'étais venue pour voir Ava.

— Ne dis pas de bêtise. » Malgré l'hospitalité de Charlie, Ava me bat froid un peu plus longtemps.

« Tu veux bien nous accorder une minute, s'il te plaît, mon cœur ? » Ava attire Charlie contre elle et ne se gêne pas pour l'embrasser langoureusement devant moi. « Je reviens très vite finir ce qu'on a commencé. » Elle accompagne sa promesse d'un clin d'œil appuyé et d'une claque sur la fesse.

«Je suis mortifiée.» Le visage caché derrière mes mains, je regarde Ava à travers mes doigts écartés.

«Ne t'en fais pas.» Ava referme un peu mieux son peignoir. «Si je ne me trompe pas, tu as vu Ida et tu as besoin d'en parler.»

Je laisse retomber mes mains en hochant la tête. «Je lui ai dit que je ne pouvais pas.

—Que tu ne pouvais pas quoi?» Ava se lève et, sans rien demander, nous verse à chacune un verre de vin blanc.

«Avoir une histoire avec elle.

—Pourquoi?» Elle pousse le verre dans ma direction.

«Parce que ce qu'elle est en train de vivre est énorme.» Je n'ai pas le choix, je suis obligée de trahir la confiance d'Ida. Il faut que je le dise à Ava. «Ida vient de faire son coming-out à son agent. Ce n'est qu'une question de temps avant que ça ne fasse la une des journaux. Je... je ne pouvais pas me voir jouer un rôle dans tout ça.»

Ava ouvre de grands yeux. «Tu peux répéter, s'il te plaît?

—Ida est homo.» Je lâche un petit soupir, déçue d'avoir révélé le secret d'Ida. «Elle me l'a annoncé il y a quelques semaines.

—Et tu t'es aussitôt empressée de sauter dans son lit?» Ava boit une grande gorgée de vin.

«Quoi? Mais non. Ça ne s'est pas passé comme ça.

—Faye, tu te rends compte? Je t'en supplie, tu ne peux pas lâcher une bombe comme celle-ci et exiger de moi que je la cache à Charlie.»

Incapable de répondre, je pousse un autre grand soupir.

«Tu as des sentiments pour Ida, n'est-ce pas?» me demande Ava quelques instants plus tard.

«Oui, mais...» Je la regarde. Elle semble avoir plutôt bien pris mon outing d'Ida. «Comment as-tu vécu ça, quand tu as rencontré Charlie? Tu n'avais jamais eu de relation sérieuse avec une femme avant elle.»

«Et à présent nous sommes mariées.» Elle sourit à ces mots. «Charlie et moi, ça a été compliqué.» Elle rigole. «Et déroutant, exaspérant et frustrant par moments, et je ne savais pas vraiment ce que je faisais, mais en définitive, rien de tout ça n'avait vraiment d'importance parce que j'étais dingue d'elle.

— Tu n'as pas eu peur de la faire souffrir ?

— Pas plus qu'elle n'avait peur de me faire du mal.

— J'ai dit à Ida qu'elle méritait d'être avec une femme qui serait certaine de vouloir être avec elle.

— Comme si tu ne l'étais pas.

— Non. Je ne le suis pas. Et ce sont les doutes qui me déchirent.

— Toutes les relations, même les plus belles, commencent par ces doutes. Rien n'est jamais sûr dès le départ. Tu penses peut-être que tu ne pourras jamais ressentir pour Ida ce qu'elle ressent pour toi, mais en réalité, tu n'en sais rien. Je ne dis pas ça pour te blesser, mais il est tout à fait possible que l'inverse se produise. Ce n'est pas parce qu'Ida est lesbienne qu'elle va t'aimer plus ou pour toujours. Tout ça, c'est des conneries. Ou plutôt, c'est la peur qui parle. »

Je sirote une gorgée de vin. « Bien sûr que j'ai peur. Je ne peux pas me lancer comme ça dans une histoire avec Ida Burton. C'est tellement éloigné de la façon dont j'envisage ma vie...

— Parfois, il faut foncer sans se poser de questions. » Elle ferme les yeux, un sourire aux lèvres. « Si tu m'avais dit il y a cinq ans que je ferais mon coming-out en enchérissant sur Charlie lors d'une vente aux enchères caritative, moi aussi je t'aurais dit que ça ne correspondait pas à la façon dont j'envisageais ma vie. » Son sourire s'élargit.

« C'était assez dément.

— Là où je veux en venir, c'est que quand quelqu'un en vaut la peine, *tu le sais*. Tu le sens. Tu ne peux pas faire autrement. C'est inévitable. »

Depuis que Brian m'a quittée, je n'ai eu quasiment aucune histoire avec personne. Pas étonnant que j'aie si peur.

« Comment est-ce qu'on sait ? » J'ai posé la question d'une voix minuscule. Je reprends une gorgée de vin, dans l'espoir qu'elle m'aide à retrouver un peu de confiance en moi.

« Je ne peux pas te répondre, Faye. C'est à toi de le sentir. »

Je tripote le pied de mon verre et, regardant mes doigts, je me souviens de ce qu'ils ont fait. Où ils sont allés. À l'intérieur d'Ida, pour lui donner du plaisir. Tandis que je m'apitoie sur mon sort, j'ai du mal à réaliser que mes doigts soient capables d'un tel miracle.

« Écoute... vous avez un film à terminer », reprend Ava. « Tu as le temps de réfléchir. Rien ne t'oblige à prendre une décision immédiatement. Mais demain, la première fois que tu apercevras Ida sur le plateau, essaie de te demander ce tu ressens. Si tu te sens soulagée que ce soit fini, tu auras ta réponse. Tu sauras. Si tu ressens autre chose, quelque chose de beaucoup plus fort, alors tu le sauras aussi.

— C'est bien le problème... Je me sens... larguée. Écartelée. Ambivalente.

— Tu es humaine, félicitations. » Ava me sourit.

« Mais tu viens de dire que quand je saurai, je saurai... » J'aurais effectivement dû appeler avant de faire irruption et d'interrompre les ébats d'Ava et Charlie. La pauvre est toute embrouillée et tient des propos incohérents.

« Fais-moi confiance. Tu sauras. Pour certaines personnes, ça prend un peu plus de temps que pour d'autres, c'est tout. Il n'y a pas de honte à ça. » Elle m'observe par-dessus le rebord de son verre. « La seule chose, c'est... Ne lui fais pas perdre son temps. Sois honnête, avec toi-même et avec elle. Ça se résume à ça. Quoique » — elle sourit — « ça l'air très simple dit comme ça, et c'était loin d'être aussi simple pour Charlie et moi, au début. Il peut également y avoir des moments où ça rend dingue, où c'est compliqué, où ça va trop lentement, ça non plus ça n'est pas grave. » Elle pose son verre. « Ne laisse pas la peur te priver de quelque chose de potentiellement merveilleux. Ce serait vraiment dommage. » Son visage s'illumine. « Pigé ? »

Je souris à mon tour. « Merci. » Je hoche la tête. « Je vais te laisser retourner à ta femme. » Je lui lance un regard exagérément salace et tire ma révérence.

CHAPTER 28

Ida

Le lendemain, sur le plateau, je m'abrite derrière une paire de lunettes de soleil démesurées, comme si elles pouvaient me rendre invisible. Même si je n'ai pour l'instant parlé qu'à Leslie, c'est comme si j'avais déjà fait mon coming-out au monde entier et je ne sais pas encore comment assumer cette nouvelle identité. Je n'y suis pas habituée. Je n'ai pas encore l'impression d'être moi, et c'est vraiment dommage, parce que c'est bien moi, celle que j'ai cachée toutes ces années.

Ignorer Faye est assez facile : il me suffit d'ajouter une dose de diva à mon comportement. Mark prend son rôle de dernier rempart très au sérieux. Si je lui demande de tenir Faye à l'écart, et de faire en sorte que nous ne nous retrouvions pas en même temps au maquillage et aux costumes, c'est exactement ce qu'il fera. Ce serait encore mieux qu'il le fasse sans poser de questions, mais ce n'est pas vraiment son style.

« Vous vous entendiez tellement bien, Faye et toi. À Miami, vous passiez vos soirées à rigoler au bord de la piscine. D'où vient ce coup de froid entre vous ? s'étonne-t-il.

— Mark, tu sais que je t'adore, mais ça ne te regarde pas. » Les périodes d'attente semblent beaucoup plus longues maintenant que Faye et moi gardons nos distances, et je ne peux pas me mettre mon plus proche allié à dos. Et puis, il est grand temps de le tenir au courant — à moins que, comme Leslie, il ne le soit déjà.

« Déjeunons ensemble, dis-je, si tu n'as rien d'autre de prévu.

— Tu sais bien que non.

— Range ton téléphone un instant. Il faut que je te dise quelque chose.

— Bien sûr. »

Alors que je me prépare à lui parler, je comprends que j'ai hâte de le faire, encore et encore. De l'annoncer au monde entier. De le crier sur tous les toits. Parce que me présenter ainsi a quelque chose d'extrêmement libérateur, d'exaltant, d'humainement fort, presque au point de me faire oublier ma liaison très fugace — avouons-le — avec Faye.

Me remettre de Faye Fleming ne devrait pas prendre trop de temps. Elle avait raison quand elle a dit que je méritais d'être avec quelqu'un qui m'adore. J'ai assez attendu. Je ne peux pas me contenter de moins. Une fois hors du placard, je n'y retournerai pas pour elle. Ce n'est pas qu'une question de mauvais timing. Faye n'est pas homo. C'est aussi simple que ça. Je l'ai su dès le début, même si elle donnait tout quand elle était au lit avec moi. Ça aussi, je le sais.

« Pardonne-moi de ne pas te l'avoir dit il y a longtemps, mais je suis lesbienne. Si quelqu'un mérite de connaître la vérité sur moi, c'est bien toi. »

Mark est bouche bée. « Tu te fous de moi. »

Voilà donc à quoi ressemble la réaction de quelqu'un qui ne se doutait de rien. Est-ce parce que c'est un homme et qu'ils ne remarquent pas les mêmes choses que les femmes ?

« Pas du tout. Je suis lesbienne, Mark. Cent pour cent homo. Autant que toi, même.

— Effectivement, on ne fait pas plus gay. » Il glousse comme un écolier face à la première personne qui lui fait tourner la tête. « Carrément extrêmement gay. » Il a le rire contagieux, je sens l'hilarité m'atteindre à mon tour. « Tout ce temps où j'ai travaillé pour toi, tu as toujours été homo ?

— Toute ma vie. » J'explique mon faux mariage et pourquoi je suis restée dans le placard toutes ces années.

« La vache. » Pendant un long moment, il ne dit rien de plus. « C'est pour ça que toi et Faye vous êtes brouillées ? Parce que tu le lui as appris ?

— Non, et on ne s'est pas brouillées. Elle est au courant, mais ce n'est pas pour ça... » Je ne sais pas comment lui parler de Faye. Parce que j'avais besoin de garder mon secret, je n'ai jamais discuté en détail de ma vie privée avec Mark. Il n'y a jamais eu grand-chose à partager de toute façon. « Promets-moi de ne rien dire à personne pour l'instant. Leslie et moi sommes en train de réfléchir à la meilleure stratégie pour l'annoncer publiquement. »

Mark se lève. « Est-ce que je peux te serrer dans mes bras ?

— Oui, avec plaisir. » C'est exactement ce qu'il me faut. Je n'ai jamais eu plus besoin de quelqu'un à mes côtés. Encore une raison de faire mon coming-out le plus vite possible. Afin que je puisse enfin rencontrer une femme et qu'elle ne soit pas contrainte de signer une douzaine d'accords de confidentialité avant qu'il ne se passe quoi que ce soit. Afin que je puisse tomber amoureuse comme n'importe qui, sans ce secret qui plombe mon cœur et sème l'amertume dans ma vie. Afin que je puisse commencer à oublier Faye.

Mark me serre contre lui et ça fait du bien de me sentir entourée comme ça. Ça me rappelle Derek. Lorsqu'il me prenait dans ses bras, je me sentais en sécurité, aimée, même si ce n'était que platonique, et ça me remontait à chaque fois le moral.

Un coup à la porte interrompt notre étreinte. Mark va voir de qui il s'agit. Je comprends que c'est Brandon mais ils chuchotent, et je ne saisis pas vraiment de quoi ils parlent.

Mark s'adresse à moi. « Faye te *supplie* de lui accorder une minute de ton temps. »

Nous tournons un film ensemble, je ne peux pas complètement faire abstraction d'elle. « D'accord.

— Tu veux que je reste ? » Mark m'observe d'un air inquiet, comme si j'étais soudain beaucoup plus vulnérable. Peut-être est-ce ainsi qu'il a vécu son propre coming-out.

« Non, je te remercie. »

Je me retrouve en tête à tête avec Faye dans ma caravane. Elle est sublime une fois de plus, comme si elle rayonnait de santé et de la chance dans laquelle elle a baigné toute son existence — même si, depuis ses confidences, je sais que tout n'a pas été rose. La vie n'est pas si simple que ça. Mais à voir Faye Fleming, on pourrait le croire. C'est sans doute cela qui attire tout le monde à elle.

« Je sais que je ne suis pas la personne que tu préfères en ce moment, » commence-t-elle, « et je comprends parfaitement, mais il faut que tu saches que je... j'ai raconté à Ava ce que nous avons partagé à Miami. Et je lui ai aussi dit que tu étais, euh, homo. Je suis vraiment désolée, Ida, parce que je sais que ce n'était pas quelque chose que j'avais le droit de dévoiler à qui que ce soit, mais j'avais besoin de parler à quelqu'un. De me confier à une amie. Ça me rendait folle de garder tout ça à l'intérieur. Je préférais te prévenir. »

Je devrais peut-être être fâchée, mais cette colère nourrie de peur semble déjà appartenir au passé. « Ce n'est pas grave. » Ce secret n'a plus de raison d'être. « Je commence à parler à d'autres gens. De moi, je veux dire. Pas de nous. » Un sourire se dessine sur mon visage. « Je viens de faire mon coming-out à Mark.

— C'est vrai ? » L'enthousiasme de Faye ne peut pas être feint. « C'est merveilleux. Je suis tellement heureuse pour toi.

— Il s'interroge sur nous, cela dit... sur la raison pour laquelle je suis si froide avec toi.

— Brandon également.

— Toute l'équipe se pose sans doute des questions. Tu sais comment c'est. »

Le sourire de Faye s'efface. « Tu vas bien ? La façon dont nous nous sommes quittées hier soir était...

— Ne t'en fais pas. » Mon ton tranchant me surprend. « D'ailleurs, j'apprécierais de pouvoir respirer un peu.

— D'accord, mais nous devons finir le film. Il reste une semaine de tournage. »

Je sais bien que je suis injuste, rien de tout cela n'est la faute de Faye. « Tu as raison, mais... c'est difficile de faire comme si rien ne s'était passé. De faire semblant avec toi, je veux dire, pas avec les autres. » Avec les autres, j'ai des années d'expérience. Je me frotte le menton. « Tu comprends ? »

Ses yeux bleus se portent sur moi avec douceur. Elle finit par acquiescer. « Bien sûr.

— Merci. »

Elle s'attarde près de la porte comme si elle souhaitait ajouter quelque chose, mais au bout d'un moment, elle sort et disparaît. À nouveau.

« À ta nouvelle vie. » Derek lève son verre. Encore une fois, j'enfreins ma propre règle de ne pas boire d'alcool pendant un tournage. Plus le film avance, moins je la respecte. Mon foie se félicitera la semaine prochaine, lorsque nous aurons terminé, et mon corps espère qu'il n'y aura pas trop de scènes à refaire. « Je suis le seul à pouvoir te le dire, Ida, mais il était temps.

— Tu ne m'entendras pas le dire souvent, mais tu as parfaitement raison.

— J'ai toujours compris pourquoi tu restais dans le placard. » Derek boit une gorgée. « Surtout après ce qui m'est arrivé quand moi, j'en suis sorti.

— Tu as toujours été beaucoup plus courageux que moi. » À mon tour de lever mon verre. « On devrait trinquer à ta santé tous les jours de la semaine.

— On peut débattre jusqu'à la fin des temps des mérites de faire son coming-out ou de rester dans le placard dans cette fichue ville », commente Derek de sa voix calme. « Malheureusement, il y a du pour et du contre des deux côtés. Les acteurs hétéros remportent des Oscars pour des rôles LGBT, l'inverse en revanche... » Il a un petit rire amusé. « Pas vraiment.

— C'est en raison de ce que nous représentons. » Je secoue la tête. « Ce rêve. Cette chimère insaisissable.

— Alors qu'en réalité, nous sommes tous aussi ordinaires que le reste du monde, la seule différence est que nos maisons sont plus luxueuses.

— Nan, j'ai toujours pensé que tu étais infiniment plus fabuleux que n'importe qui d'autre.

— Ça doit être pour ça que tu m'as épousé. » Derek me gratifie d'un clin d'œil. « Sérieusement, Ida, ton coming-out va faire du bruit parce que c'est l'une des étapes — et elles sont nombreuses — qu'Hollywood a besoin de franchir pour évoluer. Pour prouver qu'on peut être *out* et tout casser au box-office.

— Parce qu'au bout du compte, il n'y a que ça qui compte : l'argent, l'argent, l'argent. » Je me suis souvent fait la réflexion que je suis peut-être riche, mais que ma vie, elle, ne l'est pas. Le public peut fantasmer sur moi tant qu'il veut, cela ne remplacera jamais l'amour dont manque ma vie réelle. C'est là toute l'ironie de l'absurde deux poids, deux mesures auquel les stars d'Hollywood sont censées se conformer.

« Je suis vraiment curieux de voir ce que ce film va rapporter, remarque Derek.

— Les films avec des personnages LGBT sont très à la mode en ce moment.

— Peut-être, mais pas les comédies romantiques dans lesquelles Faye Fleming et Ida Burton tombent amoureuses... et dont l'une des actrices principales sort tout juste du placard.

— Il risque d'y avoir des crises cardiaques parmi les pontes du studio. » Je devrais vraiment faire mon coming-out le plus tôt possible, histoire que le studio ait le temps de se retourner avant le début de la promo. « Mais rien dans mon contrat ne m'interdit de faire mon coming-out, donc... » Il faudra que je vérifie auprès de Leslie, mais elle ne m'aurait jamais laissée signer ça.

« Même si j'ai été relégué du sommet de la liste au milieu et si je peux à peine me considérer comme y ayant encore ma place aujourd'hui, même tout en bas, je n'ai jamais regretté ma décision », affirme Derek. Depuis quelques années, il est au générique d'une série policière, ce qui lui permet de gagner assez bien sa vie, mais loin des millions que je peux encore exiger, même après avoir joué dans un certain nombre de films qui n'ont pas particulièrement brillé au box-office.

« Je suis sûre qu'un producteur de télé me trouvera une place dans une de ses séries. » En plaisanter se révèle plus facile que je ne le pensais. « De toute façon, c'est à la télé que ça se passe en ce moment.

— Peut-être qu'un service de streaming peut imaginer une série rien que pour nous. Un truc sur l'acceptation de soi, les mariages-alibis, tout ça », s'amuse Derek. « Du moment que nous pouvons continuer à faire notre métier. »

J'acquiesce parce qu'il a raison. Évidemment, on a beaucoup plus de chances de se voir proposer un rôle majeur et passionnant si on est ultra-bancable, comme je l'ai été et comme Faye l'est mainte-nant, mais il y a plein de rôles potentiels, que des gens comme Derek et moi, et les myriades d'autres acteurs qui ont eu leur dose d'hétéro-normativité, pourraient incarner merveilleusement bien. Ce ne sera peut-être pas aussi glamour, d'accord, mais nous nous en sortirons toujours. En ce qui me concerne, en tout cas, je n'ai plus grand-chose à perdre.

« La célébrité, c'est surfait, de toute façon. »

Derek lève les yeux au ciel comme si c'était lui qui avait prononcé ces mots et qu'il tenait à insister sur leur pertinence. Un bref silence s'installe entre nous, puis il demande : « Comment ça va se passer ? Comment vas-tu sortir de ce placard ? »

J'ai une idée derrière la tête, mais je ne suis pas encore tout à fait sûre. Je vais devoir patienter et voir comment je me sens le moment venu. « J'y réfléchis toujours, mais prépare-toi à une avalanche de coups de fil de la presse au sujet de ton ex-femme dans les deux semaines qui viennent. »

CHAPTER 29

Faye

J'ai attendu le moment qu'Ava m'a décrit. Le moment où je saurai. Le moment où je me sentirai suffisamment sûre de moi pour faire le grand saut. Bien qu'Ida m'ait ignorée toute la semaine, je m'en rapproche. Parce qu'il nous restait encore toutes ces scènes à filmer ensemble et même s'il est assez clair qu'elle essaie de ne pas se retrouver au maquillage en même temps que moi, c'est parfois inévitable. Je tente alors de croiser son regard dans le miroir, ce qu'elle m'autorise rarement plus d'un centième de seconde. Mais je peux toujours la regarder et être submergée par un océan de souvenirs. Je peux l'admirer de loin pour ce qu'elle est, la façon dont elle se tient, l'orientation qu'elle a donnée à sa vie.

Je suis dans la voiture, en route vers le studio pour le tout dernier jour de tournage, quand mon téléphone sonne. Leslie.

« Comment va mon actrice préférée ? » Depuis qu'Ida et moi sommes devenues plus intimes, je sais qu'elle salue de cette façon au moins deux de ses clientes, si ce n'est toutes.

« Ça va. » Nous commençons par faire le point sur le planning de promotion d'un film dans lequel je joue et qui sortira d'ici quelques semaines, puis Leslie laisse planer un silence inhabituel.

« Ida m'a dit que tu étais au courant, euh... pour elle », reprend mon agent. J'espère qu'elle sera plus éloquente quand il s'agira d'aborder le sujet avec quelqu'un d'autre.

Je sais tout sur Ida, et bien plus encore. « Elle m'a dit qu'elle était lesbienne et qu'elle veut enfin sortir du placard.

— Quelle a été ta première réaction ? Sois honnête, m'encourage Leslie. Souviens-toi, c'est à moi que tu parles. Pas besoin de mettre les formes. »

Je ne peux pas lui raconter ce que j'ai ressenti d'instinct, parce qu'il faudrait que j'admette avoir eu envie de chasser les craintes d'Ida par des baisers et de lui dire que je la trouvais encore plus merveilleuse qu'avant qu'elle ne se confie à moi. Au lieu de ça, je réponds : « Je suis heureuse pour elle. C'est bien pour tout le monde, mais surtout, c'est bien pour elle, parce que je n'en reviens pas qu'elle se soit cachée si longtemps et je ne peux imaginer le fardeau qu'elle a dû porter pendant toutes ces années. »

« Tu ne t'es pas dit, notre film est fichu ? » Leslie sait être à la fois directe et charmante.

« Non, bien sûr que non.

— Est-ce que ça veut dire que tu la soutiendras quand tu feras la promotion du film ou que tu te tiendras à ses côtés, amicalement mais en silence ?

— Pourquoi est-ce que je me tairais ?

— Je suis à fond derrière ce coming-out, mais j'ai aussi besoin de pouvoir faire mon boulot. Je vais devoir gérer nos relations, à Ida et à moi, avec les studios et les maisons de production. Il faut que je sache si nous avons des alliés et... eh bien pour l'instant, tu es la seule à être au courant.

— La moitié de l'équipe de ce film est homo. » J'enfonce une porte ouverte.

« Certes, mais c'est différent quand il s'agit d'une des stars du film.

— Je soutiendrai et défendrai Ida autant que nécessaire.

— Prépare-toi à ce que des bruits circulent à ton sujet après la sortie du film.

—Oh, je t'en prie.» Si je me préoccupais des rumeurs, ça fait bien longtemps que j'aurais quitté ce métier. «Je ne me soucie pas de tout ça.

—Ça fait plaisir à entendre, Faye.»

Cette conversation me donne envie de hurler dans les oreilles de mon agent, pourquoi est-ce que ça reste un tel problème? Mais nous savons toutes les deux pourquoi. Les films vendent du rêve. Les rêves rapportent de l'argent. Cette ville ne jure que par l'argent. Et les changements se font à un rythme douloureusement lent.

Lorsqu'Ida fait son entrée à la fête de fin de tournage, je ne peux pas m'empêcher de penser qu'elle a dû demander à Janet de retoucher sa coiffure et son maquillage, c'est dire comme elle est élégante. À moins que ce ne soit le fait de s'être débarrassée de son joug. Le soulagement de ne plus porter son secret a instantanément rendu sa peau plus lisse et sa chevelure plus souple. Si elle souffre du fait que je ne veuille plus être avec elle, cela ne se voit pas. Une semaine à m'ignorer entre les prises a vraiment dû l'aider. Des perspectives s'ouvrent à elle à présent. Et elle va avoir du temps libre pour étudier les différentes possibilités. Bien qu'elle n'ait pas encore officiellement fait son coming-out.

Elle semble attirer chaque personne qui se trouve dans la pièce, telle une force de la nature, comme si elle avait un aimant à la place du cœur et que nous avions de la limaille de fer dans le sang. Je m'inclus dans le lot. Je m'aperçois que je dérive dans sa direction, j'aspire à être près d'elle, à capter une bribe ou deux de ce qu'elle a à dire, tout comme la première fois que nous nous sommes assises à la même table pour la lecture du scénario.

«Coucou, Faye.» Tamara s'est approchée de moi. «Je ne sais pas comment te remercier de ton travail sur ce film. Je suis convaincue qu'il va être spécial. Il s'est vraiment passé quelque chose entre Ida et toi et ça transparait clairement à l'écran.»

Tu m'étonnes. «Merci de me le dire et merci à toi d'avoir réalisé ce film.» Du coin de l'œil, je vois la foule grossir autour d'Ida. J'essaie d'accorder toute mon attention à Tamara, qui a été fantastique tout au long du tournage. Je ne lui dis pas que, même si je pense que *A New Day* est un film formidable, dont le message est essentiel, il risque de ne pas être pris aussi au sérieux qu'il le mériterait parce que c'est une comédie, et que les plus importantes récompenses lui échapperont pour la même raison. Il n'existe pas d'Oscar de la meilleure alchimie à l'écran.

«Je voudrais dire quelques mots, s'il vous plaît.» La voix d'Ida s'élève.

C'est déjà l'heure des discours? Comme le temps passe. Je n'ai rien préparé, mais je suis curieuse d'entendre ce qu'Ida a à déclarer.

En un instant, l'ambiance festive typique des fins de tournage laisse place au calme. Le placard aura peut-être privé Ida d'amour, mais elle en aura au moins retiré la capacité à obtenir le silence et à ce que tous les regards soient braqués sur elle lorsqu'elle le souhaite. Je ne fais pas exception. Quand Ida Burton parle, tout le monde l'écoute.

« OK. Allons-y. » Ses lèvres rouges s'ouvrent en un sourire éclatant. Du genre que je sens jusque dans mes tripes... et au-delà. Quoi qu'Ida s'apprête à dire, toute la salle lui mange déjà dans la main. Ou suis-je la seule?

«J'ai quelque chose à vous dire», poursuit Ida. «Je veux vous dire ce que faire ce film a signifié pour moi.» Elle se tourne vers Tamara, qui se tient toujours à mes côtés. Ou est-ce moi qu'elle regarde? Dans les deux cas, mes mains deviennent moites. Parce que, d'un coup, je me doute de ce qu'elle pourrait vouloir partager avec nous.

Oh, Ida. Si j'ai raison, mon admiration pour elle est à son comble.

«Merci à toutes celles et à tous ceux qui ont rendu ce film possible. Les spectateurs ne verront que le produit fini, ces deux heures qui restent à la fin, mais nous, nous sommes conscients de ce qu'un long-métrage coûte en sang, en sueur et en larmes. Le chemin est sacrément long entre le moment où les scénaristes trouvent l'inspiration et celui où le public s'assied, un sac de pop-corn entre les mains, pour savourer les fruits de tout ce travail. »

Si la carrière d'actrice d'Ida devait s'effondrer, elle pourrait toujours se lancer dans la politique. Ou l'art oratoire. Elle est douée. La façon dont la lumière se reflète dans ses cheveux suffit à lui donner un halo d'attraction suprême. Cette aura irrésistible, qui donne envie de ne jamais la quitter. Ou suis-je la seule, à nouveau ?

Elle cite tout un tas de gens par leur nom, et ce talent vient s'ajouter à tout ce qui m'impressionne chez elle. Pour être honnête, je n'ai jamais entendu parler de certains d'entre eux, comme le producteur exécutif qu'elle mentionne. Elle a dû se montrer plus attentive que moi. Ou bien elle a demandé à Mark de se renseigner avant de préparer ce discours. Parce qu'elle a dû se préparer. Elle est experte dans l'art d'apparaitre spontanée, mais ça ne peut pas être le cas. Pas si j'ai raison.

« Je vous laisserai bientôt retourner boire. » Son célèbre rire, léger comme une bulle, vient ponctuer la plaisanterie. « Mais avant cela... » Cela fait cinq minutes qu'elle parle à présent, et on entendrait encore une mouche voler. « Je dois remercier celle avec laquelle je partage l'affiche, la toujours fabuleuse Faye Fleming. »

Son regard s'arrête sur moi. Le mien plonge droit dans ses yeux et à cet instant, alors que la chair de poule se répand sur ma peau, je sais.

Je sais que j'ai été idiote de prendre le risque de passer à côté de ce qu'il pourrait y avoir entre nous, parce que oui, c'est du pur Ida Burton qui est en train de se produire, tout en charme et en grâce, mais j'ai vu la vraie Ida. Je sais ce qui se cache derrière le masque. Je sais qu'elle est prévenante, drôle, attentionnée, qu'elle peut parfois éprouver un profond chagrin, une immense frustration sur certains sujets. J'ai ressenti quelque chose de si fort en moi lorsque j'avais la tête entre ses jambes que j'ai eu peur de m'en souvenir, de crainte d'accorder de l'importance à cette émotion. Mais elle *a* de l'importance.

Rien n'est plus important.

« Faye m'a donné… » Elle s'interrompt et mon pouls s'accélère. Ma gorge se serre. « Beaucoup plus que n'importe quel autre partenaire, et elle est aussi pro que vous l'imaginez et plus encore. » Elle regarde dans ma direction. Ses lèvres se courbent un tantinet, presque un sourire. Si seulement elle pouvait dire la vérité à tous ces gens. Je m'en ficherais. Tout ce que cela m'inspirerait, ce serait la fierté d'être à ses côtés, de ce que je suis pour elle. Ou de ce que j'étais pour elle, devrais-je plutôt dire. « Un immense merci, Faye. »

Je lui réponds d'un signe de tête et d'un sourire, parce que, pour l'instant, c'est tout ce que je peux lui donner. Et je prends son *merci* pour ce qu'il est : une façon de me signifier que tout va bien entre nous. Seulement, maintenant, je suis sûre que ça ne me suffit plus.

Je souris en entendant les applaudissements des autres membres de l'équipe. Je n'ai aucune idée de ce que je vais bien pouvoir faire comme discours après Ida, probablement quelques mots marmonnés à la hâte.

« Une dernière chose… » La voix d'Ida semble encore plus assurée que lorsqu'elle a commencé. Elle a l'air d'avoir grandi de quelques centimètres, de se tenir plus droite. « Je veux vous expliquer en quoi faire ce film a changé ma vie. »

Mon pouls s'accélère à nouveau. *Vas-y, Ida.* J'aimerais tant qu'elle ait conscience de mon soutien sans faille.

« Parce que… » Elle déglutit. « Je suis lesbienne. »

La salle tout entière semble avoir le souffle coupé.

« Je suis homo, les amis, et j'ai toujours cru devoir le cacher, mais c'est fini. » Son regard dérive vers moi. « C'est fini. »

Mon sourire est immense.

« Ce rôle m'a donné le courage d'enfin faire mon coming-out et je ne vous en remercierai jamais assez. Vous tous. Chacun d'entre vous qui avez rendu cela possible. Chacun d'entre vous qui êtes *out* depuis longtemps, même si ça a été difficile, même si vous avez dû le payer au prix fort. Vous êtes tous mes héros, parce que vous êtes vous. Parce que, pendant très longtemps, je n'ai pas eu le courage d'être moi. Jusqu'à maintenant. »

Oh bordel. Je ne vais pas pouvoir retenir mes larmes. Je suis tellement fière d'Ida. Tout ce que je veux, c'est la serrer dans mes bras. Tout ce que je veux, c'est l'embrasser.

CHAPTER 30

Ida

Ce qui m'achève, c'est le sourire de Faye. Pas parce que je ne peux pas être avec elle, mais pour son éclat, sa sincérité, la connexion qu'il établit entre nous. C'est comme si plus personne d'autre n'existait, même si je viens de faire mon coming-out en pleine fiesta, sans m'inquiéter que des convives aient sorti leur téléphone, caméra braquée sur moi, parce qu'ils veulent immortaliser l'instant où Ida Burton a dit, publiquement, pour la toute première fois de sa vie, qu'elle est lesbienne.

Tout ce que je vois, c'est Faye. Bien que j'aie pris la décision de faire mon coming-out avant le début du tournage, avant que nous ayons travaillé ensemble et que nous soyons devenues si proches, avant notre liaison passionnée à Miami, m'être confiée à elle en premier m'a facilité les choses infiniment, a conduit à ce moment. Lorsqu'elle m'a raconté ce qu'elle avait entendu Charlie et Liz dire à mon sujet, le processus s'est accéléré, concrétisé, et c'est ce qui a rendu aujourd'hui possible.

Je termine par un « merci », je ne peux rien ajouter de plus tant l'émotion me serre la gorge, même si j'avais prévu de conclure en blaguant sur le fait que j'étais célibataire... histoire de me remettre de Faye au plus vite. De laisser tout ça derrière moi et de rencontrer quelqu'un qui puisse m'aimer comme je l'aimerais.

Faye disparaît de mon champ de vision alors qu'un tonnerre d'applaudissements et autres exclamations de joie explosent. Une vague de chaleur m'envahit. C'était le public idéal devant qui me lancer. Et merde, oui, je l'ai fait ! J'ai fait mon coming-out.

J'essaie de retrouver le visage de Faye, mais elle n'est plus à l'endroit où elle se trouvait il y a une seconde. Où est-elle passée ? L'aurais-je mise mal à l'aise en la fixant dans les yeux de la sorte ? Devant moi, la foule s'ouvre. C'est Faye. Elle vient vers moi. Comme c'est charmant qu'elle veuille être la première à me féliciter — même si elle était déjà la première.

Elle se place à côté de moi. L'assemblée est encore toute électrisée par ma révélation. L'information fait probablement déjà le tour des réseaux sociaux. J'aurais dû prévenir Leslie, mais j'avais peur de me dégonfler. Jusqu'à la toute dernière minute, je n'étais pas sûre d'y arriver. Jusqu'à ce que je le fasse.

« S'il vous plaît », commence Faye, « moi aussi, je voudrais dire quelque chose. »

Le brouhaha met un peu de temps à s'éteindre. À côté de moi, Faye semble nerveuse. Puis elle se tourne vers moi, me regarde dans les yeux, et prend mes mains dans les siennes.

Au fond de la salle, quelqu'un lance un « Yahou ! », aussitôt suivi d'une flopée de « Chut ! », mais je n'ai aucun mal à en faire abstraction, parce que pourquoi Faye me regarde-t-elle ainsi ? Qu'est-ce qu'elle fait là ?

« Ida. » Son murmure est à peine audible. Elle libère mes mains, porte les siennes à ma nuque et, en un geste que je commence à très bien connaître, m'amène à elle.

Mon cœur bat la chamade. Impossible. Que se passe-t-il ? Mon cœur vient-il de lâcher ? Est-ce que je suis morte sans m'en apercevoir et me voici au Paradis ? Faye s'apprête-t-elle réellement à m'embrasser devant toute l'équipe ?

Ses lèvres effleurent les miennes, timidement d'abord, mais pas longtemps. Ses mains s'insinuent dans mes boucles et m'attirent plus près. Elle entrouvre ses lèvres, permettant à nos langues de se frôler brièvement. La seule pensée qui me vient, c'est que plus serait indécent. Mon cerveau n'a aucune idée de ce qui est en train de se passer. Mon corps s'emballe. Est-ce que je peux, moi aussi, glisser mes bras autour de son cou ? Comment va-t-elle réagir ? Qu'est-ce qu'elle essaie de dire, au juste ? Si c'est une démonstration de soutien, elle est particulièrement élaborée.

Et puis merde. Je la prends dans mes bras et nous continuons à nous embrasser, encore et toujours, et le monde qui nous entoure s'évanouit, parce que ceci, c'est exactement ce dont je rêvais depuis notre retour, depuis la dernière fois que je l'ai embrassée, dans ma chambre à Miami.

Nous nous embrassons jusqu'à ce que nous soyons obligées de reprendre notre souffle. Alors les sons m'atteignent à nouveau, et le bruit est assourdissant, d'un seul coup. Qu'est-ce que Faye a fait ? Elle a bien dû voir le nombre de personnes qui avaient sorti leur téléphone. Les réseaux sociaux doivent être en train d'imploser.

Dès que l'opportunité se présente, je chuchote : « Qu'est-ce que tu fais ?

— Ce que j'aurais dû faire la semaine dernière », répond-elle. « Tu m'as manqué.

— Tu es sérieuse ? »

Elle hoche la tête, me lance un clin d'œil, puis se tourne vers la foule. « Au cas où quelqu'un se ferait des idées, Ida est à moi », déclare-t-elle.

Je murmure à son oreille : « C'est un peu possessif. »

« Parfois, il faut savoir se montrer ferme. » Elle a un sourire jusqu'aux oreilles, qui me fait envisager la possibilité qu'elle n'ait pas encore pris la mesure des répercussions de ce qu'elle vient de faire.

« Tu es folle. » Je ne parviens pas à la lâcher. Si ça ne tenait qu'à moi, je ne la lâcherais plus jamais. « Leslie va avoir une attaque.

— À quoi ça sert que tu fasses ton coming-out si tu ne peux pas être avec moi ?

— Je n'ai pas fait mon coming-out pour être avec qui que ce soit en particulier... » Je n'ai pas le temps de terminer ma phrase, Faye m'interrompt d'un baiser.

« À la réflexion, oublie que j'ai posé la question.

— Tu es prête à affronter la foule ? » J'indique notre auditoire déchaîné.

« Avec Ida Burton à mes côtés, rien ne m'effraie. » Nos doigts s'entrelacent. « Du moment que tu m'emmènes chez toi ensuite. »

———

Dans la voiture qui nous conduit à la maison, le goût des baisers de Faye encore sur mes lèvres, je plonge à nouveau mon regard dans le sien. « Tu es sûre que tu ne vas pas le regretter ?

— Non. » Elle contemple son téléphone, qu'elle a éteint depuis longtemps, de peur que tous les messages qu'elle reçoit ne le fassent exploser. « Je ne suis sûre de rien. J'ai sauté dans le vide, sans parachute. » Elle me sourit. « *Carpe Diem.* »

Je m'assieds un peu plus près d'elle, même si je suis presque déjà sur ses genoux. « Tu n'avais rien planifié de tout ça ? »

Faye secoue la tête. « Non. Tu avais quelque chose d'irrésistible et d'exaltant quand tu parlais. Je ne pouvais pas rester sans réagir. » Elle pose une main sur son ventre. « Parce que je savais. En te regardant devenir toi-même comme ça, j'ai su...

— Qu'est-ce que tu as su ?

— Que... que je veux être avec toi. » Son regard s'éloigne. Elle joue avec mes doigts. « Que si je n'essayais pas, je le regretterais pour le restant de mes jours, parce que... il se passe quelque chose entre nous que je n'ai ressenti avec personne depuis très longtemps et je ne peux pas laisser un minuscule détail comme le fait que je n'ai jamais été amoureuse d'une femme se mettre en travers, n'est-ce pas ? » Elle rigole nerveusement. « Honnêtement, Ida, je n'ai aucune idée de ce que je fais. Je suis mon instinct, mes tripes. » Elle tapote à nouveau son ventre. « Et tout ce que mes tripes me disent c'est, *Ida, Ida, Ida...* »

Je ne peux pas retenir un rire à ces mots, bien que je n'aie qu'admiration pour sa façon de faire ce qu'elle veut, de prendre son destin en main, de foncer comme elle vient de le faire. Parce que c'est l'exact opposé de la manière dont j'ai mené ma propre vie jusqu'ici.

«Vraiment?» Je fais mine de me pencher. «Si je posais mon oreille contre ton ventre, c'est ce que j'entendrais? Mon prénom en boucle?

—Sans aucun doute.» Elle porte ma main à ses lèvres et y dépose un baiser. «Ceci dit... euh... vu que nous sommes actrices et tout ça, j'espère que tu ne m'en voudras pas de t'avoir volé la vedette.

—Tu peux me voler tout ce que tu veux.» C'est à mon tour d'embrasser nos mains jointes. «J'étais un peu partagée à l'idée que le tournage touche à sa fin, parce que j'allais beaucoup moins te voir. Mon cerveau savait que c'était ce qu'il me fallait, mais mon cœur était à la traîne, comme d'habitude.

—Tu vas me voir beaucoup plus souvent.» Faye serre ma main.

«Ils vont peut-être nous demander de refaire les scènes de baiser, maintenant qu'ils sont au courant...

—En tout cas, il va y avoir quelques moments d'illumination à retardement chez certains membres de l'équipe.

—Bon, et Leslie?» Ça m'ennuie de jouer les rabat-joie, mais je suis celle qui a vécu des décennies dans le placard pour protéger ma carrière, alors que Faye s'est jetée la tête la première sans même passer par l'étape placard.

«Leslie travaille pour moi», réplique Faye d'un ton neutre.

«Tu sais ce que je veux dire. Tu sais ce que Leslie représente.

—Bien sûr, mais je t'ai vue changer au fil des derniers mois, Ida. Je t'ai vu gagner en confiance. J'ai vu la femme que tu es réellement et, regarde où je suis à présent, dans une voiture qui me conduit chez toi parce que la femme que tu es réellement est fascinante. Impossible à ignorer. J'ai besoin d'être avec toi et je ne peux pas le faire si je me cache. Pas quand tu te révèles enfin au monde entier. La question ne se pose pas.

—Jamais je ne te conseillerais le placard. J'y ai passé suffisam-ment de temps pour nous deux.» C'est assez facile, à l'arrière de cette voiture, de prétendre qu'il n'y a que nous deux contre le reste du monde, qu'il n'y aura pas de conséquences à ce que Faye vient de faire, ce qu'elle a fait en un clin d'œil et qu'il m'a fallu des années pour trouver le courage d'accomplir.

«Ida,» murmure-t-elle. «Nous avons toute la vie pour parler de ça.» Sa tête s'incline déjà vers moi. «Pour l'instant, le mieux, si tu veux mon avis, c'est de continuer à nous embrasser.»

Elle a tellement raison. Je me penche à mon tour, plonge dans ses yeux magnifiques, avant de lui ouvrir mes lèvres, encore et encore.

CHAPTER 31

Faye

Ida me tourmente sans pitié. Ou peut-être qu'elle n'arrive pas à y croire. Peut-être qu'elle a besoin de prendre tout son temps pour être vraiment sûre que c'est bien moi que ses doigts embrasent. Je peux difficilement le lui reprocher. Moi-même, je ne savais pas ce que j'allais faire jusqu'à ce que je le fasse. Jusqu'à ce que je m'approche d'Ida, dans toute son envoûtante splendeur, et que je l'embrasse devant l'équipe de *A New Day* au grand complet. Parce que je ne pouvais pas ne pas le faire. Je pouvais difficilement rester là sans réagir. La question ne se posait même pas.

Ida dessine à nouveau du bout du doigt le contour de mon téton. Son souffle est chaud dans mon oreille. Son genou s'alourdit sur ma jambe, la maintient contre le matelas, m'exposant entièrement à l'air libre. L'un de ses doigts s'est adjugé mon corps, dont il parcourt implacablement le relief, à un rythme effroyablement lent, qui contracte mes muscles et accroît mon excitation à chaque centimètre de peau conquis.

Mais pourquoi m'explore-t-elle si lentement? J'ai envie de lui demander, mais j'éprouve un plaisir trop fort. À cette façon de se refamiliariser. À cette version d'Ida, assez sûre de tout, d'elle-même et de moi, pour prendre son temps. Ce n'est pas la peine de nous dépêcher. Nous ne sommes plus à Miami. Nous sommes à Los Angeles, où nous vivons, en privé la plupart du temps, à l'exception de courtes périodes en public pour la promo d'un film — la tournée qui m'attend promet d'être très amusante. Mais pour l'instant, tandis que le doigt divin d'Ida musarde sur ma peau, je peux encore prétendre que ni mon téléphone ni l'extérieur qu'il représente n'existent. C'est peut-être pour cela que nous y allons si doucement. Plus nos retrouvailles durent, ces quelques heures coupées du monde qui rendent possible cette intimité sans contrainte, plus nous reportons la jouissance, plus tard devrons-nous faire face aux conséquences.

La main d'Ida atteint mon nombril. Elle me touche à peine. Son doigt plane au-dessus de ma peau, et pourtant je le sens partout. Je ne peux pas m'en vouloir de ne pas avoir su que c'était ce que je désirais depuis le début. Parce que bien sûr, j'avais peur. Peur de moi-même, surtout, et de ce que tout cela implique. Peur pour Ida, de ce que cela pourrait impliquer pour elle. Peur de ne plus jamais retrouver cette clarté, jusqu'à ce qu'elle fasse son retour, au moment où Ida a pris la parole, et que les choses ne puissent être plus claires. L'éventualité d'un regret semble bien lointaine maintenant, parce que les regrets n'ont pas leur place lorsque ses lèvres goûtent la peau tendre de mon cou et que son doigt continue de descendre, pour dessiner un cercle à l'intérieur de ma cuisse.

Mon souffle se fait plus irrégulier, ma chair s'enflamme. Qui aurait prédit que le doigt d'Ida serait une arme d'excitation si puissante? Il joue sur mon corps comme si j'étais un instrument qu'elle maîtrisait depuis toujours, bien que mon corps lui soit aussi nouveau que le sien l'est pour moi. La douceur de son sein contre mon flanc. La rigidité de son mamelon. Le poids de son genou sur ma jambe, possessif. La façon dont elle m'ensorcèle, comme si tout avait été soigneusement orchestré, alors qu'en réalité, cela aurait très bien pu ne pas se produire. Et pourtant, il y a quelque chose d'inéluctable à ce que je sois étendue là, chaque parcelle de ma peau vibrant à son contact.

Son doigt approche du point culminant de mes cuisses. Il

survole délicatement mon sexe, m'extorquant une longue plainte. Je la sens sourire contre mon cou. Elle sait exactement l'effet qu'elle a sur moi.

Je tourne la tête pour la voir. Pas pour la supplier d'aller plus vite, mais juste pour la regarder, pour admirer ses beaux yeux sombres et éprouver à nouveau cette vague de certitude me traverser. Retrouver la sensation qui m'a submergée quand Ida a fait son coming-out devant tout le monde. Parce que j'étais la seule dans cette pièce à avoir conscience de l'importance qu'avait ce moment pour elle.

Elle m'adresse un sourire. Pas le grand sourire copyrighté d'Ida Burton, mais un petit sourire intime, rien que pour moi. Je l'imite et à l'instant où le bout de son doigt effleure mon clitoris, elle m'embrasse sur les lèvres avec une tendresse immense, une émotion infinie. Nos langues se caressent avec douceur et c'est Ida à présent qui gémit dans ma bouche, c'est Ida qui perd le contrôle, et je pourrais en profiter pour la basculer sur le dos et la goûter, comme j'en rêve depuis cette dernière nuit à Miami, mais je sais qu'il faut que je la laisse faire. S'approprier tranquillement mon corps. Prendre le temps d'exprimer le besoin qu'elle a de ce moment, de moi.

Son doigt poursuit sa progression, le long de mes lèvres d'abord, tout en légèreté. Puis Ida inspire brusquement et, bientôt, à mon grand soulagement, son doigt se faufile en moi, et j'ai l'impression d'avoir déjà eu tout ce à quoi j'aspirais. Comme si Ida m'avait déjà tout donné, alors que seul le bout de son doigt est entré en éclaireur. Comme si nous revivions notre première fois.

J'aurais peut-être dû comprendre la première fois qu'elle m'a inspiré ces sensations, la première fois que j'ai atteint avec elle ce niveau d'excitation vertigineux. J'aurais peut-être dû m'en douter, à voir ce qu'elle provoque en moi depuis le début. Toujours est-il que je suis là maintenant, alors que son doigt glisse plus loin en moi, alors qu'elle s'arroge un peu plus de moi. Qu'elle s'enhardit et pénètre plus profondément. Qu'elle me regarde droit dans les yeux et m'offre tout ce plaisir. Toute cette adulation. Toute son attention, toute sa splendeur concentrée dans le mouvement de son doigt, tout son désir pour moi qui brûle dans ses yeux. Il n'en faut pas plus pour que je chavire et que mon propre désir m'entraîne en chute libre vers une satiété absolue.

Quand on sait, on sait. Et il n'y a plus aucun doute dans mon esprit.

CHAPTER 32

Ida

« **T**u connais la chanson d'Isabel Adler, *Somewhere I've never been* ? »

J'ai posé la question à Faye, dont le corps nu est collé au mien, son bras autour de moi comme si elle n'avait aucune intention de me lâcher à nouveau. À moins qu'elle veuille simplement qu'il soit occupé à autre chose qu'à attraper son téléphone. Je m'étonne que Leslie n'ait pas encore déboulé, qu'elle ne soit pas venue frapper à ma porte... Mais peut-être est-ce exactement ce qu'elle est en train de faire chez Faye, sans savoir que Faye est à des kilomètres de là.

« Hmm, fredonne Faye. Oui, bien sûr.

— La première fois qu'elle chante le refrain, c'est tout en retenue, elle ne met quasiment aucune puissance derrière les notes. La deuxième fois, elle en dévoile un peu plus et on sent que ça arrive, mais on n'y est pas encore, jusqu'à ce qu'elle se déchaîne à la troisième reprise. Elle donne tout dans ce dernier refrain et on l'entend enfin comme on s'attendait à l'entendre depuis le début.

— Dis, c'est une sorte de métaphore alambiquée pour expliquer pourquoi tu m'as si cruellement fait lanterner tout à l'heure ? » Faye se redresse et me toise.

Je ne peux pas m'empêcher de sourire en voyant son visage. Elle me fait complètement craquer, mais je n'ai pas encore trouvé les

215

mots pour exprimer ce que je ressens. Pour l'instant, nos corps, nos lèvres, nos mains devront jouer les messagers. Les mots viendront plus tard. J'aurais peut-être dû y penser avant de tenter cette explication.

« Non. » Mon rire se mêle à ma réponse, reflet de l'allégresse qui m'habite. « J'essayais de dire quelque chose de profond et d'important, mais tu n'as visiblement qu'une seule chose en tête. »

Faye ne nie pas. « C'est vrai. » Elle tend la main vers mon téton, mais je l'écarte.

« Tant pis. Je garderai donc mon éclair de sagesse pour moi, puisque c'est comme ça. » Je fais semblant de bouder.

« Oh, Ida, non. Je ne vis que pour ta sagesse. J'en ai besoin comme, euh... Rien ne me vient à l'esprit dans l'immédiat. » Elle se redresse légèrement. « Excuse-moi. Dis-moi. Je suis tout ouïe. »

Je prends ses mains dans les miennes. « Pendant très longtemps, j'ai eu l'impression d'être enfermée dans ce premier refrain un peu coincé. Je savais qu'il y avait plus à ressentir, à connaître, à... aimer. Mais je ne m'y autorisais pas. Et puis je t'ai rencontrée, et les moments que nous avons partagés à Miami ont commencé à ressembler au deuxième refrain, avec cette nouvelle énergie. Comme si un bouleversement allait se produire. Mais ce n'était pas encore tout à fait ça. Jusqu'à maintenant. Maintenant, je suis en pleine apothéose du bouquet final et je ressens absolument tout. Dans les moindres nuances. Je ressens le bonheur du lâcher prise, de ne plus tenter de tout maîtriser, d'être simplement qui je suis et de laisser les sensations déferler. C'est... » Les mots me manquent alors.

« Exaltant, murmure Faye. Sublime.

—Comme de passer d'un monde en noir et blanc à un sépia tiède pour, enfin, à l'orée de la cinquantaine, tout voir en technicolor pour la première fois.

—C'est un honneur de découvrir ce monde en haute définition avec toi. » Elle m'embrasse doucement sur la joue.

« Tu n'as pas idée comme je suis heureuse que tu sois là. » Que Faye soit à mes côtés pour vivre toute cette période est bien plus qu'un bonus, c'est plus que la cerise sur le gâteau de mon coming-out.

« Tu viens de me le montrer de façon assez explicite. » Son sourire s'éclaire de malice. « À présent, laisse-moi te faire revivre l'apothéose de ce bouquet final une nouvelle fois. » Cette fois, elle m'embrasse sur les lèvres. « J'ai envie de toi », susurre-t-elle, quand nos bouches se séparent, et elle a déjà un peu le souffle court... à cause de moi. « J'ai besoin de te goûter. »

Qui suis-je pour refuser à Faye ce dont elle a besoin aujourd'-hui ? Elle avait besoin de m'embrasser devant tout le monde il y a quelques heures et ça me convenait tout à fait. Voir Faye s'approcher de moi, prendre mes mains dans les siennes, m'embrasser comme ça, transformer ce moment en pure perfection, c'est la meilleure chose qui me soit jamais arrivée... et c'est arrivé parce que j'ai révélé au monde qui je suis vraiment.

« Je suis toute à toi », dis-je dans un murmure rauque. Rien que de penser à ce qu'elle s'apprête à faire, je suis aussi trempée qu'une rivière. À l'idée du tableau que je vais revoir. De la tête de Faye qui s'affaire entre mes cuisses pour me donner le plus grand des plaisirs.

Soudain, elle est sur moi, me pousse sur le lit, impatiente de me toucher, de dévorer ma peau de baisers avides et gourmands. Et je la laisse me prendre, me posséder, me faire sienne. Parce que c'est ce que je suis, dans ce lit, après cette folle journée. Je suis toute à Faye.

Mon univers se réduit à sa langue quand elle se pose sur moi. Elle est chaude, douce et d'une adresse inimaginable, et je ne peux m'empêcher de penser à la première fois qu'elle s'est pliée à cet exercice, quand tout était différent. Quand j'en avais tellement envie mais que je n'étais pas sûre qu'elle passerait à l'acte. Elle y est allée quand même, sans appréhension, et je me suis retrouvée, l'esprit embrouillé de désir, à me demander ce qui me valait cette chance. La question se pose à nouveau. Parce que oui, j'ai de la chance et je suis heureuse et je ne m'inquiète plus de ce que les autres pensent. Je m'en suis inquiétée pendant trop longtemps. Je m'étais piégée toute seule, en boucle dans le premier refrain. Une boucle que j'étais incapable de briser. Une boucle destructrice qui m'a poussée à renoncer à ce que Faye est en train de me faire et à bien plus encore.

« Oh, Faye… » Ma voix n'est qu'un souffle alors que je m'abandonne à mon désir. Alors que je m'autorise ce à quoi j'ai aspiré pendant des années et des années. Que je succombe au toucher de Faye et à tout ce qu'il représente. Que je fais ce que j'aurais dû faire toute ma vie.

CHAPTER 33

Faye

Ça fait des semaines que ma vie est aussi agitée qu'une ruche, parce qu'évidemment, quelqu'un a partagé une vidéo où j'embrasse Ida et, évidemment, elle est devenue virale. Je ne trouve de répit que dans les bras d'Ida. L'ironie de la situation m'enchante, puisque c'est ce désir d'être dans les bras d'Ida qui est à l'origine de la frénésie médiatique.

Ça ne m'ennuie pas de détourner l'attention de questions un peu appuyées sur Ida et son coming-out, son mariage avec Derek, les femmes qu'elle a fréquentées, y compris celles qui, pour profiter de leur quart d'heure de célébrité, ont décidé d'ignorer les accords de non-divulgation qu'elles avaient signés à l'époque. Je me prête gracieusement au jeu parce que ma récompense, c'est d'être avec Ida. De pouvoir me rendre chez elle, de batailler avec les paparazzis, de garer ma voiture derrière le portail et d'enlacer celle qui occupe toutes mes pensées. Et cela en vaut complètement la peine. Le tsunami médiatique finira par se calmer, mais notre relation, à Ida et à moi, n'ira, je l'espère, qu'en se renforçant.

« Je vais t'accompagner en Europe », m'a-t-elle dit ce matin, quand il a fallu que je lui demande de me pousser littéralement hors du lit. « Je ne veux pas que tu traverses tout ça toute seule. » Mais j'étais déjà en retard pour le junket auquel je participe à présent, bombardée de questions sur Ida, et non sur le film que je suis censée promouvoir, au grand désespoir du réalisateur et du producteur.

« Il n'y a pas de mauvaise publicité, et le film en bénéficiera », leur a seriné Leslie tout à l'heure. « Ça fait suffisamment longtemps que je travaille dans cette ville pour savoir ce qui attire les spectateurs. Ne vous mettez pas la rate au court-bouillon. » Le réalisateur, bien sûr, ne peut pas s'empêcher de s'inquiéter, parce qu'il veut parler de son film, pas du changement soudain de préférence sexuelle d'une de ses actrices, surtout que dans ce film, mon personnage doit choisir entre deux hommes.

Rares sont les comédiens qui n'abhorrent pas les journées comme celle-ci, où ils doivent répondre à la même question encore et toujours. Ce n'est pas l'activité que je préfère au monde — d'autant moins maintenant qu'Ida est dans ma vie — mais je me targue d'être une pro en matière de promo de mes films. L'exercice a beau être fastidieux, je donnerai toujours le meilleur de moi-même parce que cela fait partie intégrante de mon boulot. Tout cela contribue à la magie d'Hollywood.

Max, le responsable des relations publiques, n'a pas quitté son air désespéré de toute la journée, et je culpabilise, je n'avais pas du tout l'intention de monopoliser le junket, ni de compromettre les chances de ce film au box-office. Cette éventualité ne m'a pas traversé l'esprit lorsque je suis allée embrasser Ida, parce que je ne suis pas qu'une actrice. À ce moment-là, tout ce que je voulais, c'était Ida. Je voulais lui montrer à quel point elle pouvait compter sur moi, comme j'étais fière d'elle, toute mon admiration pour sa courageuse révélation.

Et c'est cela que je paye aujourd'hui.

Max donne la parole à une journaliste juste en face de nous.

« Une question pour Faye », dit-elle.

À côté de moi, j'entends mes deux partenaires masculins soupirer pour la énième fois de la journée. J'essaie de concentrer mon attention sur mon interlocutrice.

« Compte tenu des récentes révélations sur votre relation avec Ida Burton, pensez-vous que le public vous trouvera encore crédible dans ce film dans le rôle de Tessa, la femme qui doit craquer pour les deux beaux gosses qui vous entourent ? ».

Le grognement de Danny White n'a rien de discret. Mario Velez, mon autre partenaire, semble s'être transformé en statue, comme s'il avait baissé les bras, alors que nous avons encore pas mal d'heures de junket à affronter aujourd'hui et dans les semaines à venir, jusqu'à la sortie du film.

Je ne peux pas me permettre d'être cassante. Je ne peux pas être désagréable. Il faut que je sois polie, spirituelle et articulée, parce que, de mon point de vue, c'est comme ça que ça se passe quand on a la chance de se trouver de ce côté-ci de la table. Mais je suis aussi à court de répliques, j'ai usé tout mon stock de blagues vaseuses. J'ai répondu à cette question, sous différentes formes, une douzaine de fois déjà. Les journalistes continuent néanmoins d'essayer, de me pousser à lâcher quelque chose sans le faire exprès, un commentaire que je regretterais peut-être par la suite, qui permettrait à leur média de grappiller quelques clicks.

« Bon, écoutez... » Je mêle une bonne dose de saccharine à ma voix. « Je suis vraiment désolée, mais je ne vais plus répondre aux questions sur Ida et moi. Elle n'a rien à voir avec ce film. » Mes yeux s'arrêtent sur les représentants de la presse en face de moi. Ils ne font que leur travail, bien sûr, et il est bien plus difficile que le mien. Peut-être que si je leur donne un petit quelque chose, je réussirai à réorienter leur attention vers le film. « Vous pourrez nous poser toutes les questions que vous voudrez, à Ida et à moi, quand *A New Day* sortira. Je vous promets, là, maintenant, que nous ferons tout notre possible pour vous répondre. Mais aujourd'hui, ce qui compte, c'est ce merveilleux film dans lequel Mario, Danny et moi jouons, et je ne répondrai qu'aux questions qui porteront sur ce sujet. »

Je me focalise sur la journaliste qui a posé la question fatidique. « Un dernier mot, cependant. Ce sont des questions comme la vôtre qui privent le public de la possibilité de croire en mon personnage. Quand on y réfléchit, qu'est-ce qui les empêcherait de me trouver crédible ? Parce que c'est comme ça ? Eh bien non, ce n'est plus une excuse. Le monde évolue. Quant à moi, grand Dieu oui, je suis quelqu'un d'autre maintenant que je suis avec Ida. »

Je sens l'agitation gagner l'assistance. Je n'avais pas prévu de me lancer dans un discours, mais difficile de faire marche arrière, à présent. « Ça ne change toutefois rien au film. Parce que qui j'aime n'a pas d'importance. Quelle importance ça a, de savoir qui Danny aime ? Avec qui est Mario ? Quand on va au cinéma et qu'on veut passer un bon moment ? Quand on veut un film qui nous fasse sourire ? Je crois en ce film à cent pour cent et je suis absolument certaine qu'il vous fera sourire, et le fait que je sois tombée amoureuse d'Ida Burton n'a rien à voir avec ça.

« En fin de compte, je ne suis qu'une femme, comme vous, un être humain, comme tout le monde dans cette pièce. Je suis sûre que je ne suis pas la seule ici à être tardivement tombée amoureuse d'une autre femme — ou un homme d'un autre homme. » Je ne prends pas beaucoup de risque avec des critiques de cinéma. « De la même façon que je suis sûre que vous connaissez très bien la réponse à votre propre question. » Je ne peux m'empêcher de tancer du regard la journaliste. « Bien sûr que le public me trouvera crédible. C'est mon boulot. Être actrice est ma vocation. L'œuvre de toute une vie. C'est ce que je fais depuis des décennies. Pourquoi les cinéphiles cesseraient-ils d'un seul coup de me trouver crédible pour la simple raison que je suis tombée amoureuse d'une personne inattendue ? »

Apparemment, la journaliste n'a plus de questions. Un silence étrange plane sur la salle pendant de longues secondes. À ma droite, Danny semble s'animer à nouveau et se redresse sur sa chaise. De l'autre côté, Mario fait taire d'un signe de la main un journaliste qui s'apprête à prendre la parole.

« Faye mérite une ovation. » Mario se lève, me regarde, et commence à applaudir. « Pour avoir dit des choses qui méritaient d'être dites. »

Les applaudissements démarrent lentement, mais dès que Danny, debout également, se joint à Mario — et je suis affreusement gênée, j'ai beau être habituée, ce n'est pas tout à fait la même chose — la salle leur emboîte le pas.

Il faut toujours du temps pour que les choses bougent, et ça se fait toujours progressivement, disait Ida l'autre jour, mais chaque petit pas en avant aide. Avec un peu de chance, ceci aura aidé un tout petit peu.

À la pause suivante, j'envoie un SMS à Ida pour accepter son offre de m'accompagner à l'étranger. Pas seulement parce que je n'ai pas envie d'être séparée d'elle pendant plusieurs semaines. Il va falloir mettre quelques points sur les i et tout est plus facile avec Ida à mes côtés.

CHAPTER 34

Ida

« Si personne ne bouscule jamais les attentes du public, comment espérer qu'elles changent ? » remarque Charlie. « On est vraiment dans la problématique de la poule et de l'œuf, il me semble. »

Ava et Charlie nous ont invitées à dîner, Faye et moi, et le simple fait d'être là avec un deuxième couple formé de deux femmes, avec Faye à côté de moi, est un plaisir en soi. Je ne me plains pas non plus de la vue sur l'océan, ni de savoir que je me réveillerai avec la même vue demain matin, dans le lit de Faye.

« Ça va progresser, avec le temps, répond ma dulcinée. Si d'autres acteurs emboîtent le pas à Ida.

— Ou à Faye, ajoute Ava. J'aimerais bien, d'ailleurs, qu'on rende à César ce qui lui est dû. En l'occurrence, à moi. » Son clin d'œil à Faye ne m'échappe pas.

« Mon cœur. » Faye se tourne vers moi. « Il faut que tu saches que, sans Ava, nous ne serions pas assises ici ensemble ce soir. » Son sourire est éblouissant et un rien narquois sur les bords. « Nous lui devons absolument *tout,* c'est un fait. »

Je ne peux pas me retenir. Et je n'ai pas à le faire. Sans hésitation, je réduis la distance entre nous et embrasse Faye sur les lèvres.

«Oh mon dieu, gémit Charlie. Si seulement j'avais su quand on a commencé à tourner.

— Ceci... » D'un geste, Faye nous désigne, elle et moi « n'existait pas comme ça quand on a commencé à tourner. Ida était encore enfermée à double tour dans son placard et j'étais loin de me douter qu'elle allait me séduire. »

Charlie donne un petit coup de coude à Ava. «Tu peux revendiquer tout le mérite, ma puce, mais c'est du film que Liz et moi avons écrit que tout est parti.

— Difficile de dire le contraire. » Du bout des doigts, Ava envoie un baiser à Charlie.

Je me tourne vers Faye. «Pardonne-moi, mais je ne t'ai pas séduite. C'était plutôt l'inverse. »

Comme les choses ont changé, me dis-je, appréciant la facilité avec laquelle nous plaisantons toutes les quatre. Quel triomphe absolu de me retrouver ici, avec un tel sentiment de liberté et d'absence de contraintes.

«Quand je pense qu'Ava avait des vues sur ton rôle, Ida, » taquine Charlie en prenant soin de se mettre hors de portée de sa femme.

«Je me suis fait une raison. » Ava attrape Charlie par la nuque et fait semblant de la secouer. «Si je t'avais obligée à me donner le rôle d'Ida, comme je l'ai dit, nous ne serions pas là ce soir.

— M'obliger? » Charlie fronce les sourcils. «Comment crois-tu que tu m'aurais obligée à quoi que ce soit? »

Ava penche la tête pour regarder Charlie droit dans les yeux. « Nous savons toutes les deux que je peux te faire faire tout ce que je veux. C'est presque trop facile, tu me manges dans la main. »

Avec un rire, je jette un œil vers Faye : serons-nous un jour aussi délicieusement à l'aise ensemble? En tout cas, je l'espère. Je lui souris, parce que c'est ce que font mes lèvres quand je pose les yeux sur elle, et je l'embrasse, à nouveau, pour la simple raison que je le peux.

L'autre jour, nous avons grimpé jusqu'au panneau Hollywood, juste pour que je puisse l'embrasser à cet endroit, au-dessus de ce monument emblématique, dans cette ville qui a fait de moi ce que je suis. Et peut-être que tout cela en valait la peine. Peut-être que ce n'était pas une erreur pour moi de rester séquestrée dans mon placard doré pendant si longtemps, parce que j'attendais aussi Faye.

« Plus sérieusement, » commence Charlie, qui lève son verre. « À Ida et Faye. Ce que vous êtes en train d'accomplir a toujours une importance colossale. On peut trouver un peu ridicule que les stars de cinéma soient admirées parce que ça leur met une pression inimaginable. C'est ce qui a obligé Ida à rester dans le placard toutes ces années, bon sang ! Mais que vous soyez *out* comme ça toutes les deux, c'est énorme.

— Tu dis ça parce que ça garantit le succès de ton film au box-office. » Ça se voit qu'Ava est fière de Charlie en réalité, mais elle ne peut pas s'empêcher de la taquiner.

« Pas du tout, rétorque Charlie. Le succès n'est jamais garanti. Absolument jamais. C'est encore super risqué à bien des égards.

— Au film, alors. » Faye lève aussi son verre. « À tout ce qui a rendu possible la réalisation de *A New Day*. À Charlie et Liz pour l'avoir écrit. À Ida pour avoir joué le rôle de Veronica et avoir eu le courage de *me* séduire.

— Je pense que tu savais depuis le début à quel point tu étais irrésistible. » Finalement, on dirait que moi aussi, j'aime bien asticoter Faye. « C'est toi qui m'as invitée pour qu'on s'entraine à s'embrasser, tu te souviens ?

— Uniquement parce que tu t'effondrais pendant les répétitions. Et moi qui croyais que tu avais peur d'embrasser une autre femme alors que tout ce que tu voulais, c'était me dévorer. » On dirait que Faye non plus n'y est pas opposée… même s'il y a beaucoup de vrai dans ce qu'elle dit.

Plus tard, alors que Faye et moi rentrons par la plage, nous nous arrêtons devant la maison, les pieds dans le sable, la musique du ressac en fond sonore.

Je serre Faye contre moi, j'inhale son parfum, et elle enfouit son nez dans mes cheveux.

Je lui chuchote à l'oreille : « Par moments, je me dis que tu préfères mes cheveux à moi.

— J'aime vraiment beaucoup tes cheveux, reconnait Faye. Garde-les comme ça pendant un moment, juste pour être sûre. » Je la sens se convulser de rire contre moi. « Tu veux qu'on marche un peu ? »

J'attrape sa main. Nous recommençons à marcher le long de la plage, la lune au-dessus de nous, et mon cœur bondit de joie.

« Je voulais te demander. » Faye m'attire contre elle. « À Miami, tu m'as dit que ça faisait deux ans et quatre mois que tu n'avais pas couché avec une autre femme. »

« Hmm. » Dans ma tête, je revois Martha. Penser à elle n'est enfin plus douloureux.

« Tu veux bien m'en dire davantage sur la mystérieuse inconnue qui a eu la chance de partager le lit d'Ida Burton ?

— Crois-moi, elle n'a pas eu tant de chance que ça au bout du compte. » J'inspire profondément avant de me lancer. « Elle était productrice sur un de mes films il y a quelque temps.

— Lequel ? » Ah, Faye veut tous les détails. Peut-être qu'elle veut la googler. Ça se comprend. J'ai fait des recherches sur Brian Walsh et j'en sais beaucoup plus sur lui qu'avant.

« *Only You Will Do.* Je m'étais aperçue que le regard de Martha avait tendance à s'attarder, tu sais ? Et je ne pouvais pas détourner les yeux. Parfois, je n'y arrivais pas, même avec la meilleure volonté du monde.

— Oh, j'ai remarqué. » Faye me bouscule doucement de l'épaule.

« Assez rapidement, on a commencé à discuter d'autre chose que du film et il y avait une sorte d'électricité dans l'air quand je me tenais près d'elle. De fil en aiguille…

— Oui ? » Faye passe son bras autour de ma taille et me serre contre elle.

« Nous avons eu une liaison ultra confidentielle, qui m'a rendue tellement parano qu'elle était vouée à l'échec dès le départ.

— Tu n'étais pas encore prête à faire ton coming-out ? »

Je fais la moue. « Il faut croire que non.

— Tu en as eu beaucoup, des aventures clandestines comme celle-là ? » Nous nous arrêtons de marcher. Il va bientôt être temps de faire demi-tour.

« Pas vraiment. Quelques-unes. Trois ou quatre, je suppose, au fil des ans. Elles se sont toutes mal terminées, parce que... je n'arrivais pas à m'accepter. On en revient toujours à ça. Je ne me respectais pas suffisamment pour accepter cet aspect fondamental de ma personnalité... » Je regarde au loin. Je ne pourrai jamais revenir en arrière et récupérer le temps d'avant mon coming-out, mais je n'ai pas tout perdu. Je suis ici, avec Faye, et ça ne rattrape peut-être pas tout, mais ça rattrape déjà beaucoup.

« Tu sais, j'ai dû réfléchir pas mal, moi aussi, histoire de comprendre mon intérêt soudain pour les femmes, tout ça... »

Faye ne manque jamais de me faire sourire. Jamais. Il fait sombre et elle ne voit sans doute pas le sourire qu'elle a provoqué mais elle n'a pas besoin de voir pour savoir.

« J'ai dû regarder au plus profond de moi-même et je ne peux plus accepter les choses avec fatalisme, comme avant. Mais j'ai appris ceci... » Elle me serre encore un peu plus. « Tu as des cheveux absolument magiques, pour commencer. » Nous éclatons d'un rire joyeux, ce qui nous arrive fréquemment depuis qu'elle m'a embrassée à la fête de fin de tournage. « Tout change tout le temps. Nous aussi. Je ne suis pas la même femme que j'étais quand j'étais avec Brian. Ni celle que j'étais avant que nous tournions ce film ensemble. Et toi non plus, Ida. Mais je t'en prie, ne te reproche pas tes choix, parce que si tu les as faits à ce moment-là, c'est qu'à l'époque, tu avais une bonne raison. Mais les temps ont changé et ces raisons aussi. Et nous voilà.

— Belle *et* sage...

— La sagesse n'attend pas le nombre des années, s'empresse de glisser Faye.

— Je ne suis pas d'accord. » Je plonge mon regard dans ses yeux qui, à cette heure de la nuit, sont de la couleur de l'océan. « J'ai dû attendre cinquante ans pour le savoir. »

Faye hoche la tête. « J'espère que ça valait la peine d'attendre. »

La seule réponse possible est un baiser qui communique tout ce que je ressens.

CHAPTER 35

Faye

« C'est parti », dit Ida en prenant ma main dans la sienne. Personne ne nous a demandé de faire ainsi notre entrée sur le tapis rouge, mais c'est parfait comme ça. Je veux la main d'Ida dans la mienne. Être photographiée à ses côtés m'enchante au plus haut point.

J'approuve d'un bref signe de tête. Cela fait presque huit mois que j'ai embrassé Ida à la soirée de fin de tournage du film dont la première se tient aujourd'hui, le film qui a changé nos vies. Nous avons été vues en public à plusieurs reprises, mais c'est la première fois que nous foulons ensemble un tapis rouge. La presse est venue en nombre. L'air bruisse d'une énergie fébrile. Les photographes se bousculent pour nous apercevoir, même si le fait qu'Ida et moi soyons en couple n'est plus un scoop. Pourtant, quand nous apparaissons en public, en particulier pour promouvoir le long-métrage qui est à l'origine de toute l'histoire, tout le monde veut être aux premières loges.

Je peux le comprendre. Moi aussi, je veux m'imprégner de cette expérience unique jusqu'à la dernière goutte. Après tout, peut-être Ida et moi ne tournerons-nous plus jamais de film toutes les deux. Et même si nous en faisons un, ce ne sera plus jamais le premier... ni celui où nous sommes tombées amoureuses.

« Ida. Faye. Ida. Faye. » On dirait le refrain d'une chanson qui serait interprétée spécialement pour nous sous l'effet stroboscopique des flashes des photographes.

Ida et moi prenons la pose, main dans la main. Je ne la lâche pas. Ça fait des mois que je m'accroche à elle. Des mois durant lesquels les choses n'ont été ni trop ardues, ni trop aisées. Mes proches ont été estomaqués quand je leur ai présenté Ida et j'ai découvert que, dans ces circonstances, ça aide vraiment d'être tombée amoureuse de l'une des plus grandes stars du cinéma au monde. Même mon frère a fait preuve d'un respect dont je ne le savais pas capable.

J'ai été confrontée à des questions dont je ne connaissais pas la réponse. Des questions que j'étais la première à me poser pour la plupart. Mais je suis toujours tellement éprise d'Ida, toujours tellement convaincue qu'un avenir radieux nous attend, que ça n'a pas été si difficile finalement. C'est ma vie maintenant, voilà tout. Ma vie avec Ida. Et tout est meilleur avec Ida.

Nous sommes au centre du tapis rouge, mitraillées de flashes et interpellées de toutes parts, et je me souviens de la promesse que j'ai faite lors de la promotion de mon film précédent. Je m'étais engagée à ce qu'Ida et moi répondions à toutes les questions des journalistes au moment de la sortie de *A New Day*. Quand je l'ai annoncé à Ida, elle a ri à gorge déployée, mais, ce soir, nous avons un plan.

« Tu es prête ? » demande-t-elle.

J'indique que oui, avant de me tourner vers elle et de l'embrasser à pleine bouche. Et je ne peux pas me retenir. J'entrouvre mes lèvres. Je laisse le bout de ma langue aller à la rencontre de la sienne. Et puis nous sourions, parce que rien ne me fait plus sourire que ça.

« Coquine », murmure-t-elle, et comme à chaque fois, mes genoux menacent de me lâcher.

Autant donner à la presse ce qu'elle désire, avons-nous décidé avant de venir. Les reporters croient peut-être vouloir connaître chaque détail de notre vie privée, mais une image vaut mille mots. La photo de notre baiser sur le tapis rouge va faire le tour du monde à une vitesse record, véhiculant des messages différents selon qui la regardera.

À l'adolescente qui s'interroge sur son orientation sexuelle, elle dira qu'elle a le droit d'être homo et qu'elle a le droit de se poser des questions. À la femme enfermée à double tour dans son placard, elle dira de prendre tout le temps qu'il lui faut, puisque cela a réussi à Ida. Pour la plupart des gens, ce ne sera qu'une image, aperçue en passant, de deux personnes qui s'embrassent. Le fait qu'il s'agisse de deux femmes ne fera même pas sourciller certains. D'aucuns n'auront aucune idée de qui nous sommes. D'autres encore imprimeront la photo et l'accrocheront à leur mur pour s'en souvenir lorsqu'ils auront besoin de reprendre des forces ou d'un petit coup de pouce pour traverser une journée difficile.

Au final, ce qu'Ida et moi voulons exprimer au travers de ce baiser surmédiatisé, c'est que c'est parfaitement normal. C'est parfaitement acceptable. Il n'y a absolument aucun problème. Ce n'est pas une opération de com, même si nous savons que ça va faire la joie des journalistes. Parce que notre amour est sincère. Le baiser est sincère. Nous sommes des femmes en chair et en os, avec des vies bien réelles et de vrais sentiments et nous nous sommes mutuellement choisies. Je choisis Ida tous les jours. Elle me choisit. Voilà ce que nous voulons dire. Notre transparence absolue n'éradiquera pas les préjugés, la haine et l'homophobie, mais c'est un sacré bon point de départ.

Ida et moi nous séparons pour répondre à quelques questions rapides sur *A New Day* et, fatalement, sur notre relation. Notre statut implique que nous soyons les dernières à fouler le tapis rouge, et le moment est venu pour nous d'entrer dans la salle de projection. Nous avons déjà vu le film la semaine précédente lors d'un événement réservé à l'équipe. Nous l'avons toutes les deux adoré, en toute impartialité bien entendu.

Après un bref discours du producteur, c'est au tour de Tamara de prononcer quelques mots, puis la lumière s'éteint. Je me laisse aller dans mon fauteuil, la main d'Ida sur mes genoux, et je me prépare avec bonheur à revivre encore une fois le début de notre histoire d'amour.

Épilogue

CINQ ANS PLUS TARD

Un peu éblouie par le soleil, je pénètre sur la terrasse, où Faye admire l'océan.

« Elle se lève enfin. » Faye m'ouvre ses bras. « Viens là. »

Je m'avance. « Je commence à être trop vieille pour les prises de vue de nuit. » Je regarde par-dessus la balustrade. « Où sont les LBF ? » C'est ainsi que nous avons surnommé nos enfants, l'abréviation de Leesa et Leroy Burton-Fleming.

« À côté. J'appellerai Ava pour vérifier qu'ils ne les dérangent pas trop.

— Que nos enfants préfèrent passer leur samedi avec nos voisines lesbiennes en dit long sur nos compétences de mères... » Je me penche vers Faye.

« Ça dit surtout que ce sont des enfants prévenants et bien élevés qui ont à cœur de nous accorder un peu de temps en tête à tête, ce dont nous avons bien besoin. » Faye tapote son poignet. « J'étais sur le point de venir te réveiller de la manière la plus irrésistible qui soit.

— Dans ce cas, je retourne me coucher. Fais comme si tu ne

m'avais pas vue. » Mon attention est attirée par deux silhouettes sur la plage, qui courent vers l'océan.

« C'est Leesa. Elle a l'intention de montrer à Charlie comment surfer.

— Pauvre Charlie. Tu crois que notre fille a un crush sur elle ? » Faye se tourne vers moi. « Elle n'a que onze ans.

— Qu'est-ce... » Je suis interrompue par la sonnerie du téléphone de Faye, qu'elle sort de sa poche.

« C'est Ava. » Faye me lance un regard espiègle. « Oui, tu peux les renvoyer à la maison », dit-elle en guise de salutation. « Vous n'auriez jamais dû adopter ce chiot, cela dit. Leroy ne parle que de lui. Je parie qu'il est encore en train de jouer avec lui. »

Je profite de ce que Faye discute avec Ava pour l'observer. La maternité lui sied à merveille. La façon dont elle caresse les cheveux de Leroy quand nous traînons devant la télé le soir. Sa patience quand elle explique à Leesa, encore et encore, qu'il y a un temps pour le surf et un temps pour les devoirs, sans jamais élever la voix.

Malgré l'animation et l'énergie indomptable qui s'emparent par moments de notre maison, l'arrivée il y a trois ans de Leroy et Leesa a fait éclore chez Faye une sérénité inédite. Comme si elle avait enfin trouvé exactement sa place. Son havre de paix. Un peu comme moi quand je suis rentrée au milieu de la nuit dans une maison silencieuse et endormie et qu'il a fallu que je marche sur la pointe des pieds pour ne réveiller ni mon épouse ni mes enfants. Même si j'ai déjà été mariée — Derek a assumé le rôle de parrain complètement gaga de Leesa — ça n'a rien à voir avec ma première union.

Faye raccroche et me sourit à pleines dents. « Ava et Leroy sont en pleine préparation d'un plat mexicain complexe. Les enfants restent déjeuner chez elles. Elle nous a invitées, mais...

— Tu as d'autres projets ? » Je laisse mon peignoir glisser légèrement sur mes épaules. « Parce que je meurs de faim.

— J'ai un très bon remède à ce problème », promet Faye en venant vers moi. Elle s'empresse de m'entraîner dans la maison puis dans les escaliers, en passant devant l'affiche de *A New Day* que nous avons fait encadrer et accrocher de telle sorte que nous la voyions plusieurs fois par jour.

Personne n'aurait pu imaginer le succès monumental qu'aurait ce film. Le sourire ravi qu'il ferait naître sur le visage des spectateurs. Qu'ils voudraient voir et revoir Mindy et Veronica tomber amoureuses. Nous voir, Faye et moi, nous embrasser pour la toute première fois, pour la caméra, mais aussi, en fin de compte, surtout pour nous.

Que cela allait relancer ma carrière. Que les temps avaient déjà changé mais que nous ne le savions pas, ou plutôt nous le savions, du moins Faye et moi, parce que, pour nous, tout avait déjà changé.

Je remonte à la hâte les escaliers que je viens de descendre. Nous nous précipitons dans notre chambre. Faye m'ôte mon peignoir et, dans un geste que je connais si bien, un geste si tendre, un geste qui est si inextricablement Faye, elle enfouit ses mains dans mes cheveux.

«Je t'aime, Ida Burton-Fleming», murmure-t-elle à mon oreille alors que nous nous laissons tomber sur le lit défait.

Ma réponse est la même à chaque fois. «Pas autant que je t'aime, Faye Burton-Fleming.»

Faye s'accorde un instant pour me contempler, pour me regarder vraiment, comme cela lui arrive parfois, comme si elle avait encore besoin de prendre le temps de tout absorber. Tout ce qui s'est passé. Tout ce que nous sommes devenues. Ce n'est qu'alors qu'elle peut m'embrasser, comme si elle ne m'avait pas déjà embrassée un million de fois auparavant.

À propos de Harper Bliss

Harper Bliss est l'autrice de plus de trente romances saphiques très populaires chez les amateurs anglophones du genre. Ses oeuvres les plus prisées sont la série *French Kissing*, ainsi que ses romans hollywoodiens *About That Kiss* et *And Then She Kissed Me*.

Après avoir vécu à Hong Kong pendant sept ans, elle est revenue s'installer dans sa Belgique natale, où elle vit dans un petit village de campagne avec son épouse, Caroline, et son chat, Dolly Purrton. Elle envisage d'ajouter un chien à la famille, du moins si Dolly le permet.

Elle anime également un podcast hebdomadaire avec son épouse, *Harper Bliss and Her Mrs.*

Harper adore être en contact avec ses lecteurs, que ce soit par email ou dans son groupe Facebook.

www.harperbliss.com
harper@harperbliss.com